Re:ゼロ
Re: Life in a different world from zero
から始める異世界生活
短編集10

「どっちが本物のアンタなのか、なんて野暮なことは言わねーよ。けど……」
『けれど？』

「んや、アタシはしたたかな生き方してるヤツが好きでさ。だから、案外アンタとは仲良くやれそうな気がするなって思っただけ」
「……あらら。口説かれるだなんて光栄だわ」

「──侮ったな、『剣聖』!!」
「な……っ!?」

「――マナ過剰循環体質の、
傾向と対策だ！」
両手を突き出し、
会心の表情を浮かべたエッゾが高々と吠える。
「魔法使いでは誰一人、君に触れられないとでも思っていたのか！
だとしたら、それはとんだ驕りだぞ、『剣聖』よ――！」

『でも、できれば、君たちの泣き顔も、見たい……』
「なんか邪悪なうわ言言ってる……！　この、起きなさい！　起きなさいよ！」
「ぱ、パルミラ、ダメよ！　そんなに叩いたらオメガちゃんの首が！　首がぁ！」

しかし、そんな終焉まっしぐらな三人のところへ――、
「――やはり、先ほどの火の玉は見間違いではございませんでした」

Re: Life in a different world from zero

The only ability I got in a different world "Returns by Death"
I die again and again to save her.

CONTENTS

Re：ゼロから始める異世界生活 短編集10

長月達平

MF文庫J

口絵・本文イラスト●福きつね

『金獅子《きんじし》と剣聖《けんせい》／フランダース騒乱（導入編）』

1

——その場所には、濃密な血の香りが立ち込めていた。

厳密には、それは血の香りではなく、血の残り香というべき残滓《ざんし》だ。

この場所に集ったものは一人の例外なく、多くの返り血を浴びて生き長らえてきたものばかり——故に、血臭は手足の隅々、魂にまで染み付いている。

落ちない血臭と肌にひりつく暴力の気配、それが室内の空気を支配し、互いを見据える瞳《ひとみ》にみなぎる警戒が、刃《やいば》を突き付け合う緊迫感を生み出していた。

物々しい男女が一堂に会した場で、特に際立った血臭を漂わせるものが数名——いずれ劣らぬ眼光と佇《たたず》まいは、全員が相応の修羅場を潜《くぐ》った猛者である証《あかし》だ。

それもそのはず、この場に集ったのはルグニカ王国の五大都市の一つに数えられる『地竜の都』、フランダースを裏から仕切る黒社会の大物たちなのだから。

「これで今月に入って六件目……いい加減、打ち止めにしたいところね」

血生臭い空気の中、最初に切り出したのは甘い香りの紫煙を漂わせる女の声だった。

椅子《いす》に座り、艶《なま》めかしい足を大胆に晒《さら》した紫のドレスを纏《まと》った妙齢の美女だ。小麦色の肌と、女性的な起伏に富んだ豊満な肉付き——男女問わず、見るものの欲情を誘う悪魔的な美貌は、『邪毒婦《じやどくふ》』の異名に相応《ふさわ》しい妖艶さがある。

集った顔ぶれの中、際立った血臭を漂わせる一人、『華獄園《かごくえん》』の女主人トトだ。

会話の口火を切ったトトは、その切れ長な瞳《ひとみ》でそっと流し目を正面の相手へ向けて、

「今日は口数が少ないじゃなあい、マンフレッド。『天秤《てんびん》』がどちらに傾くのか、風見鶏《かざみどり》みたいに日和見する気？　それとも、ご自慢の刺青《いれずみ》が舌まで入って喋《しゃべ》れないのかしら」

「囀《さえず》るなヨ、アバズレ。あまり小うるさいようだと、お前とお前のところの女共、まとめて地竜の餌に混ぜてやろうカ。お前の悪臭じゃ地竜も嫌がるだろうけどサ」

挑発的なトトに殺気立った返事をしたのは、彼女の正面で背筋を正した痩身の男だ。

痩せぎすの体を青い長衣《ながぎぬ》に包んだ禿頭《とくとう》だが、特徴的なのは頭や首、顔面に至るまでおよそ見える肌の全《すべ》てを埋め尽くした刺青——どれも天秤を描いた模様で、わずかに露出した手指にも入れてあることから、それが全身に及んでいることは想像に難《かた》くない。

見える位置に天秤の刺青を入れる。それが彼の所属する『天秤』の決まりだが、彼ほど極端な量の刺青で組織への忠誠心を示すものは他にいない。その覚悟と能力を買われた結果、彼は若くしてフランダースで組織を仕切る幹部の地位を手に入れた。

『刺青顔』マンフレッド・マディソン、それがこの街の『天秤』を率いる男の名だ。

『華獄園』の女主人と『天秤』の代表、両者が率いるのはどちらもフランダースで活動する黒社会の組織であり、三巨頭と呼ばれる大組織に数えられている。

そして――、

「――子どもの言い合いがしたくて集まったのか？　弁《わきま》えろ、豚共めらが」

「――――」

低く、重々しい声音が発され、睨《にら》み合《あ》うトトとマディソンが口を閉ざした。

そこに声音の主への恐怖はない。だが、わずかばかりの畏怖はあった。その事実と自覚に、二人はそれぞれの表情にささやかな不快を刻む。

しかし、組織の長二人にそんな顔をさせた当人、大きすぎる椅子にそれでも窮屈に腰掛けた巨漢はそれらを一切意に介さず、

「なんだ、言い返さんのか。――豚はお前の方だろうと」

その豚鼻を小さく鳴らして、退屈そうに言い放った。

「……『豚王』にそんな命知らずな軽口、叩《たた》く奴《やつ》の気が知れんヨ」

「あたくしは、単に面白くない冗句に付き合うつもりがないだけよ、ドルテロ様」

それを受け、マンフレッドとトトは代わる代わる沈黙の理由を釈明する。その二人の返答を聞いて、巨漢は五指の全部に指輪を嵌《は》めたごつごつした手を組むと、

「私に軽口を叩くものの気が知れん、か。――まったく、そうだろうともよ」

「――？　含みのある言い方だネ。思い当たる節でもあったみたいだヨ？」

呟《つぶや》いて、微《かす》かに目を伏せた巨漢はマンフレッドの問いには応じなかった。

その上背は二メートルを軽々凌駕《りょうが》し、横幅も背丈に相応《ふさわ》しく厚みがある。手足は丸太のように太く、細身のマンフレッドとはまさに枯れ木と大樹の体格差だ。そうした威圧感のある体格と裏腹に、後ろへ撫《な》で付《つ》けた金色の髪と青い瞳《ひとみ》は美しく、醜い容姿として知られる豚人族としては際立った異彩を放っていた。

誰あろう、彼こそは『豚王』ドルテロ・アムル——フランダースの黒社会で最大の力を持つ『黒銀貨《くろぎんか》』の総帥、この都市で最も恐れられる男である。

さすがの『邪毒婦《じやどくふ》』と『刺青顔《いれずみ》』も、『豚王』が相手では役者不足と言わざるを得ない。それほどに長く、『黒銀貨』はフランダースに強い影響を持ち続けてきた。

それこそ、王国で多くの亜人が排斥された『亜人戦争』があってなお、ドルテロを中心とした組織力を損なうことなく、『黒銀貨』はあり続けたのだ。

——フランダースの黒社会三巨頭、『黒銀貨』と『華獄園《かごくえん》』、そして『天秤《てんびん》』。

三つの組織の代表が顔を突き合わせるのは、都市で中立の立場にある酒場の地下だ。

『地竜の都』の発祥から存在する酒場は不可侵の協定が結ばれており、こうして黒社会の『定例会』の開催地としてたびたび重用されていた。

『定例会』はフランダースを牛耳る組織同士、勢力の均衡を維持する目的の会合で、互いのメンツもかかっているため、和やかに進行した例がない。

しかし、この日の『定例会』の空気の悪さは通例の比ではなかった。

その原因は――、

「――本題に入れ。殺しの下手人《げしゅにん》……クズの目星はついているのか？」

ドルテロの発した問いかけ、それがこの『定例会』を殺伐とさせている理由だ。

この二ヶ月、フランダースで発生した六件の死傷事件――どれも単発で見れば珍しくもない事件だ。その被害者がいずれも、三巨頭の関係者でさえなければ。

「誰が我々を攻撃している？　答えを持っているものはいるか？」

「さあねえ。あたくしはてっきり、今日ここでそれが聞けるものと期待していたの。宣戦布告でもしてくれるんじゃないかしらってねえ、マンフレッド？」

「娼婦《しょうふ》の物言いは馬鹿馬鹿しいの一言だガ、ワタシもそれを期待していたネ。だから、この甘ったるい毒婦の香水にも耐えてやっていたんダ」

殺意を交えた視線を交換し、トトとマンフレッドの間に険悪な空気が生じる。

三巨頭の中でも、実際に殺し合いをしたことのある両者の関係は最悪だ。組織の長が殺気立てば、その部下たちの気配も自然と尖《とが》り始める。『天秤』の戦闘員が立ち位置を変え、『華獄園』の毒花たちが視線を鋭くする。

それらが軽率な衝突を迎える前に、鋼《はがね》のひしゃげる音が地下に響いた。

「――――」

鉄製の肘掛けを飴《あめ》細工のように握り潰し、もぎ取ったのはドルテロだ。注目を集めた彼はひしゃげた肘掛けを床へ放り捨てると、

「それと同じ死に方をしたければ無駄口を叩《たた》け。年寄りの時間は短い。有効に使え」

「――。堪《こら》え性《しよう》がないのはあなたも同じでしょうに。一人だけ賢いふりをしてズルい人だわ。あなたもそう思わない、『黄金虫《こがねむし》』さん？」

「ええ？　ここで私を呼ばれましても、火消しの役目なんて務まりませんよぉ」

ドルテロの忠告に微笑《ほほえ》んだトト、彼女が第三者に水を向けると、そのご指名にこれまで一度も発言していなかった小柄な女が困った顔をする。

会合に参加する三人の代表、彼らのつくテーブルの端で気配を消していた女だ。

仕立てのいい男物の黒いスーツを纏《まと》い、ネクタイと手袋、靴と靴下まで徹底して黒ずくめで揃《そろ》え、濃い緑髪も光の加減で黒く見える徹底ぶり。髪を頭の両端で括《くく》り、腹の底の見えない薄笑いを顔に張り付けた年齢不詳の人物――、

「そもそも、金食い虫のヘレインがどうして『定例会』に居合わせてル？　この女に会合の参加資格なんてないはずだろウ」

「そう言われてしまいますと、私共としても返すお言葉がないのですが……あと、金食い虫ではなく、『黄金虫』です、マンフレッド様」

トトに向けるのと同じ、生理的嫌悪感を隠さないマンフレッドの態度に女――ヘレインが力なく指を頬《ほお》で掻《か》き、そう所属を訂正する。

そのヘレインの答えにマンフレッドの顔の刺青《いれずみ》が不機嫌に歪《ゆが》むと、そこへ助け舟を出すように「あたくしよ」とトトが口を挟んだ。

「彼女はあたくしが招待したのよ。資格ならそれで十分でしょう？」

「血生臭いのと金物臭いのと、女同士がつるんでるのが不愉快なこと以外はネ。わざわざ疎まれるの覚悟できたなら、聞かせる話があるんだろうネ？」

私怨を隠さないマンフレッド、彼の恫喝《どうかつ》にヘレインが「実はですね」と指を立てた。

「皆様もご存知《ぞんじ》の通り、私共の商会はこの都市で長らく御愛顧いただいております。これもひとえに、皆様の日頃のお力添えあっての賜物《たまもの》なのですが……」

「前口上はいいヨ。本題ハ？」

「――当商会の事務所が襲われ、社員の尊い命が犠牲になりました」

「――――」

「皆様のご厚意に胡坐《あぐら》を掻き、非常時の備えに不備があった怠慢を恥じ入るばかりです」

へりくだったヘレインの発言、それを額面通りに受け止めるものは一人もいない。

自衛力のなさを恥じるヘレインだが、彼女の所属する『黄金虫』という商会は、いわゆる貸金業者だ。それも、この『定例会』に参加していることからもわかるように、黒社会に多くの顧客を抱えている。それ故に、中立の立場にある酒場と同じく、三巨頭の庇護《ひご》下で不可侵として扱われるのが暗黙の了解なのだ。

『黄金虫』に手を出せば、黒社会の組織が徒党を組んで報復に出る。――そのフランダースにおける安全保障が崩されたということになる。

「私共としましても、これ以上の人命と金銭の損失は避けたい。ですので、皆々様に早急な事態の収拾をお願いしたく、市民代表として参じた次第です」

「一市民を名乗るとは、何とも白々しいものだネ」

「一刻も早く、安心と安全なフランダースが戻られますよう。――さもなければ、私共と皆様との間で培われてきた信用、それが傷付く事態にもなりかねませんので」

慇懃《いんぎん》に頭を下げるヘレインだが、ドルテロすらも軽々しく彼女を黙らせられない。

『黄金虫《こがねむし》』の存在は、フランダースで黒社会の組織が活動するための約束事――暴力と無法を武器にした悪漢が、確かな力を持っていることの証明でなくてはならない。

力と恐怖が商売道具である黒社会が、舐《な》められてはならない一線なのだ。

「つまるところ、件《くだん》のお馬鹿さんはあたくしたちの顔に泥を塗るだけじゃなく、やってはならないことまでやったのよ。――報復は執拗《しつよう》かつ徹底的、それでいいかしら？」

「異議はないヨ。ワタシたちの手で、生まれてきたことを後悔させてやるサ。しかし、この街……『豚王』の縄張りを荒らすなんて馬鹿がいるとは、ネ」

「……何が言いたい？」

「いいヤ。ただ、どんな悪党も震え上がらせた『豚王』を怖がらない奴《やつ》が出るなんて、時代かネ。影響力が昔と比べて薄れたのかナ？」

「その間抜けの前に、頭をひねり潰されたいらしいな」

低い声でドルテロがマンフレッドを睨《にら》むと、彼は一歩も引かずに嘲笑を浮かべる。その『刺青顔《いれずみ》』の態度に、頬杖《ほおづえ》をつくトトが愉《たの》しげに成り行きに目を細めた。

一触即発も辞さない空気、そこに「お待ちを」とヘレインが割って入る。

「ここで争っても一銭にもなりません。ここは私共の顔を立てていただいて……」

「何故《なぜ》、私が貴様の顔を立てて、無礼な若僧《わかぞう》に慈悲をかける必要がある？」

「それは……ええと、ほら、いい話がありますよ！　もしかすると、今回の事件に関係があるかもしれないお話で、ええ」

威圧的なドルテロの視線に、ヘレインが慌てて懐から一枚の書状を取り出す。事件に関わるものとされ、場の注目がそちらへ集まった。

「こちら、調査報告書になります。私共としても、犠牲になった社員の遺族のため、泣き寝入りはすまいと寝食を惜しんで実態の調査に当たりまして……」

「それで、何か掴《つか》めたのかしら？」

「確実ではありませんが……今回の犯行、私共だけでなく、ここにお揃《そろ》いの皆々様の組織へもたらされた被害を鑑みると、ある疑惑が浮かびます」

「疑惑だト？」

「はい。――皆様の影響力をわかっていない人物、または恐れていない手合い」

「――――」

無知と無謀、ヘレインの提示した条件は二つとも全員に不快感を覚えさせるものだ。

そもそも、そんな馬鹿げた条件を満たすものがいるとは――、

「――ハクチュリの『剣聖《けんせい》』」

そうヘレインが口にした一言に、全員の間に新しい衝撃が走った。

トトとマンフレッドが表情を強張《こわば》らせ、ドルテロが微《かす》かに息を詰める。ただし、ドルテロの反応の質は他とは違うものだったのだが、それに気付けたものは皆無だった。

そのぐらい、三巨頭にとっても、あらゆる誰にとっても聞き捨てならない考えだ。

――『剣聖《けんせい》』、それは黒社会の人間であっても触れることの許されない災厄。

フランダースの西にあるハクチュリという町に、かの人物は住んでいる。誰もがその動向に注目し、知っていながら近付こうとしない真の不可侵存在だ。

「本気で言ってるのカ？　『剣聖』がこの件に関わっているト？」

「それは考えにくいんじゃないかしら。確かに『剣聖』は怖い相手だけど……あれが動くのは国家的な大事ばかりで、本人もそのつもりだと聞いているわ」

思いがけない名前を聞かされ、マンフレッドとトトが『剣聖』の関与を疑問視する。その二人の反応に、ヘレインは「すみません」と軽く手を振り、

「誤解を生む言い方でした。私共が気にしているのは『剣聖』本人ではありません。その『剣聖』が連れ帰った少女の方なのです」

「――王選候補者、か」

「はい。ドルテロ様の仰《おつしや》られました、その少女です」

ドルテロの一言に深々と頷《うなず》いて、ヘレインが話を本題へ推し進める。

王選とは、今現在のルグニカ王国の民にとっての最大の関心事だ。代々続いた王家が病

によって潰《つい》え、王国は新たな王の選出に『王選』の開始を宣言した。

そして、フランダースに程近いハクチュリは、その王選に参加する候補者の一人が拠点としている地——ただし、件《くだん》の候補者は真っ当な後ろ盾もなく、あくまで王選を始めるために揃《そろ》えられた数合わせというのが、多くの人間の共通認識である。

それは黒社会においても同じのはずだが、そこへヘレインが一石を投じた。

「私共の調査が正しければ、件の少女は『黒銀貨《くろぎんか》』と接触されたことがあるとか」

「『黒銀貨』と接触だト？」

「それも、ドルテロ様に対して大層失礼な態度であったとも耳にしました。事実だとすれば恐れ知らずも甚だしく……ただ、そうした態度には思い当たる節がございます」

「なら、あなたはこう言うの？——これは、王選候補者の人気取りの一環と」

「あくまで、調査内容に則《のっと》った推測ではありますが」

自らの薄い胸に手を当てて、ヘレインが恭しく頭を下げた。

その彼女の口にした推測の答えを欲し、室内の視線が話題に上がったドルテロへ向く。

「今の話、事実なのかしら？」

「……いざこざがあったのは事実だ。すでに話はついている」

詳細を明かす義務はない、と言外に意図した発言だ。しかし、王選候補者との接触を否定しなかった事実に、マンフレッドとトトの表情は思案の色を見せる。

「『黒銀貨』と揉《も》めたのが事実なら、金食い虫の言い分も笑い飛ばせないヨ。敗色濃厚の小娘が起死回生を狙って、都市の闇の清浄化を目論《もくろ》む……とかネ」

「子どもの浅知恵と可愛《かわい》い無鉄砲だけど、その子には実現する力があるわね」

「──『剣聖《けんせい》』」

無視し難《がた》い響きに鼓膜と心を囚《とら》われ、全員が厄介事を抱え込む。

多くを語らないドルテロを余所《よそ》に、トトとマンフレッドの興味は候補者の少女へと移っていた。それが事態の犯人としてか、個人への興味で収まるか。

いずれにせよ、ヘレインの意見には確かな説得力があった。

「実際どうかはともかく、一度、その子と話しておいた方がよさそうね。話題に事欠かない子だし……磨けば光りそうな、可愛い顔をしていたもの」

「また始まっタ。ゾッとしない趣味だヨ。とはいえ、ワタシたちへの挨拶がないのは困りものだネ。──その娘、なんて名前だったかナ」

「ええと、そう。確か──」

嫣然《えんぜん》と微笑《ほほえ》むトトに、マンフレッドが頬《ほお》の刺青《いれずみ》をなぞりながらヘレインを見やる。その視線にヘレインは首を傾《かし》げ、ちらとドルテロの方を窺《うかが》った。

そのわずかな仕草だけで、ヘレインの底知れないいやらしさがドルテロに絡みつく。

そしてそれに言及させず、ヘレインは微笑んで続けた。

「──フェルト様と、そういうお名前だったはずですよ」と。

2

「フェルト様——！」

避け切れない、と直感した瞬間、鼓膜を捉えたのはよく通る男の声だった。

その叫び声に何かしらの反応をするより早く、衝撃が頭を直撃する。びしゃりと軽い水音がして、少女の額が真っ赤に爆《は》ぜた。

「——ッ」

赤い飛沫《しぶき》をばら撒《ま》きながら、細い体が後ろに倒れる。支えなく倒れる体が真後ろに積まれた木箱にぶつかり、盛大に崩れ落ちるそれが土埃《つちぼこり》を舞わせた。

大小様々な木箱が散乱し、その中に倒れ込んだ少女を青空が見下ろしている。

金色の髪をした、強気な印象を与える顔つきの可憐《かれん》な少女だ。その顔はしかし、額を中心に赤い雫《しずく》に染まり、目を背けたくなる惨状を晒《さら》していた。事実、その光景を目にした人々の多くは顔を背け、微《かす》かに肩を震わせる。

だが、そうした反応を見せるものの中から、一陣の風——否、風と見紛《みまが》うほどの速度で少女へ一人の青年が駆け寄った。

「フェルト様……」

片膝《ひざ》をついて、倒れた少女を覗《のぞ》き込《こ》むのは恐ろしく整った容姿の青年だ。

燃え盛る炎のような真紅の髪に、澄み渡る空を閉じ込めた青い瞳《ひとみ》。稀代《きたい》の芸術家たちがこぞって表現しようと試みた美貌、その顕現が実体を纏《まと》ってそこにある。

そして、跪《ひざまず》く天上の美は悔恨に眉《まゆ》を顰《ひそ》め、その唇《くちびる》を震わせて呟《つぶや》いた。

「申し訳ありません。僕が、あと一歩及ばないばかりに……」

強い、自責の念を込めて呟く青年の横顔は、もしもこの一瞬を絵画に収めるものがいれば、悲劇的な名作として永劫《えいごう》に語り継がれるほど見るものの胸を打った。

ある種、現実感を喪失したとさえ思える情景、そんな中で――、

「――ラインハルト」

ふと、そう音を発したのは倒れた少女の唇だった。

力なく地面に落ちた腕が持ち上がり、その音を耳にした青年の頰《ほお》へと指が近付く。その指の動きに青年が息を呑《の》み、そして――形のいい鼻が、ぎゅっと摘《つ》まれた。

「フェルト様？」

「お前、ホント盛り下がっからそういうことすんなっつってんだろーが」

鼻を摘まれ、目を丸くした青年に少女の声が苛立《いらだ》たしげに応じる。そのまま、少女は寝そべった両足を上げるると、それを振り下ろす動作で勢いよく体を起こした。

それから、自分の髪や顔を汚した赤い雫《しずく》を手で拭い、舌で舐《な》め取る。

「うぉ、あまっ。すげーな、こりゃ大したもんじゃねーか」

「フェルト様、ご自分の顔に付いたものを舐めるのは衛生的にどうかと……」

「ああん？　テメー、そりゃアタシのツラが汚ねーってことかよ。ぶっ飛ばすぞ」

「いえ、フェルト様のお顔が汚れているなんてことは。もちろん、フェルト様は容姿も大変可憐《かれん》でいらっしゃいます。ただ、しばらく外でご活動されているので衛生的には——」

「あー、うるせーうるせーうるせー」

耳を塞いで乱暴に言い捨て、少女——フェルトは飛び跳ねるように立ち上がる。服の汚れを払い、「で?」と彼女は周りを見回しながら、

「お前が割り込んできたってことは、よっぽど空気が読めてねーんでなきゃ……」

「はい。残念ですが、フェルト様が最後のお一人でしたので、東陣営の敗退です」

「ちっ、しゃーねーな」

舌打ちしたフェルトが潔く負けを認め、それを受けて青年——ラインハルトは彼女に顔を拭く手拭いを渡すと、広場の中央へと進み出た。

そしてそこで、朗々たる声で宣言する。

「では、此度《こたび》の収穫祭、優勝は西区の陣営とする!」

「「——っ!!」」

ラインハルトの宣言に一拍おいて、直後に歓声が爆発する。

町としてはさほど大きくないハクチュリだが、広場に住民の大半が集まればさすがに壮観だ。喝采し、抱き合う人々の様子を眺め、頭を拭くフェルトは頬《ほお》を緩めた。

「あー、負けた負けた、チクショー! ……それと、そっぽ向いてやがる連中!」

ビシッと指を突き付け、フェルトは観客たちの方を睨《にら》みつける。フェルトが指差したの

は、倒れた彼女から顔を背けて肩を震わせていた面々だ。

髪も顔も赤く汚したフェルトの姿に、彼らはなおもその姿勢を続けていたが――、

「我慢なんかしねーで笑っとけ。笑えんだろーが、今のアタシ」

そう言って、潰れたトメトで真っ赤に染まった自分をフェルトが堂々と誇示する。


――広場を包み込むような爆笑が、遠慮なくハクチュリ中に響き渡った。

3

ルグニカ王国の南東にあるハクチュリは、アストレア家の直轄領である。

『剣聖《けんせい》』を輩出する家系として名高いアストレア家だが、王国における『剣聖』という立場の重要性に反して、与えられている恩恵は非常にささやかなものだ。

それは連綿と受け継がれてきたアストレア家の方針――不必要に地位や力を持ちすぎないことで、王国への忠誠心を証《あか》し続けるとしたことが理由だった。

そのため、アストレア家は王国に欠かせぬ剣としての役割を担いながら、貴族としては極々小さな所領を与えられるのみとなっている。

ここハクチュリも、大きな特色のない小さな町だ。主な産業である農畜産業と、近くにある大都市のフランダースで需要が大きい地竜関係の仕事に頼っている。

そんな平凡な町であるハクチュリではこの日、今年の豊作への感謝と来年の豊作を祈願する祭りとして、収穫祭の『トメト祭り』が開催されていた。

トメト祭りでは、町の住民が東西南北四つの陣営に分かれ、ふんだんに収穫されたトメトを投げ合い、最後の一人になるまで戦い続けるのだ。

フェルトの頭を真っ赤に染めたのも、彼女がよけ切れなかったトメトであった。

それにより、フェルトの参加していた東陣営は敗退し、今年のトメト祭りの優勝は西陣営――結果、決定的敗北の当事者となったフェルトは悔しい思いである。

それも、ただ負けたことが悔しいのではなく――、

「――では、最後の決め手となったのは？」

「日々の鍛錬と規則正しい侍従生活です」「フェルト様、夜更かし」

「うるせーな！　祭りの前の夜で寝付けなかったんだよ！　わりーか!?」

表彰台に上がり、町長から『トメト勲章』を受け取るのは、フェルトを見事に討ち果たし、西陣営を勝利に導いた双子の少女だ。

桃色の髪に、フェルトよりも小柄な二人はフラムとグラシス――憤るフェルトが世話になっているアストレア家の幼い双子侍従であり、早い話が下剋上《げこくじょう》された。

トメト祭りの最終局面、そのすばしっこさを存分に活《い》かして勝利を牽引《けんいん》していたフェルトだったが、フラムとグラシスの双子殺法の前にあえなく惨敗だ。

「なんなんだよ、あの動き……お前ら三つ子だったのか？」

「そんなまさか。単に大急ぎで左右に飛び跳ねていただけです」「反復横跳び」

「クソ！　あの撹乱《かくらん》にまんまとやられたのも悔しいけどよー」

同じく、壇上で町長から二位の『残念勲章』を受け取って唇《くちびる》を曲げるフェルト。その視線が眼下、最前列でこちらを眺める巨体へと向けられる。

そのフェルトの赤い瞳《ひとみ》に見つめられ、相手は不思議そうな顔で首を傾《かし》げた。

「んん？　なんじゃ、フェルト。儂《わし》に何か言いたいことでもあるのか？」

「あるに決まってんだろ！　なんだったんだよ、ロム爺《じい》のあのバシバシした作戦！　町の連中を手足みてーに使って……ガストンとカンバリーがいいとこなしだぞ！」

「儂も自分のできることをしただけじゃ。いいところは自分で作るもんであって、儂にそう言われても困るわい」

不満を口にしたフェルトに、自分の禿《は》げ頭を叩《たた》きながら巨躯《きょく》の老人――ロム爺が笑う。

双子と同じ西陣営に加わり、まさかの大暴れをしたのが彼だ。

それも、その大きすぎる体でトメトを投げて暴れたのではなく、自分はトメトを当てられて早々に離脱したくせに、その後の作戦指示で暴れ回った形である。

「当たって負けたヤツは口出し禁止ってしときゃよかったか。でも、死んだわけでもねーのに……いや、当たったヤツは死んだってことにすりゃいいのか？」

「それならそれで、祭りの本番前に策を練るだけじゃな。罠《わな》は仕掛けんかったんじゃ。それぐらいは大目に見てもらわんと年寄りにはきついぞい」

「罠《わな》までやらせるわけねーだろ！　本気で勝ちにきすぎだ！」

敗北の味を噛《か》みしめるフェルトの横を抜け、優勝の立役者であるフラムとグラシスがロム爺《じい》と合流。双子を両肩に乗せたロム爺に勝ち誇られ、フェルトは地団太《じだんだ》を踏んだ。

ロム爺にまさかの適性を発揮され、敗北感に打ちひしがれるフェルトはさておき、トメト祭りそのものは大成功を収めたと言える。結局、祭りの最後には勝ち残ったはずの西陣営も全員がトメトをぶつけ合い、真っ赤な姿で互いを笑い飛ばす〆《しめ》だ。

こんなご機嫌な祭りに、当初は参加しない方針だったなんて本当に馬鹿げている。

元々、町の領主であるアストレア家は、長いこと収穫祭から距離を置いていたらしく、今年も例年通りに『トメト祭り』への参加を見送るつもりでいたのだ。

そこに待ったをかけて、陣営の全員での参加を決めたのが他ならぬフェルトである。

本来は町の人間だけが参加する祭りなので、フェルトたちは例外的な参加として、それぞれ四つの陣営にバラバラに組分けされた。フェルトが東、フラムとグラシスがロム爺と一緒に西で、ラチンスが北で、ガストンとカンバリーが南に散った形だ。

そして肝心の祭りの勝敗は、すでに語られた通り――。

「ま、ラインハルトは入れねーってのが前提だったけどな。お前がいると、お前が入ったとこが圧勝しちまうし……去年まで参加してなかったのもわかる話だ」

圧倒的な力を持つ『剣聖《けんせい》』が参戦すれば、祭りは一瞬で阿鼻叫喚《あびきょうかん》のトメト地獄だ。

町中にトメトをぶつけられた人々が次々と倒れ、惨状に誰もが言葉を失うだろう。収穫祭を祝うはずの祭りは、トメトを恐れる人々が豊作を呪う祭りへ早変わりする。

「いくら何でも、そこまで非常識なことにはなりませんよ」

と、敗北感をトメトごと拭ったフェルトの想像に、傍《かたわ》らのラインハルトが苦笑する。そのまま彼は、祭りの余韻に浸る住民の様子を眺めて目を細めた。

その横顔に安堵《あんど》の色があるように感じ、フェルトは「なんだよ」と肩をすくめる。

「ホッとした顔しやがって……何でもかんでも心配すんのが趣味なヤローだな」

「心配が趣味なんてことは。ただ、ホッとしているのは事実ですね。正直なところ、祭りに遠慮や混乱が起こらないか不安だったんですが……」

「取り越し苦労ってやつだったな。次からはもっとアタシの話をちゃんと聞けよ」

「はい。ただ、次はできれば……いえ、何でもありません」

話の途中で言葉を区切り、ラインハルトが言おうとした何かを引っ込める。それが気に食わず、フェルトは胡乱《うろん》げに彼の顔を下から覗《のぞ》き込《こ》んだ。

「あのな、言いそうになったらもう言ったのとおんなじだから、観念して話せ」

「……次は、僕も参加できる形式がありがたいなと。見ているだけなのは、少し」

「――。寂しいってか？」

そう尋ねたフェルトに、ラインハルトは何も言わずに微笑《ほほえ》んだ。

そんな彼の反応に、フェルトは素直に驚かされる。いつも、これまでも、ラインハルトは他人と並び立たず、離れたところで物事を眺めている。――そんな彼の在り方を当たり前のものだと、そんな風に思っていた自分に驚いて、怒りが込み上げた。

しかし、そのフェルトの自憤にラインハルトは「いえ」と言葉を継いで、

「寂しいというより、見ているだけというのは性に合わないんです。楽しそうなフェルト様のお姿にも刺激を受けましたので」

「ただの負けず嫌いじゃねーか！　大体、お前は参加しない方がいいって自分で言い出したんだろーが。なら、次は鎖で手足縛って、手でトメト触らねーって決まりで出るか？」

「そのぐらいで参加させてくださるんですか？」

「そのぐらいいっつーな！　考えただけでおっかねーだろ！　あと、まぜてほしけりゃ最初に言っとけ。今年の祭り終わっちまったじゃねーか」

とかく、自分の望みを口にするのがヘタクソな奴《やつ》だとフェルトは呆《あき》れる。これがフェルトへの小言ならポンポン飛び出すくせに、忌々《いまいま》しい口の持ち主だ。

「配分がおかしいんだよ、配分が……って、おお？」

そんな悪態をつくフェルトが、ふと視界の隅に目を引くものを見つけた。

表彰台を囲んだ町の住人の列、その外側に見知った親子連れ――赤ん坊を抱いた、若く綺麗《きれい》なその母親は、二ヶ月ほど前に事件を切っ掛けに知り合ったカリファだ。

娘のイリア共々、訳ありでハクチュリに移り住んできた母子とは、町の牧場に住み込みで働けるようにフェルトが口利きした間柄でもある。見たところ、トメトの投げ合いには

参加しなかったようだが、祭り自体は楽しめたようで間違いない。

なにせ、トメト塗《まみ》れにされた参加者の一人とずいぶん楽しそうに語らっているのだ。

「ガストンのヤロー、うまくやってるみてーだな」

視線の先、イリアを抱いたカリファと話しているのは強面《こわもて》の大男、ガストンだ。

見るからに小悪党な面構えの彼だが、カリファの前ではだらしなく蕩《とろ》けた顔を晒《さら》していて、彼女への好意が透けて丸見えだった。とはいえ、それをカリファが嫌がっているならともかく、彼女も満更《まんざら》でもないというのがフェルトの見立てだ。

「あれでもうちょっと活躍してりゃ、格好もついたんだろーけどな」

「いえ、ガストンの働きは悪くありませんでしたよ。囲まれて最後まで残れませんでしたが、流法も少しずつモノにしていて――先が楽しみです」

「へえ、お前が褒めるなんて珍しいこともあるもんだ。……そういや、カンバリーは？　確かガストンとおんなじ陣営だっただろ」

「カンバリーでしたら、開始早々に他の住民に捕まってトメト籠に落とされて……」

「あっそ」

ガストンとカンバリー、同じ陣営でずいぶんと明暗が分かれたものだ。カリファとイリアがいる分、活躍したい気持ちが勝った結果とも言えるだろうか。

そうなると、残った最後の一人は明暗のどちら側に寄った立場か――、

「――フェルト様」

「わーってる。見えてっからな」

審判役を務めたラインハルトに、身内の活躍を聞き終える前にそれは訪れた。

声を潜めたラインハルトに頷《うなず》いて、フェルトは表彰台から見えた異物に嘆息する。それは明るく賑《にぎ》やかな喧騒《けんそう》にそぐわない、招かれざる訪問客だった。

「祭りの締めは町長に任せて、アタシらは場所変えんぞ」

そう言い置いて、フェルトはラインハルトを伴って表彰台を降りる。そうして賑々《にぎにぎ》しい広場を抜け出すと、二人は人気《ひとけ》のない牧草地へと足早に移動した。

そこでラインハルトと並び、追いかけてくる人影を出迎える。

「わざわざ祭りの日にツラ出しやがって。つまらねー用事だったら承知しねーぞ」

「――それはそれは、お楽しみを邪魔して申し訳ございません」

そう言って、フェルトたちに頭を下げたのはスーツ姿に細身の男だ。そのいけ好かない蛇のような目には見覚えがある。

奇《く》しくも先ほど、イリアとカリファの母子の一件を思い出したばかりだ。

「テメーは確か『黒銀貨《くろぎんか》』で見かけたヤローだな。名前は……」

「サーフィスと申します。先日はご挨拶もせず、大変なご無礼を」

蛇目の男――サーフィスの態度は丁寧だが、フェルトは鼻を鳴らして無礼を貫く。仲良く話せる間柄ではない。この男は、母子を危険に晒《さら》した事件の黒幕だったのだ。

その事実を暴かれ、『黒銀貨』の頭目であるドルテロに制裁されたはずだが。

「あの豚鼻に殴られて、てっきりおっちんだと思ってたぜ」

「頭目の寛容さに救われました。今は損なった信頼を取り戻すため、額に汗して忠誠を証《あか》している真っ最中でして。もちろん、幹部の地位は失いましたよ」

「そりゃ何よりだ。首から上がなくなってりゃーもっとよかった」

「言いすぎです、フェルト様。――ですが、僕もあなたには思うところがある」

平然と顔を見せたサーフィスに、辛辣に応答するフェルトをラインハルトが窘《たしな》める。しかしフェルトに言わせれば、ラインハルトのその一言の方がよほど痛烈だ。

『剣聖《けんせい》』の機嫌を損ねるなんて、その方がサーフィスも生きた心地がしないだろう。

「サーフィス殿、謝罪は受け取るが、訪問を歓迎はできない。ロム殿とドルテロ殿が古くからの知人であっても、あなた方がフェルト様に接触するのは望ましくない」

「それは当然のお考えでしょう。ですが、私も嫌がらせが目的で訪ねてきたわけではありません。――頭目より、言伝《ことづて》を預かっております」

「豚っ鼻の伝言だぁ？」

ラインハルトにも引かないサーフィスの胆力に感心しながら、フェルトは考え込む。

『黒銀貨』の頭目であるドルテロは、イリアの実の父親だ。ただし、前回の事件の折、あの男はカリファとイリアを遠ざけるために、妻子はいないと断言した。

故にフェルトは彼を軽蔑し、どんな事情があろうと許さないつもりでいる。

だが、それはフェルトの意見だ。もしも彼が、カリファとイリアに伝えたいことがある

というのなら、それを遮る資格は自分には――、

「期待を裏切って申し訳ありませんが、さる母子とは関係のないことですよ」

「じゃあ、なんだってんだ。だったら、アタシがヤローと話すことも何にもねーぞ」

「――フェルト様は、今、フランダースを騒がせている事件についてはご存知《ぞんじ》ですか？」

予想を裏切られて不機嫌になるフェルトに構わず、サーフィスは淡々と自分の話を進める。彼の口から語られた、フランダースを騒がす事件だが。

「耳に入っちゃいねーよ。前にテメーらのとこいってから、アタシはいっぺんもフランダースにゃいってねーんだ。ラインハルト、お前は？」

「寡聞にして、僕も聞いていません。フランダースで、いったい何が？」

「――『黒銀貨《くろぎんか》』を含め、複数の組織が的にされ、被害を出しています」

フェルトとラインハルトの視線に応じ、サーフィスが事件の概要をそう語った。

正直、おかしな話ではある。フランダースの裏事情に詳しいわけではないが、『黒銀貨』は大層力があり、恐れられている組織と聞いていた。

「それがやられるなんて妙な話だ。それに、その話とアタシらに何の関係がある？　イリアたちは関係ねーってのがテメーの言い分だったろ」

「ええ、あの母子は関係のない話です。フェルト様との関係については……詳しくは、ご自分で調べていただきたいところですね」

「ああん？　もったいぶって、ケンカ売りにきやがったのか？」

「いいえ、目的は言伝《ことづて》です。お伝えさせていただいても？」

意に沿わないサーフィスの態度に唇《くちびる》を曲げるフェルト。その傍《かたわ》らのラインハルトが、「聞かせてくれ」と顎《あご》を引いて先を促した。

「先日の我々……『黒銀貨』との接触も含め、フェルト様の評判は私たちの業界ではよくありません。そこで、接点のなかった『華獄園《かごくえん》』や『天秤《てんびん》』といった組織がフェルト様を見極めたがっております。近く、挨拶があるかもしれないと」

「『華獄園』に『天秤』ね」

「その言いぶりだと、挨拶というのも額面通りに受け取ってはいけないようだ」

言伝を聞いたフェルトとラインハルトに、サーフィスは蛇目を細めて無言でいる。『挨拶』の解釈も言伝の真意も、どちらも自分たちで考えろと言わんばかりだ。二ヶ月前のドルテロとの対峙《たいじ》を思い返せば、さぞかしフェルトは嫌われているはずだが。

「つっても、あの豚っ鼻がつまらねー報復するヤローとも思わねーけど」

「たとえどんな作意があろうと、フェルト様は僕が必ずお守りする」

主従、それぞれの立場で言伝を受け止める二人。最強らしい自負で仁王立ちする『剣《けん》聖《せい》』を従える王選候補者、しかしそれに頼り切る様子は微塵《みじん》も見えず――、

「――なるほど。付け入る隙が細く狭くなられた。頭目の目は正しかったですね」

その二人の姿を目にした唯一の男は、細長い舌で唇を舐《な》め、そうこぼしていた。

4

「そりゃアレだろ？　『黒銀貨《くろぎんか》』だの、三巨頭が狙い撃ちにされてるって事件だ」

舌を出したラチンスが、フェルトの質問に当然のようにそう答えた。

あまりにもすんなり答えられてしまい、フェルトの方が目を丸くしてしまう。ひとまずのところ、伝言役のサーフィスが適当を言っていたのではないらしい。

「ま、さすがにそこまで疑っちゃいねーが……どんな事件なんだ？」

「ここ一、二ヶ月で、裏からフランダースを仕切ってる連中が次々やられてるってよ。犯人も目的もわからねえが、やられた連中はとんでもなくお怒りだと。犯人が捕まったら、生まれてきたのを後悔させられる羽目になるぜ」

「聞いた話と一緒だな。……けど、その事件絡みで『黒銀貨』がアタシに忠告してくるってのがイマイチわかんねーな」

「『黒銀貨』から忠告だぁ？」

首をひねったフェルトの発言に、盤を挟んで向かい合うラチンスが怪訝《けげん》そうになる。

――『トメト祭り』を終えて引き上げたフェルトは、アストレア邸の談話室でシャトランジの対局をしながらラチンスと向かい合っていた。

フェルトがラチンスを呼び止めたのは、仕入れたばかりのフランダースの事情について、一番情報を持っていそうなのが彼だったからだ。案の定、直近の事件についても知っていたラチンスに、フェルトは「実は」と直前の話を打ち明ける。

彼もまた、ガストンやカンバリーと同じで、フェルトに雇われている立場。身内として何かしらの話が聞ければと、軽い気持ちで尋ねたのだが――、

「――ご主人様よぉ。今のお前、面倒な立場になってやがんぞ」

話を聞き終えたラチンスが、シャトランジ盤の自陣の駒を動かしながらそう言った。

渋い顔をした彼の発言と打ち筋に、フェルトはまたしても目を丸くしたあとで、「おいおい」と次の一手を悩みながら、

「面倒な立場って、アタシはなりたくもねー王選候補者にされてんだぞ。これよりも面倒なことなんてそうそうあってたまるかよ」

「いや、まぁ、さすがに王選ほど面倒事じゃねえと思うが……たぶん、さっき話した事件をお前が仕組んだって疑われてんだよ」

「はぁ？」

「前にいっぺん『黒銀貨』と揉《も》めたろ？　連中に敵意があるって思われてんだ」

「言いがかりじゃねーか。大体、あんとき揉めたのはイリアのことが理由だろーが」

「そいつは『黒銀貨』の頭目がわかってる話で、表沙汰にしねえって約束なんだろ。だから、こっそり忠告して筋通そうとしたって流れなんじゃねえか？」

頬杖《ほおづえ》をつき、つらつらと自分の考えを述べるラチンスにフェルトは唸《うな》る。

ラチンスの推測した内容は、はっきり言って迷惑もいいところだ。が、ドルテロがサー

フィスに言伝《ことづて》させた真意として、納得のいく考えだったのも事実。

と、そう複雑な顔をするフェルトの前で、ラチンスが意外そうな顔をしていた。

「なんだよ、その顔。アタシが頭抱えてんのがそんなおもしれーのか？」

「えらく素直に信じたと思ってよ。ほとんどオレの想像しただけの話だぜ？」

「アタシから聞いといて耳貸さなかったらなんなんだよ……筋も通ってるって感じるし、これで適当な作り話だって方がよっぽどビビるわ」

これが嘘《うそ》なら、ラチンスにはホラ話の才能がある。ここでうだうだとフェルトとシャトランジをやっているより、才能を活《い》かして本でも書くべきだ。

ただ、渋い顔で背もたれを軋《きし》ませた彼は、作家になる道は選ばない様子で。

「――。じゃあ、我らが王選候補者はなんて釈明しやがるんで？」

そう聞いてくるラチンスに、フェルトは「はん」と鼻を鳴らした。

「なんでアタシが言い訳すんだよ。つーか、言い訳しようにもその材料がねーよ。イリアたちのことは話せねーのにどーしろってんだ」

「だから、前もって言い訳考えとけって忠告なんだろ。――そら、詰みだ」

「あ⁉　ちょ、嘘だろ⁉　アタシが勝ってたよな⁉」

「そう見せてただけだっつの。打ち方が素直すぎだ。もうちょい隠せ」

自分の駒を動かし、相手と駒を奪い合いながら敵の『王』を倒すシャトランジ。

長考に次ぐ長考で迎えた最終局面、勝利を目前にフェルトの王は逃げ場を失い、哀れにもラチンスの手勢に囲まれ、最期を迎えていた。完敗だった。

「うがー、チクショー！　一日に二回も悔しい負け方させられんのかよ！」

「『トメト祭り』はともかく、覚えたての奴《やっこ》に負けるかよ。呑《の》み込みは悪くねえがな」

「ぐぐ……テメーの方こそ、なんでそんなつえーんだよ」

打てるというのも驚きだったが、それで強いのも意外すぎる特技だった。

ガストンやカンバリーどころか、フラムとグラシスも打ち方を知らないと断ってきただけに、貧民街のチンピラだったラチンスはどこで打ち方を覚えたのか。

「……別に、オレなんざ大して強くもねえよ」

しかし、そのフェルトの問いかけに、ラチンスはらしくもなく静かに答えるだけ。それからすぐに彼は表情をいやらしく歪《ゆが》めて笑い、

「こんな駒遊びなんかより、立ち回りもちったぁ考えろや。連中の『挨拶』ってのも、冗談でも脅しでもねえって思っといた方がいいぜ」

それだけ言い残し、立ち上がったラチンスが談話室を出ていく。勝ち逃げされるのは悔しいが、勝算なしで闇雲に挑んでも勝ち星は掴《つか》めない。それはシャトランジでも、それ以外の勝負事でも同じことと、フェルトは負けの盤面を睨《にら》みながら――、

「挨拶にくるってんなら話がはえーよ。そのときにでも言ってやるさ。――アタシらを、ろくでなし共のケンカに巻き込むんじゃねーってな」

5

フランダースの事件と『黒銀貨《くろぎんか》』からの忠告、それが身に覚えのない疑惑に繋《つな》がっているとのラチンスの見解を聞いて、フェルトは問題の『挨拶』とやらを待つことにした。

早い話、ケンカを売られている。ならいっそ、派手に買うのがフェルト流だ。

貧民街育ちのフェルトに言わせれば、舐《な》められるヤツには舐められる理由がある。大抵の場合、やられっ放しが相手をつけ上がらせるのだ。

故に、対処法はやられっ放しにならず、殴り返すことにある。

そんな覚悟と戦意を滾《たぎ》らせて、『挨拶』がくるのを今か今かと待ち望んで――、

「――誰も挨拶になんかこねーじゃねーか！」

収穫祭から数日が経過し、波風の立たない日々にフェルトの怒りが爆発した。

執務室という名のフェルトの監禁部屋では、今日も今日とてラインハルトが選び抜いた参考書相手に、足りない知識を埋めるための戦いが繰り広げられている。

それ自体はいい。フェルトも自分の知識不足の自覚があるし、読書も案外悪くない。

しかし、連日こればかりでは息が詰まるし、目下最大の関心事である黒社会からの『挨拶』が延々頭をちらついては、肝心の勉強にも身が入らないわけで。

「グズグズしやがって、いつになったらケンカおっぱじめられんだよ……！」

「これ、何を物騒な期待をしとるんじゃ。退屈な毎日、儂《わし》は大いに歓迎じゃぞ」

「そりゃロム爺《じい》が年寄りだからだろ！　アタシはそうじゃねーの！」

唇《くちびる》を尖《とが》らせ、惜しみなく不満を口にするフェルトに巨躯《きょく》の老人――ロム爺が苦笑する。

執務室の床に直接座り、それでもフェルトと頭の高さが変わらないロム爺は、課題に取り組むフェルトを横目に様々な書物や書類に目を通していた。

貧民街からも盗品蔵からも離れ、悠々自適にここでの生活を堪能している様子だ。

「けど、あんましのんびりしてるとすぐボケちまうぞ」

「冗談も休み休み言わんか。そう心配せんでも、ここでもちゃんと頭は使っとるわい。現に『トメト祭り』でも、儂の策がきちっと嵌《は》まったじゃろう」

「今考えっと、アタシの強味《つよみ》も弱味《よわみ》も知ってるロム爺の策じゃ嵌まって当然だよな……」

苦い思い出を掘り返され、フェルトは頬杖《ほおづえ》をついて顔をしかめる。

そのフェルトの反応を余所《よそ》に、ロム爺の視線は手元の紙束に落ちたままだ。よほど興味深いものに集中しているようだが。

「それ、何読んでんだ？　おもしれーもん？」

「面白く感じるかは人それぞれじゃな。『剣聖《けんせい》』が不在の間の、ハクチュリも含めたアストレア領の町や村から上がった徴税の報告書じゃ。ただ……」

「ただ、なんだよ。まさか、悪さ働いてるの見つけたとか？」

「逆じゃよ。この感じからすると、どこの町村も馬鹿正直に帳簿を書きすぎとる。農家と商人の税収も無駄が多い……どうも、今に始まったことでもないの」

太い眉《まゆ》を太い指で掻《か》きながら、ロム爺《じい》が領民たちの報告に難しい顔をした。

そのロム爺の話を聞いて、フェルトの脳裏に先日の『トメト祭り』で交流したハクチュリの住民たちが過《よぎ》る。まだ学び始めたばかりだが、貧民街暮らしのときには知ろうともしなかった知識——この世界は、ただ生きるだけでも金がかかる。

それはある意味で、その土地で生きていく権利を買うための支払いだ。

「前の前、二代前の当主時代からのやり方を続けておるな。当時はそれでよくても、時代の流れにも王国の風潮にも合っておらん」

「前の前ってーと……ラインハルトの爺さんか？」

「いや、それより前の曾祖父《そうそふ》よ。この家の現当主は、あの若僧《わかぞう》ではないからの」

「あー、そうだった。一応、当主はラインハルトの親父《おやじ》なんだよな」

王選の開始直後にも、その件についてはラインハルトから聞かされていた。

王選候補者の一人として参加するフェルトと、その騎士役を務めるラインハルト。しかし、ラインハルトの実家であるアストレア家は後ろ盾としては不完全なのだと。その理由がアストレア家の現当主、ラインハルトの父親にあるらしい。

「ツラも見せねー上に領主の役目も放棄してんのか。碌《ろく》な親父じゃなさそーだな」

「それは違いあるまい。それにしても、これを一から叩《たた》き直《なお》すのは骨じゃぞ」

「ロム爺でも難しいのかよ」

「所詮、儂《わし》も門外漢じゃからな。『黒銀貨《くろぎんか》』よりもこっちの方が急務……せめて、まともな内政官の一人はおらんと領地が回らん」

　パラパラと報告書の束をめくり、ロム爺がお手上げと両手の掌《てのひら》を見せる。ちらと覗《のぞ》いた書面には知らない単語と数字が羅列されていて、フェルトもチンプンカンプンだ。

　早急に、その内政官とやらを登用する必要があるのだろうが――、

「内政官なんてどう探すんだよ。路地裏でラチンスたちを拾ったみてーに、できるヤツがうろついてんのを引っ張ってくりゃいいのか？」

　もちろん、そうは言うもののフェルトもこれが正解だとは思っていない。

　フェルトがラチンスたちを引き当てたのもたまたまだ。また同じような偶然が転がっているほど、路地裏は景気のいい場所ではない。

　黒社会の『挨拶』の件も片付かないのに、領地の徴税改革に内政官の登用と悩みが多い。

「せめて、問題が一個ずつ出てくんなら……って、そうか！」

「うおっ！　な、なんじゃなんじゃ、何を閃《ひらめ》いた」

　頬杖《ほおづえ》をついた体を起こし、フェルトはぴょんと机を飛び越すとロム爺の下へ。慌てて差し出された膝《ひざ》の上に着地し、フェルトはロム爺の胡坐《あぐら》の中から彼の顔を見上げた。

　ニヤリと、フェルトは尖《とが》った八重歯を覗かせる笑みを浮かべ、

「アタシがバカだったたって話だよ！　なんで大人しく待ってたんだ。あっちがいつくるかわかんねーなら、アタシの方からいきゃぁいいんだよ」

　ロム爺の腹と胸に背を預け、フェルトはその名案に自分の膝を叩いた。

サーフィスの言伝《ことづて》を聞いたせいで、相手の『挨拶』を待たなくてはいけない気持ちになっていたが、それが間違いだ。何故《なぜ》、フェルトがやきもきさせられなきゃならない。

「アタシから出向いて挨拶してやるよ。それが一番、手っ取り早いじゃねーか」

「――。相手は『黒銀貨《くろぎんか》』のドルテロだけでなく、フランダースの三巨頭じゃ。滅多《めった》なことを言うなと、お前さんだけなら説教するところなんじゃが……」

フェルトの積極案を聞いたロム爺《じい》が、顔をしわくちゃにしながら低く唸《うな》る。

心情的には反対なのだろうが、果敢な孫娘を引き止める反論が浮かばないのだろう。当然だが、フェルトも一人で出向くつもりはなく、その場合の同行者は明白だ。

「ラインハルトのヤローがいりゃ、場所がどこだろーと関係ねーよ。まぁ、もしもあいつがうだうだ言うならアタシだけでもいくけど」

「断固、それは却下じゃ。……やれやれ。どうしてそう無鉄砲に育ったかのう」

観念した風にため息をつくロム爺が、膝《ひざ》に乗せたフェルトの頭に大きな手を置く。

長い付き合いだ。すっぽりと頭に被《かぶ》さる掌《てのひら》の感触と、不本意そうな嘆息はロム爺がフェルトの説得を諦めて、手を貸すと決めた証《あかし》だった。

それを笑って受け入れながら、フェルトは何を今さらと内心で呆《あき》れた。

誰譲りの無謀かなんて、処刑覚悟で王選の場に乗り込んでくるロム爺にだけは言われたくないではないか、と。

6

――フェルトが『地竜の都』フランダースを訪れるのは、これが二度目だ。

記念すべき一度目の訪問は、イリアとカリファの母子の安全を守るため、脅威となった『黒銀貨』の根城に直接乗り込んだときだった。

あのときも、相手が悪いと無茶《むちゃ》無理無謀と散々罵られての訪問だったが、二度目となる今回の目的も黒社会の関係者を訪ね歩くことと考えると、ひどく因果だ。

「そりゃ、行儀のいい貴族やら商人やらとつるむより、悪党連中の方がアタシとなら話が合うだろーけどよ」

「あまり滅多なことを仰《おつしや》らないでください。それと、十分周囲の警戒を。できるだけ、僕の傍《そば》を離れないでもらえれば」

「わーったわーった。同じこと何べんも言われると、耳が痒《かゆ》くて仕方ねーや」

耳に小指を突っ込んで、護衛としてついているラインハルトにフェルトが応じる。

場所が場所で、訪問先の相手が相手だけにラインハルトの警戒もわかるが、そうでない場面でも過保護が過ぎるのは悩みの種だ。まるでガラス細工のような扱われ方だが、ラインハルトはフェルトが貧民街出身なのを忘れているのだろうか。

「こちとら、今より逃げ足の遅い頃から路地裏で生きてきてんだ。心配しすぎだぜ」

「経験は身を助けますが、過信は命を危うくします。お考えはわかりますが、王都の貧民街と比較して気を緩めるべきではありません」

「ちっ、いちいち正論……それもわーったよ」

ひらひらと手を振り、真剣に進言するラインハルトにフェルトは頷《うなず》いた。

ラインハルトには脊髄反射で反論したくなるフェルトも、彼の青い双眸《そうぼう》がこちらを心配する色しかないとなれば、バツの悪さで叩《たた》く悪態もなくなる。

実際、ラインハルトの言う通り、敵地には違いないのだ。

「挨拶回りの目的は、フランダースの三巨頭……『黒銀貨《くろぎんか》』以外だと、『華獄園《かごくえん》』と『天秤《てんびん》』って名前の組織って話だ。で、ひとまず『華獄園』があるのが――」

「――おーい、何してんだ？　ちゃんとオイラについてこいよ」

首をひねり、そうこぼしたフェルトの前方で、手を振る影がこちらを呼んだ。

フェルトとラインハルトを先導する背丈の低い人物――カンバリーだ。

路地裏三人衆の一人である彼は、自称『フランダースの達人』であり、勝手知ったる場所だと街の案内役を買って出ていた。そうして、この辺りは知り尽くしていると豪語するカンバリーに案内されているのが――、

「けど、妙な気分だよな。オイラがお嬢と『剣聖《けんせい》』連れて花町にくるなんてさぁ」

頭の後ろで手を組みながら、あっけらかんとした口調でカンバリーが言い放つ。

それを聞いたラインハルトが、何とも曖昧な笑みでお茶を濁そうとするのを、ニマニマと笑ったフェルトは見逃さなかった。

「……フェルト様、その意味深なお顔はなんですか？」

「んや、別に？　ただ、騎士の中の騎士様が、花町って聞いてドギマギしてんのが面白かっただけだよ。お前のツラなら、ここじゃ大人気だろーによ」

「好かれて悪い気はしませんが……返答に困ります」

と、答えに窮するラインハルトの反応に、ますますフェルトは上機嫌に笑った。

二人がカンバリーに連れられてやってきたのは、フランダース市内でも歓楽街に分類される『花町』の区画だ。派手で煌《きら》びやかな店構えの建物が並ぶ通りには、煽情《せんじょう》的な衣装で男を誘う女たちと、そんな女たちを物色する大勢の男が溢《あふ》れている。

区画全域に漂う甘ったるい香りと、ひと時の快楽を約束する猫撫《ねこな》で声《ごえ》が交錯する空間をきょろきょろと見回し、フェルトの胸に郷愁が去来した。

「花町ね。懐かしいもんだ」

「フェルト様!?」「オイオイ、お嬢!?」

ぼそっと、その疼《うず》きのままに呟《つぶや》いたところで、男二人の反応にフェルトは「あ、いけね」と自分の口走った内容が誤解を招くものだったと気付いた。

「一応言っとくが、アタシが店に立ってたわけじゃねーぞ。ただ、王都の娼館《しょうかん》で働いてる姉ちゃんたちに世話になったこともあるって話だ」

「そう、なんですね。大変失礼な誤解を……」

「なんだ、お嬢が仕事してたわけじゃねえのか。めっちゃ興味あったのに」

「カンバリー！」

フェルトの弁明に安堵《あんど》したラインハルトが、続くカンバリーの発言を叱責する。

立場を考えれば不敬極まりない的な発言だが、怒るラインハルトと違い、フェルトは思わず噴き出してしまった。

「何が興味だよ。アタシが花売ってたら買うってのか？　冗談だろ？」

「オイオイ、舐《な》めてもらっちゃ困るぜ、お嬢。オイラは花町の遊び人……男には、度胸を見せなきゃならねえ引けない場面もあるってわけさ」

「ハッ、ラインハルトに睨《にら》まれてても言えるんなら本物のバカだな」

男気なんて上等なものかはわからないが、そう胸を張ったカンバリーは、ラインハルトの糾弾の眼差《まなざ》しにも引き下がらなかった。

もちろん、フェルトにとってもカンバリーにとっても仮定の話だ。

実際にはフェルトは娼館《しょうかん》で働く娼婦《しょうふ》たちとは別の道を選んだし、今現在の立ち位置も全く違ってしまっている。花売りには、ならずに済んだ。

「だから、いい加減、その目つきやめろ。冗談のわからねーヤローだな……」

「冗談であっても、ですよ。どこに目や耳が潜んでいるかわかりませんから、そうした発言はできるだけ控えた方がいいと思います」

「へいへい。——どこに目や耳が、ねえ」

真面目腐ったラインハルトの答えと態度に、フェルトは指で頬《ほお》を掻《か》いた。

一連のカンバリーとのやり取りに気を揉《も》んだ風なラインハルトだが、フェルトの安全確保を重視するあまり、肝心の足下が見えていない。正直、フェルト的に一番身の危険を感じるのは、他ならぬラインハルトへ向けられた娼婦たちの熱視線だ。

本来なら花町の主役である彼女たちのお株を奪い、ぶっちぎりの注目を集めるラインハルト。おそらく、彼は見られ慣れすぎているのだ。だから、花町の娼婦たちの視線を独り占めし、並んで歩くフェルトがやっかまれることにも気付けない。

ともあれ――、

「――花町の支配者、『華獄園《かごくえん》』か」

「花街のケツモチをしてくれてる連中だかんな。オイラは足向けて寝らんねえよ」

男らしい価値観で頷《うなず》いたカンバリーが、正面に見えた建物を顎《あご》でしゃくってみせる。そちらへ顔を向けると、花町最大の娼館がフェルトたちを出迎えていた。

花町の最奥、絢爛豪華《けんらんごうか》な外観は店構えの時点で他の娼館と一線を画している。重厚な色香で武装された娼館の存在感には、女のフェルトでさえ心が掻き毟《むし》られた。

「フランダースで一番の店ってだけあるな。見てるだけでワクワクしてきた」

「……聞いていいものかわからないんだが、カンバリーはこの店には？」

「へっ、オイラの財布の中身じゃ、入口通るだけで素寒貧《すかんぴん》になるぜ！」

晴れ晴れと親指を立てたカンバリーの答えに、フェルトはラインハルトに目配せする。敵地に乗り込む以上、脱出路の確保は最優先だ。それをラインハルトに任せると無言で伝えると、彼も心得たとばかりに深く頷《うなず》いた。

「んじゃ、さっそく一番偉いヤツに『挨拶』としゃれ込む――」

「――あ？　ああああああ！」

「あん？」

不意に、入口に向かおうとしたフェルトたちの足を止める絶叫が響き渡った。

フェルトたちと入れ替わりに、娼館《しょうかん》から出てこようとした男――小男だ。小人族のカンバリーと同じぐらいの背丈、子どもと見紛《みまが》うような童顔の人物だった。

長めの緑髪を肩に届く手前で切《き》り揃《そろ》え、黒いマントを羽織ったその小男は、丸い目を見開いて、わなわなと唇《くちびる》を震わせながらこちらを睨《にら》みつけていた。

そして――、

「よ、ようやく見つけたぞ、貴様！　私がどれだけ探したと思っている！」

唐突に因縁を吹っ掛けられ、フェルトとラインハルトは困惑に眉《まゆ》を寄せた。

生憎《あいにく》と、フェルトの見知らぬ相手だ。ラインハルトも同じ顔なので、彼の知り合いというわけでもなさそうだ。だが、すぐに小男の注目する相手の正体はわかった。

「げっ！　いけね！」

そう呻《うめ》いたカンバリーが背を向けて、猛然と逃げ去ろうとしたからだ。

「逃がすものか！　止まれ！」

「オイオイ、止まれって言われて止まるようなオイラじゃねえぜ！」

追うものと追われるもの、血相を変えて逃げるカンバリーの暴言に、奥歯を噛《か》みしめた小男は「そっちがその気なら……！」と逃げる背中に指を向けた。

次の瞬間、その指先に淡い光と熱の高まりが集中するのがわかり――、

「ラインハルト！」

大事になる寸前、そう叫んだフェルトの傍《かたわ》らで風が渦巻いた。

遠く、豆粒ぐらいに見える位置からでも、瞬《まばた》きのあとには辿《たど》り着《つ》いている脚力だ。ほんの数メートルの距離などないかのように、ラインハルトが小男に到達する。

そのまま、ラインハルトは小男の構える指をそっと上から押さえ、

「さすがにそれはいただけないな」

「んなぁ⁉」

収束する光と熱が、ラインハルトの手に吸われるみたいに掻《か》き消《き》えた。それを目にして仰天する小男、次いでその体が反転し、地面にねじ伏せられる。

鮮やかに制圧され、目を白黒させる小男は、自分の腕を取るラインハルトを見上げ、

「た、大した腕だな、君は……」

「お褒めに与《あずか》り恐縮だよ。さて、君の処遇だが……」

下から称賛の言葉をかけられ、苦笑したラインハルトが顔を上げる。その視線は通りの向こうでカンバリーに追いつき、転ばせた背中を踏んでいるフェルトに向いた。

じたばたと往生際悪くもがくカンバリーを足蹴に、フェルトは視線に手を振り返す。

「お嬢、お嬢！　後生だから逃がしてくれー！」

「バカ、逃がすわけねーだろ。ったく、『挨拶』の前に騒ぎにしやがって」

さぞや周りの反感を買ったものと、フェルトは苦い顔で周囲を見回し、思ったよりも大人しい通りの様子に眉《まゆ》を上げた。

ラインハルトが未然に暴挙を止めたのもあるが、花町の人々の混乱は最小限だ。驚いているのも客の男たちばかりで、客引きする店の人間や、通りで手を振っていた娼婦《しょうふ》たちは速やかに道の端に隠れ、騒動から逃れる準備が整っている。

「なるほど、厄介事にゃ慣れてるってわけか。そういや、王都の姉ちゃんたちも、このぐれーじゃビクともしてなかったもんな、っと！」

「ぐえええ！」

足の下、まだ逃げようとするカンバリーの背を踵《かかと》で躙《にじ》り、耳を掴《つか》んで引っ張り起こすとラインハルトと小男のところへ戻る。見れば、ラインハルトの方も小男を引き起こしていた。が、どうにも妙な展開になっている。

何故《なぜ》か、立ち上がった小男がラインハルトの手を取り、しげしげ眺めているのだ。

「……先ほどのあれは、マナの構成がほどかれたのか？　相手の術式に割り込んで乱すなんて高等技術……いや、無害化なのだからより高位の……」

「——？　何させてんだ、ラインハルト？　なんかぶつくさ言ってんぞ」

「いえ、実は僕もわからないんです。どうやら、さっき制圧したときに彼の興味を引いてしまったようなのですが……」

たぶん、立つために差し伸べた右手を矯《た》めつ眇《すが》めつされ、ラインハルトは眉尻を下げた困り顔でいた。振り払っていないところ、小男に悪意はないのだろうが、花町で色男相手にというのは業の深い光景にも見える。

そう、フェルトがラインハルトをからかってやろうとしたときだった。

「そうか！　マナ過剰循環体質か！　それで先ほどの事象にも説明がつく！」

「――――」

カッと目を見開いて、会心の笑みを浮かべた小男が叫んだ。

彼は大発見とばかりにラインハルトの手をぺしぺし叩《たた》くと、それからようやく現実に目の焦点を合わせ、フェルトたちの注目に「む」と気付いた。

形のいい眉を顰《ひそ》めて、しばらく考え込み、フェルトの傍《かたわ》らのカンバリーを見て――、

「あ！　き、貴様は……！」

「ダメだ、もっぺん繰り返しになる。ラインハルト」

「ぐあああ!?　手首と肘と肩と首と腰まで、五点を極《き》めるなぁ！」

正気に戻った途端、先ほどの焼き直しになりかけたのを強引に止める。ラインハルトに腕を取られ、絶叫する小男の様子にフェルトは肩をすくめた。

花町は相変わらず、小男の絶叫を意に介さない通常営業を続けているのだった。

7

「――エッゾ・カドナー、それが私の名だ」

極《き》められた腕をだらんとさせた小男――エッゾはそう名乗り、恭しく一礼した。

いわゆる、非の打ち所がない丁寧な所作というやつだ。フェルトもまだまだ勉強中の身だが、最初に仕込んでくれた二人――王都のアストレア家の別邸を管理する老夫婦、キャロルとグリムのそれに近い完成度に感じられた。

服装や言動から察するに、王国の貴族の一人かとも思われたが――。

「それについては誤解だ。私はあくまで、自己表現の一環としてこうした格好を選んでいるに過ぎない。ただでさえ、侮られやすい外見だからな」

「あー、そりゃ悪かった。そっちとは事情はちげーけど、見てくれであれこれ言われるって気持ちはわかるぜ。アタシもよくよく舐《な》められるからよ」

「なので、せめて服装ぐらいはと気遣っている。今の私は、貴族や高官といった地位とは無縁の無頼者だよ。……そこの、同族に騙《だま》されるような愚か者だ」

穏やかに話していた途中、エッゾの視線が険しいものになり、カンバリーが震える。

理性的な性格のエッゾがこれほど怒る上に、カンバリーも尻尾を巻いて逃げ出すくらいだ。この二人の小人族、どうやら因縁があるらしい。

「で、逃げたんだからテメーが悪いんだろ。何やらかした?」

「オイオイ、何もやらかしちゃいねえよ！　むしろ、オイラは無一文のそいつに仕事の紹介までしてやったんだ！　恩知らずとはこのことだぜ！」

「な……！　そもそも、貴様が同族のよしみと急に話しかけてきて、私を酔い潰した挙句に私の手持ちで勝手に支払いを済ませたせいだろう！　こちらが前後不覚なのをいいことに、言葉巧みに私を花町に放り捨てていって……！」

「花町で働けて何の文句があんだよ！　オイラの方が働きてえくれえだ！」

声を裏返らせるカンバリーと、怒りに震えるエッゾがフェルトを挟んで睨《にら》み合《あ》う。

両者の意見を間で聞いたフェルトは、渋い顔をして腕を組んだ。

「フェルト様、今の二人の話ですが……」

「言うな。言わなくてもわかってっから。……エッゾって言ったな。悪かった」

同じ話を聞いたラインハルトの眼差《まなざ》しに、頷《うなず》いたフェルトがエッゾに頭を下げる。それを目にしてエッゾは驚き、カンバリーが「お嬢⁉」と悲鳴を上げた。

その傍《かたわ》ら、ラインハルトも神妙な顔で自分の胸に手を当てて、

「フェルト様共々、僕からも謝罪を。カンバリーは当家で預かる立場だ。彼があなたにもたらした不利益は、当家で補償させていただきたい」

「それが雇った側のケジメってもんだ。アンタにゃわりーことしたよ」

「――。頭を上げてもらいたい。あなた方の謝意は受け取った」

フェルトとラインハルト、二人の言葉にエッゾも怒りと驚きを理性的に引っ込める。彼

はフェルトたちの行動にドギマギしているカンバリーを見やると、

「君に対しても、強硬な手段を取ろうとしたのは浅慮だった。謝罪しよう」

「そ、そうだぜ！　いくら何でも、こんな大勢がいるとこで殺そうとすんなよ！」

「弁明させてもらえるなら、魔法はあくまでこけおどしを目的としたものだ。君の命を取ろうというつもりは毛頭なかったと、そう付け加えさせてもらおう」

「ぬぐ……っ」

あくまで、話し合いのテーブルにつかせるためだったと主張するエッゾに、勢いだけしかないのに、その勢いを取り上げられるカンバリーが言葉を封じられていた。

役者が違う上に、相手の方が正論ともなれば、食い下がっても恥を晒《さら》すだけだ。

「諦めろ、バカンバリー」

「チクショウ！　でもよ、お嬢、オイラは本当に悪気があったわけじゃ……ただ、花町で見かけるたんびに怖《こえ》え顔してオイラを追っかけてくるもんだからつい……」

「それがわかっていて、どうして通うのをやめないんだ。今回、案内役を買って出たときだって、危険は予期できただろうに」

「いつも、本人のツラ見るまで忘れちまうんだよな……」

身内のフェルトとラインハルトにも冷たくされ、ただでさえ小さいカンバリーの体がより小さく見える。そのカンバリーの醜態を見るに見かねたらしく、「待ってくれ」と割って入ったのは他ならぬエッゾだった。

彼は肩を縮めているカンバリーを不憫《ふびん》そうに見ながら、

「私の行いに端を発してしまったが、彼に陥れられたことは不運ばかりではなかった。彼と出会わなければ、花町と縁を持つことなどなかっただろうし……」

「女紹介してもらえて大感謝ってか？　アンタがそれでいいならいいけどよ……」

「それも誤解だ。言ったろう。彼が私をここに置き去りにしたのは仕事の紹介だと。私がここで勝ち得た縁というのは、そちらのことだよ」

「仕事というと、エッゾ殿の魔法の腕と関係が？　かなりの腕前とお見受けしましたが」

「君にはまるで通用しなかったので、少々額面通りには受け止めづらいがね！」

不発に終わった魔法の話題に、エッゾが声を高くする。

ラインハルトの悪癖だ。フェルトも叫んだエッゾの気持ちがよくわかる。ラインハルトは今のように、ねじ伏せた相手の力量を称賛する癖がある。

出会った当初、何とかラインハルトの下から逃げ出そうとするフェルトを捕まえては、「足が速いですね」と煽《あお》られていたのが思い出された。

「あれが馬鹿にしてんじゃなくて、本心から言ってるってわかってからの方が、アタシはお前のことどうかと思ってるぜ」

「フェルト様まで、いきなり何を……。直せることなら直しますが……」

「たぶん無理そう。それよか、本題に戻そうぜ。カンバリーがやらかした埋め合わせがしてーんだが、紹介された仕事ってのは……」

「――この花町の用心棒よ」

と、補償の話を進めようとしたフェルトを遮り、その声が通りの空気を支配した。

それは文字通りの支配だ。それまで、魔法をぶっ放そうとしたエッゾがラインハルトに取り押さえられ、カンバリーがフェルトの足蹴にされても大きな関心を向けてこなかった花町の人々が、娼館《しょうかん》の女たちも含めて全員が注目する。

その場に現れ、フェルトたちの会話に交ざった第三者――紫のドレスの美女に。

「へえ、こりゃ別嬪《べっぴん》だ」

振り向いたフェルトも、その相手の美貌に思わず感心した。

美貌と魔性の入り混じる妙齢の美女は、肩や胸元を大胆に露出したドレス姿で、鼻から脳を食い潰す香りを纏《まと》いながらこちらへ微笑《ほほえ》みかけている。

彼女はその切れ長な瞳《ひとみ》を、カンバリーを背に庇《かば》ったエッゾに向けて、

「センセイ、ミモザがあたくしのところへきたわよ。センセイが通りで揉《も》め事《ごと》を起こしたってね。ご自分の立場はおわかりかしら」

「……面目次第もない。彼女を怖がらせたのは、私の落ち度だ」

「あら、素直だこと」

がっくりと肩を落とし、自分の失態を認めるエッゾに美女の微笑が深みを増した。それから彼女は、自分の存在が周囲の注意を引いている事実を鷹揚《おうよう》に察し、

「ほらほら、あたくしに見惚《みほ》れないで働きなさいな。蝋燭《ろうそく》二本分は仕事しないと、ここの

お花の自覚が足りないってことになるわよ」

　さして大きくない声量だが、美女の声は通りの娼婦《しょうふ》たちに劇的な効果をもたらした。彼女たちはすぐに動き出し、花町の凍った空気が甘い香りと共に溶け出す。

　その存在感からもわかるが、目の前の美女の立場は花町でも指折りの――否、そんな表現では足りない。間違いなく、彼女がこの花町の顔役だ。

　つまり、必然的に彼女こそが『華獄園《かごくえん》』の主――、

「――アンタが、ここを仕切ってる女主人ってヤツでいいんだよな？」

「ええ、それで間違いないわ。ここで働く花たちのまとめ役をさせてもらってる、トトというものよ。お待ちしていましたわ、フェルト様」

　そう言って、己の豊満な胸を誇示するように肘を抱いた美女――『邪毒婦《じゃどくふ》』トト。

　とんでもなく物騒な異名で呼ばれているものだと思っていたが、実物を目にして、フェルトもその呼び名に納得だ。実際に毒物で人を苦しめるのではなくて、毒を盛られたみたいにじわじわと、彼女なしではいられない地獄に引き込まれる類《たぐい》の。

　ともあれ、こうしてフェルトたちがくることも予想されていたなら話は早い。

「事前連絡なしでわりーが、『挨拶』しにきてやったぜ。これでも、一応は王選候補者ってことになってるんでな。もてなしは、期待していいんだろ？」

　そう意地悪く笑ったフェルトの言葉に、トトも血の色をした唇《くちびる》を大胆に緩めた。

8

娼館《しょうかん》の奥の貴賓室に通され、フェルトはソファの柔らかさにやられていた。

王都のアストレア別邸、そしてハクチュリの屋敷と、順調に貧民街時代の生活水準との格差に順応しつつあったフェルトだが、その概念を破壊するソファだ。

ずぶずぶと腰と背中を沈ませる柔らかな感触、それは悪魔の椅子《いす》だった。

「な、なんだこの椅子……こんなの家にあったら、仕事も勉強もできねーよ」

「フェルト様、うっかりお休みになられないようにしてください。ここは『華獄園《かごくえん》』の建物ですし、当初の目的は顔見せですから」

「わかってるっつーの。ちょっと寝そうで危なかったけど」

唇《くちびる》を尖《とが》らせ、フェルトは隣のラインハルトの小言に反論する。生憎《あいにく》と、勧めても頑として座らない彼には、人を堕落させるこのソファの力はわかるまい。

そのソファ以外にも、貴賓室の内装はあらゆるところに金がかけられている。

もっぱら、王都でのフェルトの生業《なりわい》はスリであり、住居に押し入る強盗行為は専門外だったが、ロム爺《じい》の盗品蔵にはたびたび物が運び込まれた。なので、これで意外とフェルトは物の良《よ》し悪《あ》しを見分ける目を養われている。

そのフェルトの目から見ても、貴賓室の中身は貧乏貴族のアストレア家とは違う。

「『邪毒婦《じゃどくふ》』なんて呼ばれてるわりには、いい趣味してるぜ、あの女」

「――。老婆心ながら言わせてもらうが、直接トト女史をそう呼ばないことだ。彼女はその異名を嫌っているから、話が拗《こじ》れかねない」

「へえ、そりゃ聞いといてよかった。助かるよ、センセイ」

ソファに沈む体を起こし、ひらひらと手を振るフェルトにエッゾが片目をつむった。

花町の用心棒であり、トトに雇われた立場であるらしい彼が、こうして貴賓室で女主人が戻るのを待っているフェルトとラインハルトの応対をしている。

現在、化粧を直すと別れたトトを待っているところだが、貴賓室に置かれた品々や、何かと講釈してくれるエッゾのおかげで退屈せずに過ごせていた。

なお、カンバリーはエッゾとの因縁の雪解けを迎えると、トトの「話し合いの間、よければ花にお付きの方たちの相手をさせるわん」という社交辞令を真に受け、彼女の指名した娼婦《しょうふ》と意気揚々と部屋へ消えていった。

案内役の仕事は済んでいるとはいえ、精力的なことだと感心する。

「それにしても……改めて驚かされた」

「うん？　驚いたって、何にだ？」

「こうして、あなたと『剣聖《けんせい》』殿と同室にいる事実にだ。王選と言えば、今やルグニカ王国で一番の関心事、国民の多くが注目している時の人だからな」

「時の人ねえ。アタシ自身は、大して気にしちゃいねーんだが」

「……だが、色々と見るものや味わうものが変わったろう。王選へ参加する以前、あなたが貧しい暮らしをしていたことは耳に入っている」

　やや声の調子を落とし、エッゾが躊躇《ためら》いがちに聞いてくるのにフェルトは苦笑した。

　王選の開始が大々的に発表された時点で、フェルトが貧民街出身なことも、他国の大商人やハーフエルフが候補者にいることも世間に周知されている。少なからず王選や政治に関心があれば、フェルトに聞きたいことは山ほどあるだろう。

「確かに、暮らしは前とだいぶちげーけど」

　環境の激変という意味では、こうして柔らかすぎるソファに尻を埋《うず》めている時点で、別世界に連れてこられたような感覚はもちろんある。

　しかし、フェルトの価値観は、貧民街での十四年間で作り上げられたものだ。ほんの数ヶ月の未知の体験で、簡単に揺らぐほど適当に生きてはこなかった。

「住む家と寝るベッドが変わっても、人間は簡単に変わらねーよ。相変わらず、アタシは貴族も金持ちも嫌いだし、酒はマズいし、ミルクは好きだ。横の、ラインハルトのヤローも小言ばっかでうざってー」

「フェルト様、僕も言いたくて言っているわけでは……」

「わーったわーった。な？　ずっとこの調子でうんざりするぜ」

　指折りしながら語ったフェルトが、ラインハルトの言葉に肩をすくめる。ただ、同意を求められたエッゾは、難しい顔でフェルトの話に聞き入っていた。

　その態度も真面目そのものだなと感じながら、フェルトは続ける。

「貧民街で、手癖のわりー小娘って評判だった頃からアタシは変わってねーよ。過ごし方が違っても、生き方はそのまま……それが強く生きるってこった」

「強く、生きる……？」

「貧民街みてーな場所で生き抜くためのコツだよ。どこでも通じるぜ？」

示し合わせたわけでもないだろうに、貧民街の住民はこぞってそれを言ったものだ。

フェルトも同じで、最初にそれを聞かされた相手が誰だったのかも覚えていない。ロム爺《じい》かもしれないし、別の誰かだったかもしれない。

たぶん、強く生きろと誰かに叱咤《しった》されたのだと思うが。

「それがあなたの考え方の根幹か……いたく、感銘を受けた！」

開かない記憶の蓋を引《ひ》っ掻《か》いていたフェルトには、そのエッゾの反応はいきなりだった。思わず「おお？」と驚くフェルトに、彼は子どものように短い腕を組んで何度も頷《うなず》き、

「対立候補であるカルステン公爵の宣言や、実現性に乏しい他の候補者の意見も聞いてはいたが……やはり、噂《うわさ》と実物との間には大きな開きがあるな。先入観だけで相手を見ていると痛い目を見ると、そう学んだつもりなのだが……恐れ入った！」

「……まぁ、恐れ入ってもらう必要はねーんだけども」

フェルト以上にフェルトの話に熱が高いエッゾ、彼の反応にフェルトはたじたじになるが、そこへ「エッゾ殿」とラインハルトが声をかけた。

彼は興奮気味のエッゾを、その青い双眸《そうぼう》で捉えながら、

「フェルト様のお話のどこにどう感銘を受けたか、詳しくお伺いしても？」

「はぁ？　お前、何考えてんだ？」

「いえ、これは重要なことです。エッゾ殿のような識者の方が、フェルト様のお話に興味を持たれたんですから、今後のためにも」

「やめろやめろやめろ！　お前までカンバリーみてーに真に受けんな！」

「おお、カンバリー！　そうだ、彼にも礼を言わなければ！　彼がこの仕事を紹介してくれなければ、この幸運にも恵まれなかった！」

「あんな怒ってたのに正気か⁉」

血迷ったラインハルトとエッゾの反応に、フェルトは頭を抱えたまま、このソファの柔らかさにズブズブと沈んでしまいたくなる。

第一、感銘を受けるほど大したことなんて言っていない。

「そんな見てくれでも大人だろ？　このぐらいのことに感銘受けてんなよ」

「ふむ……それは、自分の言葉にはそこまでの価値はないとでも？　だとしたら」

「そうじゃねーよ。相手に響かせてーときはそのつもりで話す。アタシの考えは貰《もら》い物《もの》が多いかんな。縮こまってたらくれた相手にわりーし」

「――――」

「けど、今のはただの言葉だからな。気持ちいい話するだけなら誰でもできる。アタシは口先だけで終われねーんだわ」

ソファに斜めに埋まった状態で、フェルトはエッゾ相手に言葉を選んだ。もっとうまい言い方をしたいが、これがなかなか借り物の言葉でなくならないのが難しい。

そう悩むようになったのは、環境と一緒に変わった自分の一部かもしれないが。

「……なるほど。あなたはそう考えるのか」

その力足らずを悔やむフェルトと対照的に、エッゾの声には感服の色が濃かった。

やはり伝わっていないのかと、フェルトは言葉を重ねようとして、やめた。そう呟《つぶや》いたエッゾの表情が、フェルトの危惧したものと違った印象だったからだ。

彼はゆるゆると首を横に振ると、穏やかな顔と目つきで、

「この機会に、私は本当に感謝したいのだよ。色々と……そう、色々と自分の足下を見つめ直しているところでね。こうした話を聞けるのは貴重だ」

「足下を見つめ直す、ですか。何かそうなる切っ掛けが？　失礼ですが、エッゾ殿ほどの知識と能力があれば、用心棒以外の仕事もあったはず」

「またお前はそーやって他人を持ち上げやがる……」

「いいや、事実だとも、フェルト嬢。私は類稀《たぐいまれ》なる魔法の才能を持ち、その才を活《い》かすための努力と研鑽《けんさん》を怠らないものだ。いずれはその力量を王国に認めさせ、『色』の称号に与《あずか》るという目標もある。……まだ、『灰色』などと呼ばれている身だが」

ラインハルトの悪癖が出たかと辟易《へきえき》としたフェルトだが、そうして堂々と自分の実力を誇るエッゾに眉《まゆ》を上げた。

そういう風に、自分の能力をちゃんと評価している人間のことは嫌いじゃない。

「なんか前にも聞いたな。『色』の称号ってのは……」

「ルグニカ王国が認める、各属性の魔法の頂点を極めたものへの称号だ。現状、すでに『赤』と『青』、『緑』と『黄色』は埋まっている状態にある。私はそれを奪うつもりだ」

「へえ、大した野望じゃねーか」

「そのための準備も進めている。まだ未発表の魔法理論の数々や、魔法の習得難度を著しく緩和する術式の構築……とかく、今の『色』持ちは魔法の発展に無関心すぎる！」

どうやら、現状の魔法の置かれた環境とやらに大いに不満のあるらしいエッゾだが、ただ彼が腐った気持ちで用心棒をしているわけではないと知れて、フェルトも安堵《あんど》した。

ここでフェルトと出くわしたことも、いい影響だと彼が言うならそれもよしだ。

「わかった。アンタが納得してんなら、アタシからも何にも言わねー。あ、でも、カンバリーのヤツに感謝するのはやめとけ。調子乗せても仕方ねーから」

「ふっ、委細承知した」

小さく笑い、そのフェルトの申し出にはエッゾも大人しく頷《うなず》いた。

実際、フェルトの言葉に相手が何を感じ取るかは相手次第だ。ここでうだうだと続けても、フェルトの望んだ答えが手に入るわけではない。

「とはいえ、やっぱり腕利きの魔法使《い》いが花町の用心棒ってのはどーかと思うぜ」

「確かに、崇高な魔法の力を最大限活かせる環境とは言いづらいが、一度は引き受けた仕事を中途で投げ出すなど主義ではない」

「それでクソ真面目に仕事はこなしてる……誰かさんよりは柔軟みてーだが」

要するに、エッゾは背負い込みやすい性格なのだろう。

不本意な仕事を仲介されたのもそうだし、その後も真面目に勤め上げているのがその証《あかし》だ。せっかく花町で働いているのに、積極的に遊んでいるようにも見えない。

「周りの女たちに頼られて、いい目見てたりしねーの？」

「……馬鹿なことを言ってはいけない。私にとって、この花町全体が職場だ。わざわざ、不和の種を育てるような愚かなことは――」

「――してないのよね。本当に、センセイったら真面目さんなんだもの」

と、フェルトの下世話な問いに、これもまた真面目に答えようとしたエッゾの話を甘ったるい声が遮った。振り向けば、貴賓室の入口に戻ったトトの姿があった。

フェルトたちを待たせ、化粧を直していた『華獄園《かごくえん》』の女主人は、なるほどその美貌を一段と増しているようで、思わず口笛を吹いてフェルトは称賛する。

「ますます美人になるもんだ。こんだけ美人であと何足すんだって思ってたけど」

「フェルト様、今の口笛はさすがに……」

「ああ？　お前が吹かねーからだろ。こんな上玉が出てきて平然としてんな。お前もセンセイもノリがわりーんだよ、ノリが」

窘《たしな》められたフェルトが舌を出すと、ラインハルトが眉尻《まゆじり》を下げて嘆息する。一方、同じ

槍玉《やりだま》に挙げられたエッゾが咳払《せきばら》いし、「フェルト嬢」とこちらを呼ぶと、

「先ほどの問いもそうだが、相手の職業意識をつつく話術は慎んだ方がいい。有効なときもあるだろうが、あなたの身を危険に晒《さら》しかね……ああ、そういうことか」

「――？　そういうことって？」

「いや、ラインハルト殿がいるだろう。彼がいれば多少の問題は問題にならない。あなたが強気に話を進められるのも納得できるというものだ」

「アタシが！　人の顔色を窺《うかが》わねーのは！　そういう生き方してきたってだけで！　隣にこいつを立たせてるからじゃねー！　よ！」

不本意な納得のされ方に、フェルトが文節を区切りながら怒鳴って訴える。

それからちらっとラインハルトを見ると、先ほどまで不服そうな顔をしていたのが一転、表情にいつもの余裕を取り戻していた。

ただ心なしか、立ち位置が直前よりもフェルト寄りになっている気がする。

「ホントに、アタシはお前に寄りかかってねーかんな？」

「承知しています。今後も可能な限り、フェルト様のお傍《そば》で仕えていますので」

「わかってねーじゃねーか！　ああ、クソ……おい！　アンタもそろそろ止めろよ！」

「あら、もう終わりですの？　とっても楽しい一幕でしたのに」

そっと手の甲を口元に当てて、フェルトとラインハルトのやり取りにトトが笑う。

微笑《ほほえ》む彼女の仕草には、上品さで包まれた強い色香が交えられており、相手の脳髄を痺《しび》

れさせる技術の極致は、女のフェルトですら喉《のど》の渇きを覚えるほどだった。

「花町のまとめ役って話だけど、アンタ、今も引く手数多《あまた》で忙しいんじゃねーの？」

「お上手ですのね。でも、今の立場になってからは、もう店には立っておりませんの。むしろ、昔の癖がなかなか抜けなくてお恥ずかしい限りですわ」

などと言いながら、トトがフェルトの正面の椅子《いす》に腰を下ろし、長い足を組む。

微笑みと視線の角度、艶《つや》というものを知り尽くしたトトの完成度は、衰えを知らない美貌と磨き上げられた技術の結集だ。それをちらつかされるだけちらつかされ、手も触れられないとは、花町に通う男たちもさぞや生殺しだろう。

ただ――、

「――――」

背後に用心棒のエッゾを立たせ、悠然とこちらと向かい合うトトの姿は、最高峰の娼婦《しょうふ》であるという以上に、堂々と黒社会の大物と渡り合う女傑の風格を漂わせていた。

今も、現役の娼婦に負けない美貌と技はあろうが、こちらも彼女の天職なのだ。

「どっちが本物のアンタなのか、なんて野暮《やぼ》なことは言わねーよ。けど……」

「けれど？」

「んや、アタシはしたたかな生き方してるヤツが好きでさ。だから、案外アンタとは仲良くやれそうな気がするなって思っただけ」

「……あら。口説かれるだなんて光栄だわ」

そのフェルトの感想に、トトが意外そうに眉《まゆ》を上げた。当てが外れた風な反応だが、それを目にしたフェルトが「あー」と頭を掻《か》く。

事前に連絡のない訪問で、『挨拶』なんて持って回った言い方をしたのだ。こちらがケンカを売りにきたと、そう思われても仕方がなかった。

「だったらそりゃ間違いだ。含みとか裏の意味とか、そういうの全然なくて、本当に目的は挨拶ってだけだぜ。――王選と、ハクチュリのアストレア家のことでな」

「――――」

無言で目を細めたトトの前で、フェルトは自分の懐を探り、そっと目の前に差し出した。握り込まれた手を開くと、そこにあったのは小さな装飾品――徽章《きしょう》だ。

宝石をくわえた竜の衣装をした徽章、それがフェルトの掌《てのひら》で赤々と光り輝く。

「竜珠《りゅうじゅ》の輝きです。徽章を手にし、竜珠を光り輝かせること。それが王選候補者としての資格の証明であり、竜歴石が認めた次代の王位継承の候補者の証《あかし》です」

「竜珠か……聞けば、本物の龍《りゅう》の血の雫《しずく》から作られているとか。実物を目にする機会もそうそうないことだが、圧巻だな」

ラインハルトの説明に、フェルトよりも詳しいエッゾが感嘆する。

フェルト的には手の中でピカピカ光る石という認識だが、いずれにせよ、これの光のあるなしがフェルトや他の候補者の立場の表明には手っ取り早い。

「ラインハルトとセンセイが言った通り、アタシが王選候補者なんて偉そうな肩書き持たされてんのはこの石が光るからだ。で、その石を光らせられる立場のアタシとしちゃ、腹の探り合いは好きじゃねーんで単刀直入にいく」

「伺いますわ」

「アタシは今、自分の手札の把握で忙しいんだよ。だから、ハクチュリを見るのであっぷあっぷしてんだ。意味、わかるか？」

「どうかしら。間違いたくないので、明言していただければ」

「今のアタシらに、フランダースに構ってる暇はねーよ。巻き込んでくれんな」

トトの挑発に乗り、フェルトははっきりとフランダースを騒がす事件と、自分たちが無関係である旨を伝え、トトたちが持っている疑惑を否定した。

そのフェルトの断言に、トトはわずかに目を細めると、

「フェルト様が単刀直入に、と切り出してくださったんですもの。何のことでしょうなんて申しませんけれど……そのお話はどこから？」

「それもアタシの手札だ。出所は言わねーよ」

情報の出所は『黒銀貨《くろぎんか》』からの忠告だが、助言への礼儀として口外はしない。ペラペラと腹の内を何でも明かすような輩《やから》、信用されなくて当然だからだ。

ともあれ――、

「アタシが人気取り目当てにやりかねねーってのは、アタシを知らねーんだから疑われて当然だ。だから、こうやって挨拶にきた。説得力のためにな」

「たった一度、ほんの短い時間で築けるほど、信頼は容易《たやす》いものではないでしょう」

「信頼しろとは言わねーよ。信用しろとは言えるかもだ。大体、アンタもアタシの横に突っ立ってるのがどこの誰なのかはわかってんだろ？」

フェルトが立てた親指でラインハルトを示し、トトの視線が彼に向いた。

そもそも論として、仮に人気取り目的にフェルトが大都市の巨悪を一掃しようなんて考えたのなら、それを完遂する最大の手札は何か。

「アタシがその気なら、噂《うわさ》で聞いてるちまちましたやり方しねーでも、こいつが大暴れしたらそれで片付く。目的が人気取りってんなら、目立つ上に手っ取り早い方法を選ぶのが自然な成り行きってもんだ」

「……『剣聖《けんせい》』を引き合いに出されると、あたくしも反論が浮かばないわね」

暴論と言えば暴論なのだが、トトの反応通り、フェルトの意見は無視できない。

今のフランダースの状況も、命じればラインハルトの手で作れるかもしれない。が、そうする理由も得もなく、ラインハルトの上手な運用とも言えない。

ラインハルトの一番上手な使い方は、世間に知れ渡っている実力と規格外さを用い、相手の戦意を折ること。――トメト祭りへの不参加を、フェルトが当然と思ったように。

「――――」

「ええと、フェルト様？　急にお顔が険しくなられたけど、どうしたのかしら？」

「――。何でもねーよ。これとは全然関係ねーことで自分にムカッ腹が立っただけだ。気にしねーでいい。つーか、すんな」

「フェルト様、差し出がましいとは思いますが、今はこの場に集中された方が……」

「うるせーな！　誰のせいだと思ってんだ！　テメー、この野郎！」

集中を乱す原因のラインハルトに小言を言われ、フェルトは八重歯を剥《む》いて怒った。その怒声に、ラインハルトは「心当たりが……」と困惑していたが――、

「今、フェルト様が仰《おつしや》ったように、僕の存在が何らかの説得力に繋《つな》がるなら光栄だ。ただし、勘違いしないでもらいたい」

「あら、勘違いですの？」

「この訪問の目的は、脅しや恐喝ではない。選択肢は、常にあなた方にある」

フェルトや身内に向けるものと違い、そう述べるラインハルトの表情は騎士そのもの。自然と、貴賓室の空気が引き締まる感覚があったが、常人の胆力なら目を逸《そ》らしかねないラインハルトの眼差《まなざ》しに、トトは身じろぎもしなかった。

その胆力、まさしく『華獄園《かごくえん》』の女主人という立場に相応《ふさわ》しい。

「かの『剣聖』からの忠告、しかと受け止めさせていただきますわ」

「お願いする。もっとも、フェルト様や他の王選候補者の方々はともかく、僕の方はそう大したものではないよ」

「って、悪気なく嫌味《いやみ》言うのがこいつの悪い癖でな。勘弁してやってくれ」

エッゾ相手にも炸裂《さくれつ》したラインハルト節を、フェルトはそう擁護しておく。

そこできょとんとするのがラインハルトのラインハルトたる所以《ゆえん》だが、彼をそう扱うフェルトにトトが唇《くちびる》を綻ばせた。

その微笑《ほほえ》みが、これまでの計算され尽くしたそれと、少し違って見えて。

「フェルト様の……いいえ、お二方のお考えはわかりましたわ。こちらの方こそ、浅はかな疑惑で余計なお心煩《こころわずら》いを生んでしまい、お詫《わ》びいたします」

「謝ってくれなくていい。今回のことは、アタシの方も勉強になった。新しいこと始めるときは、周りに筋通しとくのが当たり前だ。ただ、今のアタシは思ってるよりずっと、周りの範囲がでかくなっちまってるらしい」

商人が新しく店を出すなら、通りの商売敵なり、組合なりに挨拶にいく。立場は違ってもフェルトも同じだ。拠点であるハクチュリで過ごすなら、関わり合いになる有力者には顔を見せて、言葉を交わしておく必要がある。

「戻ったらロム爺《じい》にも相談しねーとな……」

不本意な始まり方でも、負けるつもりでケンカをするつもりはない。

周りのやり方に倣いすぎるのも癪《しゃく》だが、何事も段取りは重要だ。そこを抑える意識が生まれた分、顔見せする羽目になった事実も悪いばかりではない。

もっとも、身内に被害者が続出しているトトたちはそうは言えないだろうが。

「事件のこと、アタシらとは関係ねーって言ったが、さっさと解決するよう祈っとく」

「お心遣い、ありがたく。もしも、『剣聖《けんせい》』……ラインハルト様のお力を借りられれば、事態の収拾も近付くかもしれませんわね」

「――それ、してもいいのか？」

薄く微笑んだトト、その表情がフェルトがそう聞き返したことで固まる。

何気ない言葉だったのだろうが、それは迂闊《うかつ》な一言だ。関わっていると疑われたのは心外だが、介入していいのだと口実を得たら、手は出せる。

あくまで、フランダースは領地の近くの大都市というだけだが――、

「その場合、ここの問題をアタシらが解決したなんて噂《うわさ》が広まっちまうぞ？」

「……軽率な一言でしたわ」

「だな。それと、心配しなくていいぜ。このヤローは腕っ節は立っても、それ以外で大して当てになんねーから」

そうフェルトが肩をすくめると、ラインハルトが「フェルト様……」と肩を落とす。

その主従のやり取りの前で、失言を認めたトト。その彼女に代わり、声を発したのはエッゾだった。彼はまたしても、小さく咳払《せきばら》いすると、

「フェルト嬢、ラインハルト殿、あなた方の考えはわかった。配慮も痛み入る。あなたたちの言う通り、件《くだん》の問題は我ら……フランダースのものが収めるべきだ」

「我らね。すっかり、花町の用心棒が板についてやがる」

「不本意だと思っていた職に就いた経緯にも、今は意味を見出《みいだ》せているのでね」

口の端を緩め、たくましい微笑を浮かべるエッゾにフェルトも笑みを作った。

カンバリーのやらかしを聞いたときは、エッゾに大いに同情したものだが、それが立て直せたのなら何よりだ。立ち直った理由については棚上げしておくが。

「あたくしの方も、色々と得るものがありましたわ。話題の王選候補者を侮ってはならない。――少なくとも、フェルト様はそうだと」

「そうおだてる必要ねーよ。それに言いたくねーけど、他の四人もだと思うぜ」

直前の失言を呑《の》み込み、元の調子を取り戻したトトにフェルトはそう答えた。トトはその言葉も神妙に受け止め、フェルトは満足して立ち上がる。

「機会がありゃまた話そうぜ。アンタのもてなしは面白かった」

「ご随意に。もしもフェルト様がお望みなら、次はあたくしたちの本分でもてなさせてくださいな。『剣聖《けんせい》』様もぜひ……とは言いづらいけれど」

その評価に、ラインハルトは表情を変えない。そうした、近寄り難《がた》いという評価に慣れてしまっているのだ。が、トトは今日一嫣然《えんぜん》とした笑みを浮かべると、

「優しくて、美しい殿方。あなたがいると、夢を見せるのが生業《なりわい》の花たちが夢を見てしまいますの。それはそれは、とても残酷なことでしてよ？」

「ええと……」

「アタシ、やっぱアンタのこと好きになれそーだわ」

思わぬ殴られ方に動揺するラインハルトを見て、フェルトはトトにそう破顔した。

9

「フェルト様、あまり騎士としてこうしたことを言うべきではないと思うのですが……僕は、先ほどの女性が得意ではないようです」

「ぶはははははは！」

トトに見送られ、娼館《しょうかん》を出たところでフェルトは盛大に爆笑した。

隣のラインハルトの険しさと当惑の合間の表情は、最後のトトの言葉がよっぽど応えたようだった。トトの意趣返し、大成功といったところか。

「娼婦《しょうふ》が揃《そろ》って惚《ほ》れちまう、なんて褒め言葉じゃねーか。喜べよ、ラインハルトちゃん」

「好意自体は喜ばしいものですが、僕には立場があります。困るだけですよ」

「あ？　そりゃ、娼婦は相手できねーって話かよ」

貧民街の幼い時分、少なくない娼婦に可愛《かわい》がられ、世話になった経験のあるフェルトとしては、ラインハルトのその物言いは面白くない。

しかし、ラインハルトは噛《か》みついてくるフェルトに「違います」と答え、

「騎士と、その……娼館の女性の関係だからではありません。僕が『剣聖』の家系で、現在の『剣聖の加護』の所有者であることが問題なんです」

「――――」

「『剣聖の加護』は代々、アストレア家の血脈にだけ宿る加護です。どんな傍系《ぼうけい》であって

も宿る可能性がある。だから、迂闊《うかつ》なことはできません」

眉尻《まゆじり》を下げ、ラインハルトは自分の責任とやらを神妙に説明した。その話に赤い瞳《ひとみ》を細めて、フェルトは「そーかよ」とだけ短く応じる。

『剣聖《けんせい》』である事実は、聞けば聞くほどに厄介事だ。話によると、ラインハルトは国外に出ることも禁止されているとか。――まさしく人ではなく、災害の扱いだ。

「ちっ」

と舌打ちし、フェルトは自分の腹の底に溜《た》まった怒りの根っこを蹴飛ばす。生憎《あいにく》、太すぎる根は、フェルトの蹴りではビクともしなかった。

「お！　お嬢、ラインハルト！　話し合いはどうだった？」

「ああん？」

不機嫌なところに馬鹿に明るい声をかけられ、フェルトがガラ悪く相手を睨《にら》む。その視線に射抜かれ、手を振っていた小男――カンバリーがぴょんと跳ねた。

彼はそのまま、すぐ傍《かたわ》らに立つ女の後ろに隠れると、

「なんでそんな怖い顔すんだよ!?　話し合いが失敗してもオイラのせいじゃなくね？」

「失敗はしてねーよ。ただ、お前の能天気な声が腹立ったんだよ」

「八つ当たりじゃねえか！　ミモザ、ミモザ！　助けてくれ！」

「え、え、カンバリー様？」

おたおたとするカンバリーに盾にされ、フェルトと向き合わされる女が困惑する。

ミモザと呼ばれた彼女は、どこか垢抜《あかぬ》けない印象のある若い娘だ。露出は少ないが、体の線がはっきりと出たドレスは花町の女の証左だが、したたかなものが多いこの場所では珍しく、押しに弱そうな雰囲気が特徴的だった。

おそらく彼女が、フェルトたちがトトと話している間、カンバリーの面倒を見てくれていたのだろう。

「カンバリー、女性の後ろに隠れるような行いはやめるんだ。まったく、主《あるじ》であるフェルト様が交渉に臨まれている間、君は何を……」

「やめろやめろ、掘り下げて聞きたくねーよ」

ミモザの後ろに隠れるカンバリーを窘《たしな》めたラインハルト、彼が迂闊なことを聞こうとしたので、フェルトは手を振ってそれを食い止めた。

何も聞かなくても、別れたときより溌溂《はつらつ》とした雰囲気のカンバリーと、今の話題にさっと顔を赤くしたミモザの初々しさを見れば十分だ。

ラインハルトもそれを察し、「失礼しました」と気まずそうに頭を下げる。

「ラインハルトをこんだけたじたじにさせんだから、お前、もしかして大物か？」

「オイオイ、オイラは体は小さくても気持ちと未来はでけえぜ！　お嬢もオイラのそういうとこを見て……うげ！」

首をひねったフェルトの言葉に、怒涛《どとう》の勢いで調子に乗ろうとしたカンバリーが急に顔を強張《こわば》らせた。その反応にフェルトが「うん？」と首を傾《かし》げると、

「——おお、まだここにいてくれたか、フェルト嬢」

背後、娼館《しょうかん》の入口に小走りにエッゾがやってくるところだった。

彼の姿に気付いたカンバリーは、性懲りもなくミモザの後ろに身を縮めようとしたが、それよりも早く、「む」とエッゾが彼に気付いて、

「おお、カンバリー！　君とも会えて僥倖《ぎょうこう》だ。ちょうど君に礼が言いたかった！」

「チクショウ、見つかった！　もうオイラとお前の問題は解決して……礼!?」

「そうだとも、礼だ。君がこの仕事を紹介してくれたおかげで、私は貴重な機会と知見を得られた。当初は氷漬けにしたいと呪いもしたが、私が浅慮だったと認めよう！」

パッと明るい顔で礼を言うエッゾに、カンバリーが戸惑い気味にフェルトたちを見る。

彼の当惑の理由もわかると、フェルトは本当に感謝したエッゾに呆《あき》れた。

とはいえ、カンバリーに反省はさせたいので、何も言ってやらないが。

ただ、そのフェルトたちの代わりに「センセイ？」と首を傾《かし》げたのはミモザで、

「カンバリーさんとお知り合いなんですか？　仕事の紹介って……」

「今、述べた通りだ。私にこの花町での仕事を紹介してくれたのは彼なんだよ」

「まあ、そうなんですね！　それなら、わたしにとってもカンバリーさんは恩人です」

「え？　え？　え？」

エッゾとミモザから感謝を向けられ、カンバリーの混乱が留《とど》まることを知らない。

フェルトも、仕事を紹介されたエッゾはともかく、カンバリーがミモザの恩人になると

いう話には首を傾げた。エッゾの方も、十分首を傾げる条件ではあるが。

「なんで、そっちの姉ちゃんまでカンバリーに感謝すんだ？」

「エッゾ殿が花町の用心棒として、彼女を助けたことの遠因でしょうか？」

「いえ、そうではなく……センセイは花町の用心棒なのですが、それ以外にも、わたしや他の子たちに字の読み書きや計算の仕方を教えてくださってるんです」

「読み書きに計算……それ、用心棒の仕事じゃねーだろ」

ミモザから聞かされた話にフェルトが驚くと、エッゾが短い腕を組んで鼻を鳴らした。

彼は首を巡らせ、花町全体を示しながら、

「用心棒の名目で雇われているが、この花町は『華獄園《かごくえん》』の縄張りだ。そうそう不逞《ふてい》の輩《やから》は現れないので、腕を振るう機会も少ない。もっとも、時たま出てくる浅薄な輩には、深遠たる魔法の真髄をこれでもかと味わってもらうがな！　はははははは！」

「センセイ、センセイ、お話がズレてらっしゃいます」

「おっと、いかんいかん。とにかく、そういうわけであまり出番がない。しかし、働くからには手持ち無沙汰は避けたいと、彼女たちの話を聞いていたところ……」

「みんな、家族に売られたり、家のない子ばかりですから」

眉尻《まゆじり》を下げ、諦念《ていねん》の深い様子でミモザが答える。

そのミモザを始めとした娼婦《しょうふ》たちの話を聞いて、エッゾは決意したのだろう。

「職業に貴賤《きせん》はない。だが、選択肢が閉ざされているのは耐え難《がた》いことだ。小人族として生まれ、多くの可能性が閉ざされていた身としても憤懣《ふんまん》やる方無い！」

そう言い切ったエッゾ、彼を見るミモザの尊敬の眼差《まなざ》しは本物だった。

ミモザの口ぶりからして、そうしたエッゾの教え子は彼女以外にも大勢いるようだ。フェルトも、娼婦《しょうふ》として働くことが悪いこととは思わないが、それ以外を望めるかどうか、そうした道があるかどうかは重要だと思う。

その点で、先ほどまでの一件を考え直す向きも生まれた。

「カンバリー、行き当たりばったりはともかく、これは悪い選択じゃなかったな」

「うえ、お嬢までわけわかんねえ褒め方すんのかよ……まさか、ラインハルトも⁉」

「僕はフェルト様ほど寛容ではないよ。戻ったら、ガストンやラチンスと一緒に体術の訓練を厳しくさせてもらう。覚悟しておいてくれ」

「とほほ……」

がっくりと肩を落とし、二人の仲間を道連れにする羽目になったカンバリー。

ともあれ、坂を転がり落ちて花町に留《とど》まったエッゾだが、それが悪い縁ばかりを繋《つな》いだのではないとわかり、カンバリーの雇い主としてもホッとした。

「そう言えば、エッゾ殿は何故《なぜ》ここに？　僕たちに用が？」

「うん？　ああ、そうだった！　フェルト嬢に忘れ物を届けにきたんだ。これを」

ラインハルトに促され、目的を思い出したエッゾがそっと懐から何かを取り出す。差し出された掌《てのひら》、そこに乗せられていたのは──、

「王選候補者の証《あかし》の徽章《きしょう》だ。とんでもない忘れ物だぞ」

「いけね。忘れてた」

「フェルト様!?」

エッゾが持ってきてくれた徽章を指で摘《つ》まむと、赤い竜珠《りゅうじゅ》が光り始める。偽物ではないと一目でわかる反応に、ラインハルトが青い目を剥《む》いてフェルトを覗《のぞ》き込《こ》んだ。

その視線から顔を逸《そ》らし、「わりーわりー」と言いながら、

「普段持ち歩かねーから、つい忘れてきちまった。別に代わりあんだろ?」

「そういう問題ではありません。心構えの問題で……エミリア様も、手放した徽章を取り戻すのに苦労してらしたじゃありませんか」

「半魔の姉ちゃんの話になると、アタシの複雑さが半端ねーな」

ラインハルトが話題にしたエミリアの問題は、そもそも彼女の徽章を依頼されたフェルトが盗んだことが切っ掛けだ。

思い返せば、今のこの状況もあの依頼を引き受けたところから始まった。

これまでの全部が悪かったとは言わないので、フェルトも引き受けなければよかったなんて思っているわけではないが。

「ほら、大事に仕舞《しま》ったぜ。これで文句ねーだろ」

胸元のポケットに徽章を入れて、フェルトは在処《ありか》をきっちり示しておく。

ラインハルトはまだ何か言いたげだが、屋敷の外での説教はできるだけ控える方針らし

く、この場ではこれ以上の小言は言わなかった。屋敷に戻ったあとも、何とかして有耶無耶《うやむ や》にしたいところだが。

「んじゃ、改めてアタシらはいくよ。案内と忘れ物、ありがとな、センセイ」

「む、そうだな。では、どうか壮健で」

厳かに頷《うなず》いて見送ってくれるエッゾと別れ、フェルトたちは花町をあとにする。

ひとまずのところ、穏当に『華獄園《かごくえん》』への『挨拶』は済んだ形だ。

しかし――、

「あのミモザって姉ちゃん、やたらとお前と離れたがらなかったな」

「オイオイ、言ったはずだぜ。オイラは花町の遊び人、誰も手放したがらねえのさ」

「どこまで本気に受け止めていいものか……」

額に手を当てて、ラインハルトが小鼻を膨らませているカンバリーにため息をつく。

とはいえ、カンバリーの話が大袈裟《おおげさ》とも考えにくかった。実際、通りすがる娼婦《しょうふ》の多くは彼に好意的で、極めつけは別れ際のミモザの態度だ。

もしかすると、本当に遊び人として類稀《たぐいまれ》なる才能の持ち主なのかもしれない。

「それがなんだっつー話だが……ま、今回はかなり役に立った。波風立たせねーで『華獄園』と会えたし、あいつらも敵っぽくねーや。ちゃんと徽章《きしょう》も返したし」

「――。まさか、徽章を忘れたのはわざとですか？」

言葉尻を拾い、ラインハルトがフェルトの鎌かけを看破する。

徽章を入れた胸ポケットを叩《たた》いて、フェルトは頬《ほお》を歪《ゆが》めてそれを肯定し、

「ちょっとしたお試しだよ。少なくとも、アタシらと構えたくねーのは本気だな」

変に恩を着せてくることもなかったし、貴賓室で確かめた関係性は崩れなさそうだ。

かといって、真っ正直に仲良しこよしを信じるお花畑などと思われ、相手に侮られるのも避けたい。このぐらい試し合う関係性が、一番健全だろう。

どんなに人間的に好ましくても、相手は黒社会の存在なのだから。

「すみません。僕も、フェルト様の考えを察しておくべきでした」

「言ってねーことまで読まれてたら気持ちわりーからやめてくれ。で、『華獄園』の次はなんてったっけ……」

「──『天秤《てんびん》』ですね。花町とは別の、賭け町を仕切っている組織だそうです。カンバリー、君は賭け町には……」

「いててて、腹が痛《いて》ぇ……！　こりゃ、オイラは賭け町にはいけそうにねぇ……！」

水を向けられた途端、腹をさすりながらカンバリーが下手な言い訳をし始める。その反応からして、花町だけでなく、賭け町にも問題を抱えているらしい。

その様子にラインハルトと顔を見合わせ、フェルトは深々とため息をつくと、

「お前、今日が片付いたら、抱えてるもん全部清算するまで給料なしな」

と、カンバリーの人生に雇い主として真っ当な介入を余儀なくされたのだった。

10

——賭け町とは、フランダースの東部、賭博場《とばく》が集められた区画の通称だ。

元々、賭け事を禁止する法律はルグニカ王国にないが、賭博行為は往々にして犯罪や暴力と結び付くことが多く、過度なそれは望ましくないと環境の整備が必須とされる。

結果、健全と不健全とを線引きしない法律に代わり、賭博行為の調停役として収まったのが賭場の経営者——大抵の場合、それは土地土地の黒社会の組織だ。

賭博行為の認可は国ではなく、各都市で賭場を仕切る権利を有する組織が出す。そして王国の五大都市ではいずれも、『天秤《てんびん》』がそれをするのが習わしだった。

故に、フランダースの賭け町においても、それを仕切るのは『天秤』の支部だ。

賭け町を『天秤』が、花町を『華獄園《かごくえん》』が、それ以外を『黒銀貨《くろぎんか》』が掌握し、都市の均衡を裏から支配している。それが、フランダースの三巨頭。

そして、賭け町の『天秤』の代表を務める相手が——、

「——生憎《あいにく》、約束のねえ相手には会わねえと、頭《かしら》はそう仰せです」

と、訪ねてきたフェルトを見下ろし、潰れた蛙《かえる》のような面構えの大男がそう言った。

賭け町の大賭場は、一階部分が酒場、二階と三階が賭け事に興じる空間となっている大型の建物で、顔を赤くし、酒気を帯びた大勢が騒がしく出入りしている。

そろそろ夜の気配が濃くなり、徐々に空気の冷え込んでくる時間だが、酔って賭場へ繰り出すものたちの熱気はむしろ高まり、文字通りの狂宴の体を為《な》している。

そんな中、賭け事の熱狂を堂々と通り抜け、賭場を仕切る『天秤』の頭目に会いたいと素面《しらふ》で訪ねたのだから、フェルトたちの悪目立ちぶりときたらなかった。

「――――」

じりじりと、フェルトとラインハルトを物々しい雰囲気の男たちが取り囲む。

応対した大男――モゾリテと名乗った人物は、黙してこちらの反応を待っていた。何かしら不審な反応をすれば、容赦なく取り押さえるとでも言いたげだ。

無論、この場にラインハルトがいる以上、彼らの目論見《もくろみ》は果たされない。が、これはメンツの問題だ。実際にできるできないではないのだろう。

「で、揉《も》め事《ごと》になったらもう関係は修復できねーか。言いたくねーな、カンバリーのヤツの考えが正しかったなんて」

自分の金髪をガリガリ掻《か》きながら、フェルトは臆病風に乗って飛んでいったカンバリーを思い出し、苦々しく唇《くちびる》を曲げる。

賭け町に近寄りたがらないカンバリーは、『天秤』の危険性と融通の利かなさ、『挨拶』したいというフェルトの目的は果たせないとくどくど語った。

それを撥《は》ね除《の》け、足を運んだ結果が案の定なのだからこんな顔にもなるだろう。

さらに――、

「急な訪問になったことは承知している。だが、そちらの代表がいるなら、どうか時間を作ってもらえないだろうか。この方は……」

「――王選候補者。それは頭《かしら》も知っている。知っていて、断っている」

「――――」

返答に青い双眸《そうぼう》を細め、モゾリテと睨《にら》み合《あ》うラインハルトの表情も険しい。

ピリピリと張り詰める空気と暴力の気配に、ラインハルトの方も普段の、フェルトに小言を言うために常に粗探ししている状態とは気持ちの作り方が違った。

なんだかんだ言って、ラインハルトの最優先事項はフェルトの身の安全だ。

『華獄園《かごくえん》』ではそこまで発揮されなかった危機意識が、ここではバチバチに働いている。

しかし、フェルトは自分を庇《かば》うように立つラインハルトの肩を叩《たた》いて、

「やめとけ、ラインハルト。連絡しねーできてんだ。門前払いも覚悟はしてた」

「ですが、よろしいのですか？」

「よろしくねーって押し込みかけたら、それこそ疑われてた方の『挨拶』じゃねーか。門前払いは喰《く》らっても、アタシらが顔を出したのは伝わってんだ。だろ？」

食い下がりたがるラインハルトを窘《たしな》め、フェルトがモゾリテにそう問いかける。その言葉にのっぺりした顔つきのモゾリテが、わずかに驚いたように眉《まゆ》を上げた。

と、その彼の反応で、フェルトはモゾリテの眼球――両目に黒目ではなく、奇妙な紋様が浮かんでいるのに気付いた。それは、天秤《てんびん》の模様だ。

見れば、周囲を取り囲む男たちも首筋や手の甲などに天秤の刺青《いれずみ》を入れている。おそらく、体のどこかに天秤を刻むのが彼らの決まりなのだ。

さすがに、眼球にそれを彫り込むモゾリテのキマり具合にはこちらも驚きだが。

「で、お互い驚きはいいとして、そっちはなんで驚いてんだ？」

「――。引く判断が早いなと。無論、頭にも話は通ってる。頭より先に、花町の女主人に挨拶したことも、だ」

「まさか、それでヘソ曲げたんじゃねーだろーな。順番逆だったら、向こうが会ってくれなかったりしたんじゃねーか……？」

付け加えられたモゾリテの一言に、フェルトはげんなりとする。

各組織の勢力は均衡を保っているが、三巨頭の協調路線が薄氷の関係なのは間違いない。もしかすると、トトがフェルトたちを比較的上機嫌に迎えてくれたのは、『天秤』よりも先に『華獄園』に挨拶したからだったのだろうか。

いずれにせよ、食い下がっても『挨拶』の目的は果たせまい。

「次は約束して、手土産持ってくるとするさ。邪魔して悪かったな」

切り上げるとフェルトが宣言すると、一拍おいて、モゾリテが周囲に目配せする。囲みが開かれ、フェルトはラインハルトを伴い、堂々とそこから大賭場の外へ向かった。

そうして、背中に突き刺さるモゾリテたちの視線が薄まるのを待って、

「……あそこはよくねーな。花町より、ずっと嫌な臭いがしてやがった」

「嫌な臭い、ですか？」

隣を歩くラインハルトが、フェルトの呟《つぶや》きに怪訝《けげん》な顔をする。

これで存外、ラインハルトは危険に鼻が利かない。というより、彼にしてみればこの世に危険などそうはないのだ。鼻が利かないのも、強すぎるのが理由だろう。

ただ、危険というのは何も命の問題だけではない。それこそ、自分以外の誰かであったり、財産だったり、様々なものを損なう可能性の問題だ。

その危機感が、フェルトに賭け町の空気の危うさを警戒させる。

「ホントのとこ、『華獄園《かごくえん》』より先に挨拶にきてても会っちゃくれなかったろーしな」

「それも体面の問題でしょうか？　それとも、フェルト様への敵意が？」

「メンツはでけーだろうけど、そればっかりじゃねーとは思う。アタシらがこの街の騒ぎの張本人って疑いは、どのぐらい本気で考えてんだろーな」

直接顔を出して話した感触だと、トトはフェルトたちの不関与を認めるか、判断を保留するぐらいのところには持っていってくれたようだった。逆を言えば、話し合い自体は和やかに進んだトトすらも、疑惑を解くまではしてくれなかったとも。

そのぐらい、三巨頭が攻撃されるという事実は異常なことなのだ。それこそ、特別な力や立場のもの以外には、やるはずがないと思われるぐらいには。

「お？　ありゃシャトランジ盤か？　そんなもんまで賭場にあんのかよ」

大賭場を離れ、賭け町の外に向かう途中でフェルトの目についたのは、小さなテーブルに遊戯盤を置いて、二人の男が向かい合っているシャトランジ盤の席だった。

賭場と言えばカードを使った賭け事が一般的だが、大都市の賭け町というだけあり、フェルトの知らない賭け事もいくつも点在している。シャトランジ盤はフェルトも学びたての盤上遊戯だが、ここでは対戦式の賭けの一種になっているようだ。

参加人数も限られ、静かに進行する勝負だけに、賭場の他の空間とは異質な空気が出来上がっている。──だが、対戦する席には静謐《せいひつ》な熱狂が確かにあった。

「シャトランジ盤と言えば、フェルト様も学ばれていますね。あの二人はいかがです？」

「あー、無理無理、今のアタシじゃお話にならねーよ」

同じ対戦を覗《のぞ》き込《こ》んだラインハルトの言葉に、フェルトはあっさり白旗を掲げた。その投げやりな敗北宣言に、しかしラインハルトは何故《なぜ》か唇《くちびる》を綻ばせた。

「あん？　なんで笑った？　お前、アタシが負けるのアタシより嫌がってるくせに」

「そうですね。以前、フェルト様に負け続けると宣言されたときは驚きました。でも、僕も考えが変わることもあれば、気付くこともあります」

「例えばなんだ？」

「フェルト様は、今の自分ではと仰《おっしゃ》いました。それで、今の僕は十分です」

どこか晴れ晴れとしたラインハルトの言葉に、フェルトは思い切り唇を曲げた。

『華獄園』では珍しく、たじたじになるラインハルトが見られて愉《たの》しめたのに、ここで思わぬ反撃を喰《く》らったような気分で面白くない。

賭場だというのに運気が悪いと、フェルトは止めた足を動かそうとして――、

「なんだ？　なんか踏んだ……賭場の木貨か？」

硬い感触に足を上げて、フェルトは自分が踏んづけたそれを持ち上げる。

一瞬、金貨や銀貨と見間違いそうになるそれは、賭場で用いられる木製の貨幣――硬貨を模して造られた、偽物の金だ。偽物と言っても、賭場の中では本物の金銭と同じだけの価値を持つもので、気軽に大金を持ち歩かないための工夫の一環。

賭場を出る際には、本物の金銭と交換してもらえる代物だが――、

「――お嬢さん、拾い物とは運がいいネ。それで一勝負していかないカ？」

「あん？」

しげしげと、拾った木貨を眺めていたフェルトに声がかかる。

ひょろりとした細長い、病人のような顔色をした男だ。彼は賭場に用意された賭け事を仕切る『親』の一人――担当しているのは、『オカ』という数字当ての賭けだった。

数字の書かれた穴がいくつもある円盤を回転させ、親が指先ほどの小さな玉をそこへ投げ入れる。客は玉が円盤のどの数字の穴に落ちるかを当てる、単純な内容だ。

円盤があるのと別のテーブルには数字の書かれた表があり、参加者はその表に自分の賭け金を載せる決まりになっている。参加者の数に上限はなく、親と多数の参加者との対決の形式になるのがオカの面白いところだ。

人気の賭け事だけに、すでにテーブルには大勢の参加者がいる。わざわざ、木貨一枚だ

けのフェルトを引き入れる理由は親にはないはずだが――、

「フェルト様、その木貨は……」

「わーってる。こんだけお膳立てされてんだ。誰かが恵んでくれたんだろーよ」

ラインハルトの忠言に頷《うなず》いて、フェルトは円盤を挟んで親の男を見据えた。張り付いたような笑顔のせいで、かえって内心の読み取れない手合いだ。

だが、作為めいた状況の設定に、フェルトの負けん気にしっかり火が付いた。

「拾い物の木貨で怪しい一勝負。なくして損するわけじゃねー。乗った」

「そうこなくちゃダ」

拾った木貨を指で弾《はじ》き、参加を表明するフェルトに親が笑った。

テーブルの上、表に書かれた数字は一から五十まであり、単純に考えれば当てられる確率は五十分の一だ。木貨が複数枚あれば可能性を分散できるが、フェルトがこの勝負に使うと決めているのは拾った一枚だけ。

「――そら、いくゾ」

瞬間、男が円盤を回し始め、数字が溶けて見えるほどの高速回転が生まれる。次いで、男は円盤の回転と逆向きに小さな鉄の玉を投げ込んだ。円盤と玉、両方の勢いがなくなって、玉が穴に落ちたときが決着――回転力が緩む前に、賭けなくてはならない。

「フェルト様、あの玉の勢いと円盤の回転なら、落ちる数字は……」

「待て！　目で見て当てる賭けじゃねーんだよ！　それにこれはアタシの勝負だ！」

「その木貨は拾ったもののはずで……いえ、黙っています」

勝負を根底から覆しかねないラインハルトを黙らせ、フェルトは円盤に集中する。すでに自分の手番を終えた男が、フェルトがどう賭けるかをじっと見ているが、

「――一番か五十番、どっちかだ」

口元に手を当てて、フェルトは二つの数字に当たりを付けた。

そうして賭けが締め切られる寸前に、指に挟んだ木貨を勢いよく五十へと置いた。直後に賭けが締め切られ、フェルト以外の他の客も含めて、一同は運命を見届けるのみ。

ゆっくりと円盤の速度が鈍り、やがて、音を立てて玉が落ちたのは――、

「だー！　クソ！　一番の方だったかーっ！」

予想が外れて、フェルトは頭を抱えて木貨の没収を悔しがる。

「惜しくも、でしたが……一番と五十番に数字を絞った根拠はなんだったんですか？」

と、その隣からラインハルトが円盤を覗《のぞ》き込《こ》み、微《かす》かに眉《まゆ》を寄せながら、

「あ？　そりゃ、一番って縁起のいい数字か、一番でけー数字にするか迷ったんだよ。アタシは一番か、そうでなきゃでかい数字が好きなんだ」

「縁起のいい数字と大きな数字……なるほど、覚えておきます」

「真面目か、お前。んなこと別に覚えとく必要ねーよ」

やれやれと肩をすくめて、予想を外したフェルトは大人しく撤退を選ぶ。負けた以上はさっさと立ち去るのも、賭場の利用客の礼儀というものだ。

もちろん、負け分を取り戻すために大量の木貨を用意してもう一戦――というのも、ある種の賭場の利用客の礼儀と言えるとは思うが。

「惜しかったネ。次は勝てるかもヨ？」

「三回やれると思ってるヤツは、三回挑んで全部負ける。それも、アタシの知ってる世の中の真理ってもんだ。どうあれ、今日は出直すよ」

「――。いい判断ダ」

立ち去る客を引き止めないのも、賭場を仕切る親側の礼儀といったところか。

ムキにならないフェルトの撤退が親に称賛される。周りの客にも威勢のいい負けっぷりだったと見送られ、今度こそ二人は賭け町の外へと足を向けた。

拾い物の勝負とはいえ、賭けに負けたのは正直悔しい。

ただし――、

「あれで『天秤《てんびん》』にも『挨拶』って目的は果たせたんじゃねーかな」

「では、やはりあの木貨は『天秤』からの？」

「勝負に乗るかどうか、賭けに勝つか負けるか……見てたのはそのあたりだろーよ。そういや、お前、最後にあの円盤見てしかめっ面してたな」

「――。実は、僕も五十番に落ちるものと思っていたんですよ」

一瞬の躊躇《ためら》いのあと、ラインハルトが明かした事実に、フェルトは「へえ」と二つの意味で感心した。一つはラインハルトの目すら欺いた親の力量に。もう一つは、それをあの場で言い出さなかったラインハルトの判断に。

「あの円盤に細工があるのかと思ったのですが、そうではないようでした。円盤の回し方と玉の回転のかけ方、それで落とす場所を選べるのでしょうね」

「お前の目を騙《だま》してくるとかすげーじゃねーか。弟子入りしてくっかな」

「おススメはしません。一度見たので、次はもう騙されませんから」

できないことをやれるとは言わない男だ。この場合、たった一度で相手の技を見抜くラインハルトを褒めるべきか、たった一度でもラインハルトを騙した相手を褒めるべきか、悩ましいところだとは思う。

おそらく、あの親は『天秤』の関係者の中でもかなりの腕利きだったろうから。

「『挨拶』に関しちゃ向こうの出方次第だ。アタシらにできることはもうねーよ」

「そうですね。……時にフェルト様、『黒銀貨《くろぎんか》』へは顔を出されますか？」

「あそこにゃ特大のかましてやったじゃねーか。『挨拶』ならあれで十分だろ。もう暗くなっちまってるし、カンバリー拾って屋敷に戻ろーぜ」

すでに街並みには夜の帳《とばり》が落ちており、ここから他に立ち寄るのは現実的ではない。フランダースからハクチュリまでは竜車で数時間の距離だが、これ以上遅くなると、乗合竜車とも時間が合わなくなるだろう。

「いえ、今夜は宿を取りましょう。屋敷へは、明日の日中に戻れればよいかと」

「はぁ？　なんで泊まりだ？　そりゃ帰り着くのは夜中になるだろーけど、今からでもまだ帰れんだろ。なんかあんのか？」

「……暗くなれば野盗などと出くわす恐れが」

「そんな連中が、お前に何できんだよ……？」

何故《なぜ》か苦しい言い逃れをしたラインハルトに、フェルトはじと目を向ける。その疑惑の眼差《まなざ》しに、ラインハルトはしばらく別の言い訳を探そうとしていたが、

「明日まで伏せておきたいんです。この場は聞いてくださいませんか」

「馴染《なじ》みの女でもいて、今日は約束してるとか……」

「断じて違います！」

「んな必死になんなよ……わかった。明日話すってんなら、待とうじゃねーか」

珍しい提案と言えば提案なので、フェルトはひとまずそれを受け入れた。

何やら企《たくら》んでいるらしいラインハルトだが、前のめりになって否定しただけあって、フェルトの邪推は外れのようだ。それ以上のことは、彼の横顔からは覗《のぞ》かれない。

ただ、フェルトが頷《うなず》いたあと、露骨な安堵《あんど》と期待が彼の目に宿ったのはわかって。

「ま、明日になればわかることか」

根掘り葉掘り、相手の思惑を聞き出すのをフェルトは放棄。

ラインハルトが何を企んでいても、それがフェルトを脅かすことにはならない。そう疑いなく思えるぐらいには、フェルトも自分の騎士のことを信用しているのだから。

11

「頭《かしら》、あれでよろしかったんで？」

「いいサ。見たいものは見られたヨ。先に『邪毒婦《じゃどくふ》』に挨拶した鬱憤は、勝負運を吸い取ってやって晴らしたしネ」

賭場を出ていくフェルトたちを見送り、細面《ほそおもて》の男がモゾリテに答える。

オカの賭けを仕切っていたその男は、本来の担当者に場所を譲ると、大柄なモゾリテを伴って大賭場へ、『天秤《てんびん》』の拠点へと堂々と戻る。その途中、骨の浮いた手を自分の顔に宛《あて》がい、被《かぶ》っていた薄皮をべろりと剥《は》がしながら、

「あァ、窮屈だっタ。だが、収穫はあったネ。――アレが、王選候補者カ」

剥がされた偽皮の下から現れるのは、全く異なる別人の顔だ。それも、無数の天秤の刺《いれ》青《ずみ》が刻まれた、『刺青顔』の異名に相応《ふさわ》しいマンフレッド・マディソンの顔が。

元の顔を晒《さら》し、その頬《ほお》の天秤を指でなぞりながら、マンフレッドは吐息をこぼし、

「護衛についていた『剣聖《けんせい》』は、噂《うわさ》に聞くほどの恐ろしさは感じなかったナ。アレはわかりやすい敵意以外にはとんと疎い……搦《から》め手《て》で動きは封じられそうダ」

「特別な『加護持ち』の余裕ですかね。あっさり頭の誘いに乗って、手玉に取られてた王選候補者の娘も大したことは……」

「いいや、あの娘の方は鼻が利くナ。貧民街育ちは伊達《だて》じゃないらしいゾ」

モゾリテの言葉を遮り、マンフレッドはフェルトをそう評する。

事実、彼女はマンフレッドの誘いには乗っても、挑発には乗らなかった。洞察力か直感かは不明だが、オカの賭けも二択までは絞ってみせた。

――賭け町の支配者として、マンフレッドはあらゆる賭け事に精通している。

当然、オカも円盤の狙った数字に玉を落とせる。そして、今回のマンフレッドが落とそうと迷った二択が、フェルトの悩んだ二択と同じものだった。

「ワタシかあの小娘カ、どちらかの気紛《きまぐ》れで立場は逆ダ」

「なら、木貨が二枚あればまぐれ勝ちしていた？」

「それも違うナ。あの娘は木貨が二枚あったら、二枚とも同じところに置くサ。金額の問題じゃなく、生き様の問題だからナ」

「……上機嫌ですね、頭」

声に混じった喜悦を指摘され、マンフレッドは自分でもそれを実感する。

子どもが新しい玩具《おもちゃ》を買い与えられたような、腹を空《す》かした肉食獣が手頃な獲物を見つけたような、そんな血の沸き立つ感覚がマンフレッドの魂を震わせる。

「久々に悪くない気分ダ。――モゾリテ、奴《やつ》らから目を離すナ。しっかり見ておケ」

頬の天秤を歪《ゆが》めたマンフレッドに、モゾリテは「へい」と低く応じて頭を下げる。その彼の手には、先ほどの勝負で没収した一枚の木貨が握られていた。

12

明けて翌日、フェルトはラインハルトに連れられ、とある場所へきていた。

騎士の企《たくら》みに付き合い、フランダースに一泊したフェルトは、早朝にラインハルトに叩《たた》き起《お》こされ、欠伸《あくび》を噛《か》みしめながら冷たい朝の空気の中を歩かされる。

「これでつまんねーことなら承知しねーからな」

「はい。そのときはどうぞ、遠慮なく叱ってください」

「へえ、強気じゃねーか。お前にしちゃ珍しいこともあったもんだ」

実際、自分の実力だろうと気遣いだろうと、何でもお上品に謙遜するラインハルトらしくない態度と言える。ここまで彼が強気でいるのは、いったい何が理由なのか。

その答えは、歩かされた先で待ち構えていて——、

「以前、お話ししたことがありましたね。フェルト様に一頭、地竜を見繕いたいと」

「お、おお、おおおおお——っ!!」

木の柵の向こうに佇《たたず》む堂々とした姿を前に、フェルトは盛大に目を輝かせていた。

ラインハルトに案内されたのは、『地竜の都』フランダースの大牧場——多数の地竜が放し飼いにされ、右も左も地竜だらけの夢のような場所だ。

そんな中、ラインハルトの指示で牧場主が連れてきたのが、今、目を輝かせるフェルトの視線を浴び、堂々とした立ち姿を披露する真紅の地竜だった。

「すげー！　でかくて、かっけー!!　こいつ、アタシがもらっていいのかよ!?」

「もちろんです。ダイアナ種は希少な竜種で、どんな地形や風土でも実力を発揮できる強《きょう》靭《じん》さが特徴的な……」

「バカ、つえーとかすげーとかより、かっけーのが一番大事だろーが！」

「――。では、フェルト様が赤が好きだと話されていたので、一番赤くて勇壮な一頭を選びました。どうぞ、お受け取りください」

「ちっ、これで大喜びとか完全にお前の思い通りで腹立つぜ、クソ～！」

ラインハルトの頭のいい説明を中断させ、フェルトは忙《せわ》しない感情に振り回されながらも、ぴょんと柵を乗り越えて赤い地竜の前に立った。

鋭い地竜の眼《まな》差《ざ》しが、自分の主人候補を真《ま》っ直《す》ぐに見つめる。

「――――」

そう、あくまでフェルトはまだ、主人候補でしかない。

地竜は賢くて人懐こいのが一般的だが、この一頭は気位の高い一頭だ。自分に乗りたいなら認めさせろと、その鋭い視線からひしひしと伝わってくる。

「娘さん、その地竜は……」

「――大丈夫だ。僕に……あの方に任せてほしい」

地竜と見つめ合うフェルトの様子に、たまらず牧場主が割って入ろうとした。が、ラインハルトがそれを制し、牧場主と共にフェルトの行動を見守る。

その期待を後頭部に感じながら、フェルトはその後頭部を手で掻《か》いて、

「よう、アタシはフェルトってもんだ。お前は地竜で、物じゃねーんだ。だから、いきなりアタシに全部預けろなんて言わねーよ。ゆっくりやろうぜ。仲良くな」

「――――」

頭を掻いていた手を差し出し、フェルトは地竜にそう挨拶した。

そのフェルトの言葉と差し出された手に、地竜はしばらく動かなかったが、やがてゆっくりとフェルトに近付くと、その首をぐぐっと伸ばし――、

「ぷはっ、くすぐってーよ！　人懐っこいヤツだな、お前！」

差し出された手ではなく、フェルトの首筋に鼻先を押し付けて地竜が匂いを嗅ぐ。そのくすぐったさにフェルトが身をよじりながら首を優しく撫《な》でた。

そのフェルトと地竜の交流に、牧場主は「たまげたなぁ」と呟《つぶや》く。

「あの子が、初対面の相手にあんな懐き方するなんて……」

「気持ちはわかります。――本当に」

牧場主の傍《かたわ》らのラインハルトも、フェルトと地竜の様子を唇《くちびる》を綻ばせて眺めていた。

彼女のために選んだ一頭が、無事にフェルトと心を通わせてくれて何よりだった。

その後、無事に地竜の主人として認められたフェルトは、鞍《くら》を付けた地竜に跨《また》がると、意気揚々とフランダースからの帰途についた。

昨日、ラインハルトの企《たくら》みの真意を「楽しみにしてる」なんて言ったのはあくまで皮肉だったのだが、本気で嬉《うれ》しい贈り物をされ、むしろそれが皮肉だった。

とはいえ、この贈り物は嬉しいと喜んでばかりもいられない。

何故《なぜ》なら――、

「――うおわぁ⁉」


小さな悲鳴を上げて、竜上で体勢を崩したフェルトが慌てふためく。

危うく落竜しかけるフェルト、その体をそっと駆け寄ったラインハルトが支え、軽い掌《てのひら》の感触で竜上に押し戻され、ホッと一息。

だが、このホッと一息もすでに十回以上も繰り返されている。

「チクショウ、うまくいかねー。アタシの運動神経も、ロミーも悪いわけじゃねーってのに、なんでこう乗りこなせねーんだ？」

地竜には『風除《かぜよ》けの加護』があるため、基本的に移動中は揺れも風の影響も気にしなくてよくなるのが鉄則だ。実際、フェルトがたびたび落っこちかけるのは、加護の働きが不完全だからとは言い切れない状態だった。

「コツを掴《つか》むまでの辛抱です。確かに地竜の『風除けの加護』は優秀ですが、それに頼り切りだと、いざ加護が切れた状態のときに地竜を乗りこなせません。補助と支えが万全なうちに、失敗の原因は潰しておくべきです」

「そりゃそーだが、できねーもんはできねーから……あ、お前が手本見せてくれよ」

「僕が、ですか？　でも、地竜はこの一頭しか」

「ロミーな！　だから、このロミーに一緒に乗ればわかりいいだろ？　このままじゃ、コツ掴《つか》む前にひっくり返っておじゃんだ。そうはなりたかねーんだよ」

竜上からのフェルトの提案に、ラインハルトはしばらく考え込んだ。しかし、彼は小さく吐息すると、「道理ですね」と言い、地竜――ロミーと視線を交わした。

そのまま、ラインハルトは地面を蹴り、颯爽《さっそう》とロミーの鞍《くら》に跨《また》がってくる。フェルトの後ろに腰を落ち着け、フェルトを胸元に置き、手綱を握り込む形だ。

「では、僭越《せんえつ》ながら手本を見せます。よく見て、手の感触と目線を覚えてください」

「へへ、今まで教えられたもんの中で一番やる気があるぜ。きっちり乗りこなせるようになって、ロミーと一緒にあちこち出かけてやる」

「あくまで、遠出する機会に備えての地竜の補充だとお忘れなく。……ちなみに、ロミーという名前の由来は、ロム殿ですか？」

「い、いいだろ、理由なんか別にどーでも……！　響きが気に入ったんだよ！」

名前の由来を一瞬で看破され、フェルトは顔を赤くしながらラインハルトを急《せ》かす。

その指示に、ラインハルトは「はい」と頷《うなず》いて、手綱を振るい、教練が始まった。赤い地竜が風を切り、加護の働く空間でフェルトは不思議な感覚を味わう。

まるで、世界が地竜と、それ以外とで切り離されてしまったような錯覚だ。

「カンバリーのヤツは野暮用《やぼよう》で残るか……あいつ、また花町じゃねーか？」

「……当人の意思なら、止めようがありませんね。もしも、歯止めが利かずに周囲に迷惑をかけるなら、エッゾ殿が対処してくださるかと」

「ハッ、ちったぁ痛い目見た方がいいかもな。とと……走れ走れ、加速だ！」

帰り道に同行していないカンバリーに触れ、その直後にフェルトがそう囃《はや》し立《た》てる。

そのフェルトの軽やかな声に応じるように、ラインハルトは手綱を強く握り込むと、赤い地竜に大地を蹴らせ、気持ちのいい疾走が風を切り裂くのだった。


――そうして、フェルトたちは『地竜の都』の三巨頭への挨拶を無事に終えた。

筋を通したことで、フランダースが抱える問題に不関与である点と、敵意がない立場であることを明確にできた。

だが、事態は再び悪い方へ転がる。

フェルトたちがフランダースを訪問した数日後、大きな、大きな災いが起こった。

――それは、『灰色』のエッゾ・カドナーが花町の娼館《しょうかん》を焼いて逃亡し、その協力者としてカンバリーの身柄が拘束されたという、フェルト陣営にとって最悪の災いだった。

『金獅子《きんじし》と剣聖《けんせい》／フランダース騒乱（事件編）』

1

『地竜の都』フランダースの三巨頭、黒社会を統べるお歴々にかけられた疑惑を晴らすべく、彼らへの挨拶回りを済ませ、フェルトは平穏を取り戻したつもりだった。

無論、王選候補者という立場にある以上、面倒事とも厄介事とも無縁でいられるとは思わない。それでも、しばらくは何事もない時間が続くものと。

それが淡い希望に過ぎなかったと、フェルトは思い知らされることになる。


「──今、なんて言った？」


ハクチュリのアストレア邸、その玄関ホールで険しい顔をしたフェルトが問いを投げかける。問いの矛先は床に座り込み、手当てを受けている男、ラチンスだ。

口の端を切り、目の周りに青痣《あおあざ》を作ったラチンス。息を切らした彼は、フラムとグラシスの双子に氷嚢《ひょうのう》や包帯で手当てされながら歯を食い縛り、

「……すまねえ。オレらがしくじった」

「しくじった、じゃねーだろ。なんでそんなことになった？　なんだって……」

「フェルト様！」

悔しげな返答に前のめりになるフェルト、その肩をラインハルトが引き止める。肩に置かれた手の感触と呼びかけに、フェルトは「わりー」と深く嘆息した。

カッとなっている場合ではない。冷静に、迅速な判断をしなくては。

「ラチンス、改めて確認させてほしい。──昨夜、フランダースの花町で火災があって、『華獄園《かごくえん》』の建物が焼失した。その放火の犯人と目されている人物がいて、その逃亡を幇《ほう》助《じょ》したのが……」

「──。オレと、カンバリーの二人だ」

淡々と事実確認をしたラインハルトに、ラチンスは反論せずに頷《うなず》いた。

その内容は、直前にフェルトが聞かされたものと違わない。つまり、これが早朝に叩《たた》き起《お》こされ、頭の働いていないフェルトの聞き間違いではないことが証《あか》されたわけだ。

明け方、ボロボロの状態で屋敷に帰り着いたラチンスの報告──否、フランダースで起こった事態に関する、凶報というべき報《しら》せは。

「火付けの犯人を逃がしたってのは？　なんでそいつをとっ捕まえなかった？」

「オレがってより、逃がす手伝いをしたのはカンバリーの奴《やつ》だ。そいつと知り合いだったみてえだが、そのときはまだ、火付けで追われてるとは知らなかった。逃がしたあとで、そいつを追ってる連中に囲まれて、これだ」

言いながら、傷を見せるように顔の向きを変え、袋叩《ふくろだた》きにされた経緯をラチンスが説明する。容赦のない暴力に晒《さら》され、命からがら逃げおおせたのがよくわかる。

問題があるとすれば、帰り着けたのがラチンスだけという点だ。

「カンバリーは？」

「……『華獄園《かごくえん》』の連中に連れてかれた。火が出たのが花町だ。あいつらには縄張りを荒らされたメンツがある。だから……ッ」

声を震わせたラチンスに、フェルトの頭の中にも最悪の可能性が過《よぎ》る。

相手は黒社会の人間で、そうした連中は自分たちに害為《な》す相手への報復を怠らない。血と恐怖の掟《おきて》なくして、世界の裏側の秩序は維持できないとわかっているからだ。

このままなら、カンバリーの命運は間違いなく尽きる。

「カンバリーが、あいつが隙を作ってくれて、オレは囲みを抜けられた。一人で、あいつを置いて逃げてきて……！」

「ラチンス、自分を責めすぎるな。カンバリーなら……」

「気休めはやめろ！　お前も、お前もわかってんだろうが、ガストン……！」

俯《うつむ》いたラチンスの傍《かたわ》ら、しゃがんだガストンがその言葉に口を閉じる。

昨日、フランダースに同行していなかったガストンは、ラチンスとカンバリーが出くわした事態に関われなかった。そのせいで、彼もかける言葉が見つけられずにいる。

つまるところ、ここで意見を発するとすれば――、

「どうする、フェルト。ここは、お前さんが決めねばならん場面じゃ」

重く厳しい嗄《しゃが》れ声《ごえ》は、フェルトの背後で太い腕を組んでいるロム爺《じい》のものだ。

騒ぎを聞きつけ、屋敷の関係者が全員集まった玄関ホールで、その場の全員の注目がフェルトへと集められる。

当然だ。フェルトはこの集いの長で、舵《かじ》取りしなければならない立場なのだから。

ただし――、

「フラム、グラシス、ラチンスの怪我《けが》は？」

「見た目は派手ですが、うまく急所を避けてらっしゃいます」「殴られ上手」

「そうか。なら、あとはお前に立って動ける根性があるかだけだな」

双子の太鼓判を受け、フェルトの視線にラチンスが一瞬、凝然と目を見張る。が、すぐに彼は「当然だ」と負けん気の強い顔をして、

「何でもやる。何でもやってやる」

「その意気だ。ロム爺、『黒銀貨《くろぎんか》』には……」

「儂《わし》が顔を出せば、ドルテロとの関係で事態を拗《こじ》らせかねん。前回のことで、もう顔を出さんと互いに納得した。じゃが、会うために名前を使うのは目こぼされるじゃろう」

「助かる。ひとまず、事情が聞ける相手は残しておきてーかんな」

ラチンスの覚悟を聞き、次いでロム爺から名前を借りる許可を取り付けると、そのままフェルトはラインハルトの方を見やる。

そして——、

「いつまでも肩に手ぇ置いてんじゃねーよ。もう暴れ出す心配はねーだろ」

「——。失礼いたしました」

「言っとくが、こっからはお前のその手もバンバン使うことになんぞ。ひとまず、何から始めるのが正解だ？」

「まずは事情の把握……そのためにも、カンバリーの無事を確かめに『華獄園《かごくえん》』と接触するべきだと思います。彼の身柄を確保したい」

フェルトの肩から手を下ろし、ラインハルトがそう自分の考えを述べた。その意見に「へっ」とフェルトは歯を見せて笑い、

「アタシも同意見だ。異論のあるヤツは？」

「「——」」

「何もねーならそれでいく！　ラチンスとフラムは一緒にこい。ロム爺《じい》は、ガストンとグラシスと一緒に屋敷で待機しててくれ。何があるかわからねーからな」

手早く人員の振り分けを済ませると、フェルトの立てた方針に全員が頷《うなず》いた。

そこからバタバタと、大急ぎで皆が動き始める中——、

「フェルト、恩に着る……！」

深々と頭を下げて、ラチンスとガストンの二人がフェルトにそう言った。二人の、まるで命の恩人みたいな勢いの感謝に、フェルトは「はん」と鼻を鳴らした。

「まだ何ができたってわけでもねーんだ。礼を言うのは早すぎんだろ」

「それでもだ。テメエもわかってるだろ。ここでオレたちを見捨てた方が賢いんだって」

「俺も、ラチンスとカンバリーも、お前に拾われた立場だ。それで役立つってんならまだしも、借りばっかり増やして、なのに……」

「やめろやめろ、辛気くせーことはよ！」

らしくもなく神妙な顔の二人、そのチンピラたちの肩を勢いよく叩《たた》いて、フェルトは顔をしかめたラチンスとガストンを睨《にら》み、胸を張った。

「貸しも借りも、全部片付いてから清算しろ。やられっ放しってわかってんなら、挽回《ばんかい》も何もかもこっからだろーが」

「――。おう」

叩かれた肩を押さえ、表情を引き締めた二人が頷き合い、機敏に動き出す。

その背中を見送って、ふとフェルトは自分を眺めるラインハルトの視線に気付いた。相変わらず気に入らない眼差《まなざ》しだが、フェルトは歯を剥《む》いてみせ、

「わかってんだろーが、お前はアタシの横にいろ」

「無論、何があろうとお守りします。――必ず、事態を収めましょう」

そう頷きかけるラインハルトを連れ、フェルトは渦中へ乗り込むために歩き出した。

出たがっても蚊帳の外に出られないなら、内側から食い破るまでだと、そう決意して。

2

前回と同じく通された貴賓室には、前回とはまるで異なる空気が満たされていた。

甘く、人間の理性を蕩《とろ》かす香の匂いを漂わせながら、しかし、こちらを見据える眼差《まなざ》しには誘う蠱惑《こわく》さはなく、本来なら隠されているはずの狡猾《こうかつ》さが見え隠れする。

これこそが、『華獄園《かごくえん》』の女主人たるトトの本来の姿勢なのだろう。

忙《せわ》しなく物々しい空気は、この娼館《しょうかん》だけのものではなく、花町全体に蔓延《まんえん》した無視し難《がた》いものだ。その原因は、こうして訪ねてくる途中でフェルトも確かめた。

並び立った数軒の建物を巻き添えに、黒焦げに焼け落ちた娼館――店の娼婦《しょうふ》や客も命を落とした放火事件、その犯人探しに『華獄園』は躍起になっている。

そんな忙しい立場のトトが、フェルトたちに直接応対する理由は他でもない。

フェルトたちと話すことで、彼女の目的が果たされる可能性を期待されたからだ。

しかし――、

「あなた様のところの殿方は、あたくしの花園を荒らした放火犯が逃げるのに協力した。それを解放しろと？　もっと、素敵なご提案があるかと思っていましたわね」

声音と眼差しで失望を隠さず、トトはフェルトとラインハルトの二人にそう告げる。

椅子《いす》に座って足を組むトトの前で、今日のフェルトはソファに座らず立ったままだ。貴賓室にはトト以外にも複数の女性の姿があり、佇《たたず》まいから戦える立場とわかる。

だが、本来ならその役目は別の人間に託されていたはずだ。その人物の姿が見当たらないことで、フェルトは噂《うわさ》は正しいらしいと考えざるを得ない。

二重の意味で暗鬱な気分を味わいながら、フェルトは小さく吐息して、

「馬鹿げた提案ってのは承知してる。ひとまず、無駄だと思ってもこっちの一番の要求は伝えとかねーとだろ」

「一番の要求……あの殿方の安否をずいぶんと気にされますのね」

「どんなバカでも、あいつはアタシが抱え込むって決めたバカだ。その責任は取らなくちゃならねー。アンタもおんなじ考えだから必死なんじゃゃねーのか？」

「――――」

「――エッゾ・カドナー。カンバリーが逃がしたのは、あのセンセイさんだろ？」

核心を突く名前を出すと、トトが長い睫毛《まつげ》を震わせ、唇《くちびる》を引き締めた。

その反応で、件《くだん》の放火犯――花町の娼館を焼き、カンバリーとラチンスが巻き込まれる原因を作った人物が、あの小人族の魔法使いだと確信が得られる。

「わからないのは、エッゾ殿がそのような凶行に出た理由です」

ふと、そう口を挟んだのはラインハルトだ。彼も、先のやり取りでフェルトと同じ確信を得たようだが、そこから先が続かないのもフェルトと同じ。

膝《ひざ》を突き合わせて話したわけではないが、あのエッゾという人物の空気感と、これほど凶悪な事件とがどうしても結び付かない。

「トトさん、あなたもエッゾ殿が火を放ったと考えていらっしゃるんですか？」

「当然でしょう。センセイ……エッゾが無実なら、その場に残って消火を手伝い、その後で釈明すべきですもの。当事者の話を聞かずに処断するほど、あたくしは浅慮ではありませんわ。にも拘《かかわ》らず、エッゾは現場から逃亡した」

「そりゃ疑われて当然だ。アタシでも、おんなじ風に考えるさ」

「ええ。ですから、火を放ったのはエッゾ・カドナー。――自分をセンセイと慕う教え子を焼き殺し、背を向けて逃げた卑怯者《ひきょうもの》」

「教え子……」

「――ミモザは、特にエッゾを慕っていましたわ」

声の調子を落としたトトの言葉に、ラインハルトが眉間に深く皺《しわ》を刻む。

その名前を聞いて、フェルトの脳裏にも先日の『挨拶』の折、ほんのわずかに言葉を交わした娼婦《しょうふ》――ミモザの、儚《はかな》くも可憐《かれん》な姿が思い浮かんだ。

焼け落ちた娼館《しょうかん》で命を落とした娼婦、その一人があのミモザであったのだと。

「……字の読み書きを教わってるとか、嬉《うれ》しそうに話してたな」

「――。親の借金のカタに売られた娘でした。尽くす子でしたから、気に入ってくれる殿方もいて、もうすぐ年季も明けようとしていましたのよ」

トトの続けたミモザの事情に、やり切れなさは加速度的に増してしまう。

娼婦になった原因の借金を返済し終えれば、ミモザには別の道が開けていた。それこそ教わった字の読み書きや計算を活かし、全く違った生き方ができただろう。

だがそれは、他ならぬその道を示したエッヅ本人に炎で閉ざされて――、

「本当に、エッヅの行《い》いに心当たりはございませんの？」

「……そりゃどういう意味だ？」

「焼かれた娼館には花たちと、それを愛《め》でていた客がおりましたの。彼らは『黒銀貨《くろぎんか》』や『天秤《てんびん》』の関係者でしたので……あたくしたちは目下、エッヅは三巨頭のいずれとも関係のない、別の所属の手のものと考えておりますわ」

「で、相変わらず臭いのがアタシらって話か。……無理もねーけど」

向けられる疑いの目に対し、弁明が難しい立場だとフェルトは素直に認める。

なにせ、カンバリーがエッヅの逃亡を幇助《ほうじょ》したのは、ラチンスも証言している。もっと言えば、そもそもエッヅが花町で働く切っ掛けはカンバリーの紹介なのだ。

この日に備えて、フェルトがエッヅを花町に潜ませ、いざ放火を実行し、三巨頭にまとめて被害を与えたあと実行犯を逃がした――と、筋は通ってしまう。

「その場合、実行犯のエッヅの口は封じとくだろーな」

「まあ、そうなんですの？　本当にそのようなことを？　だとしたら恐ろしい……」

白々しさしかないトトの反応だが、彼女もフェルトの真意を探ろうとしている。

正直言って、ここにあるのは空《むな》しいすれ違いでしかないのだ。

「疑いは当然としても、事実、僕たちは今回の件に関与していません。フランダースの問

題は、フランダースの人間が解決すべきことだ。違いますか？」

「ええ、そうですわね。ですから、あたくしたちも事件を解決するべく、打てる手は打たなくてはなりません。捕らえた関係者の尋問も、その一環ですわ」

「ちっ、堂々巡りだな」

「巡らずに済む方法もございますわ。――ここで話を終えて、あとは静観されること」

舌打ちをしたフェルトに、トトの声音が暗い艶《つや》を帯びてそう誘惑してくる。

そのトトの提案は魅力的だ。そうすれば、フェルトたちは余計な労力を割かず、このまま穏当に一連の事件から外側に身を引ける。

ただし、そこにはカンバリーの無事を諦めるという決断が必要となるが。

「生憎《あいにく》と、それはしねーってのがアタシの方針でな」

「あら、これでもあたくしは王選での立場を考え、譲歩したつもりでしたのよ？」

「その譲歩でアタシに何が残る？　テメーへの借りと、自分の騎士に軽蔑されんのと、見捨てたバカの仲間に唾吐かれんのと、大事な家族が一番嫌ってる卑怯者《ひきょうもの》になんのと、アタシが自分を許せなくなんのと……一個も呑《の》めねーよ」

そうした瑕疵《かし》を見逃せば、フェルトは自分が堂々と立つための芯を見失うだろう。

そうなったフェルトであれば、トトのような立場のものからすれば操りやすい。この状況だけでなく、先も見据えた提案は実にしたたかと言えるだろうが。

「カンバリーの主人はアタシだ。あいつを見捨てるつもりはねーよ。ついでに、横のこいつの主人もアタシだ。なんかあるなら、こいつが噛《か》みつくぞ」

「はい。フェルト様のお言葉とあれば、どんな相手の喉笛《のどぶえ》にでも」

「アタシは指とか耳のつもりで言ってた。喉笛とか、すげーこえーな、お前」

胸を張ったフェルトに頼られ、意気込んだラインハルトが梯子《はしご》を外された顔をする。

そのフェルトとラインハルトのやり取りに、トトはたおやかな仕草で指を顎《あご》に這《は》わせ、しばし、思案するように目を細めていた。

並行して走らせる様々な考え、そのどれを優先させるか迷っているようだが――、

「火付けの犯人を挙げるのが、アンタ的には一番願ったり叶《かな》ったりかよ」

「――。ええ、間違いなく。あたくしは、それがここ数ヶ月の事件の実行犯と考えておりますわ。それが叶えば、フェルト様へのお疑いを晴らし、お預かりしている殿方に関しても色好《いろよ》いお返事ができるかと」

「ただの尻尾切りの可能性は消さねーくせに。――けど、上等だ」

カンバリーの身柄の返還と、かけられた疑いを晴らす最善の方法、それをトトの口から明言させて、フェルトは八重歯を見せる笑みを浮かべた。

笑って、言った。

「アタシらで、このフランダースの騒動を片付けてやるよ。そのとき、テメーがどんな感謝でもてなしてくれんのか、楽しみにさせてもらうぜ」

3

「クソ！　テメエで逃がしてテメエで捕まえろってのか？　世話ねえじゃねえか！」

『華獄園《かごくえん》』との話し合いを終えて、花町の外で合流したほっかむりの男——ラチンスは乱暴に地面を蹴りつけ、トトの要求に苛立《いらだ》ちを訴えた。

その荒れるラチンスを、傍《かたわ》らに立ったフラムが「ラチンス様」と呼んで、

「落ち着いてくださいませ。そんな変な格好で騒げば、目立ちすぎます」

「うるせえな！　見つかったらマズいって、被《かぶ》せたのはテメエだろうが！」

「ですから、これでは逆効果になってしまうと、若様でもわかることですよ」

「どうしてそこで僕を引き合いに出されたのかわからないんだが……」

形のいい眉《まゆ》を顰《ひそ》めて、ラインハルトがフラムの発言に不本意そうな顔をする。そのやり取りに毒気を抜かれたのか、ラチンスは深く息を吐くと、「悪い」と謝った。

そのラチンスの焦る気持ちと、複雑な心境はフェルトもわかろうというものだ。

「なんせ、カンバリーが捕まった理由がエッゾを逃がしたことだってのに、そのエッゾを連れてこなきゃカンバリーが危ねーってんだからな」

「ラチンス様も殴られ損ですし、怒りたくもなりますね」

「損得で騒いでるわけじゃ……ああ、クソ！」

再燃しかけた怒りを何とか呑《の》み込《こ》んで、ラチンスが自分の頭を掻《か》き毟《むし》る。

ボロボロの状態で屋敷に戻ったのもそうだが、これでラチンスの判断力は確かだ。カッとなって、自分だけで敵地に乗り込んだり、無茶《むちゃ》と無謀を押し通そうともしない。

現時点で、フェルトたちがしてきた交渉以上の条件は望めないのもわかっている。

「では、どうされますか？　若様に大都市を闇雲に探し回っていただくとか？」

「打つ手がなかったら仕方ねーけど、最高に頭悪い作戦だな……」

「それは避けたいので……ラチンス、考えはあるかい？　この街には君の方が詳しい」

「皮肉、じゃねえのか、クソ。──心当たりは、ないわけじゃねえ」

ラインハルトに促され、ほっかむりの結び目をいじりながらラチンスが呟《つぶや》いた。その一言に「ホントか!?」とフェルトたちが注目する。

「『華獄園』だけじゃなく、他の三巨頭も探し回ってるのに見つからねーんだぜ？」

「それだよ。それが一番どでかい問題だ。こう言っちゃなんだが、オレたちよりよっぽど街を知り尽くした連中が探して、まだ見つかってねえ」

「それって、すでに街を出てしまわれたからなのでは？」

「いいや、前にガストンが口説いてる女とそのガキが、ハクチュリまで逃げてきても見つかっただろ。逃げようとして逃げ切れるほど、黒社会の手は短くねえんだ。それでも、まだ火付けしたチビが逃げられてんのは……」

「──誰かが匿《かくま》っているから、か」

エッゾが見つからない理由、その推測の結論に至ったラインハルトの言葉に、ラチンスが「そういうこった」と指を鳴らした。その結論には、フェルトとフラムも納得がいく。

納得がいくが、代わりに別の疑問が浮上してくる。

「それですと、誰もが震え上がるほど恐ろしい方たちを敵に回す覚悟で、そのエッゾ様という方を匿《かくま》われている誰かがいらっしゃることになりますね」

「歯向かう理由は恩か情か、一応は三巨頭の方に恨みがあるって可能性もあんな」

「心当たり、と言ったね。君は、そうした動機の持ち主に思い当たる節が？」

「……ああ。ただし、オレの考えてる奴《やつ》が匿ってるとしたら、理由は恩でも情でも、黒社会連中への恨みでもどれでもねえと思うがな」

回りくどい言い方で、ラチンスがフェルトたちの考えをそれでも肯定する。

しかし、その言葉にはフェルトも首を傾《かし》げざるを得ない。巨悪を敵に回す覚悟がなければできない立ち振る舞い、その理由が恩や情、恨みでないなら――、

「理由は実利しか浮かばねーが、そんなもんがあるか？」

「あるからやってんだろうよ。そうでもなきゃ動かねえようなクソ連中だ」

聞くだに碌《ろく》な相手ではない。ラチンスも、口にはしたくなさそうな態度だった。

そう嫌な予感を感じさせる前置きをしながらも、ラチンスはフェルトたちに告げた。

その相手とは――、

「――おっかねえ金貸しがいる。『黄金虫《こがねむし》』ってんだがな」

4

「これはこれは……今、王国で一番の注目株でいらっしゃる御方《おかた》ではございませんか。よもや、私共を訪ねてこられるだなんて、恐悦至極でございます」

そう言って、事務所の応接室で黒いスーツの女がフェルトたちを出迎えた。

深緑色の髪を二つ括《くく》りに結び、スーツにネクタイ、手袋まで黒で揃《そろ》えたそれは、その微笑も合わせて彼女の武装であるのだとフェルトは判断した。

へりくだった態度だが、トトと同じく、侮れない相手だと肌で感じ取れるほどの。

「私共は『黄金虫』、フランダース事業所の代表を務めさせていただいております、ヘレインと申します。本日はどういった御用向きでいらっしゃいますか、フェルト様」

「名乗らなくても、アタシのことは知ってるみてーだな」

「仕事柄、世上の噂《うわさ》には耳聡《みみざと》くしているつもりですので。そう言えば、市内では大変な火事があったとか。御滞在中、フェルト様に御不便がなければよいのですが」

「言いやがる」

へこへこと頭を下げながら、ヘレインは平然とこちらの急所に切り込んでくる。

こちらの事情はもちろん、すでにフェルトたちが何のために訪ねてきたのかも彼女は把握しているのかもしれない。

ほっかむりのラチンスと幼いフラム、そして帯同するラインハルトの正体も。

──『黄金虫《こがねむし》』とは、ルグニカ王国の各都市に支部を置く貸金業者であり、フランダースでも三巨頭の庇護《ひご》の下、円満かつあくどく金の貸付をしているとのことだ。

ある種、三巨頭と並ぶほど都市に大きな影響力を持つらしく、その証拠に、『黒銀貨《くろぎんか》』らが見舞われた一連の襲撃には『黄金虫』へのものも含まれていたらしい。

それ故に、ヘレインにも事件を解決したい気持ちがあるのだろう。訪ねてきたフェルトたちを歓待するのも、その期待の表れと見るべきだ。

となれば、フェルトの方も腹芸や駆け引きを望まない。

「──テメーのとこで、エッゾ・カドナーって魔法使いを匿《かくま》ってねーか？」

「────」

「わりーな。アタシはうだうだした交渉だのなんだのってのが苦手なんだよ」

単刀直入、寄り道なしのフェルトの問いかけに、薄笑いを浮かべたヘレインが黙る。

ニコニコと、その胸中を読ませないヘレインだが、どことなく彼女の微笑が陰を帯びた風に感じ、フェルトはお客様対応が終わりそうだと直感した。

「若様、大変です。このお茶、一杯でお屋敷の茶葉のひと月分の値段です」

「──。フラム、堪能するのはいいけど、警戒も怠らないでくれ」

応接室の空気が変わりつつある中、ラインハルトとフラムは平常運転で頼もしい。

ラインハルトはともかく、この場に同席させたフラムも、見た目と違って腕は立つ。それこそ、フェルトとラチンスが組んでも彼女には勝てないだろうぐらいに。

そうして、フェルトの安心感に一役買う二人を余所《よそ》に、ヘレインは小さく吐息し、

「おかしなことを仰《おっしゃ》られますね。私共の耳が確かなら、その御名前《おなまえ》は都市を騒がす凶悪犯ではありませんか。そんな人物を匿うなどと、私共は……」

「言っとくが、アタシらは難癖付けにきたわけじゃねーよ。アンタの耳にも入ってんじゃねーか？　逃げたヤツを手伝って、『華獄園《かごくえん》』に捕まったバカの話も」

「……確か、その方はやんごとない方に仕えているとか。それがフェルト様でしたか。でしたら、不用意に疑ったことの謝罪を。私共もよく恨みを買うもので、つい」

「金貸しなんてやってりゃそうだろーな。借りて恨むのも筋違いだと思うけど」

黒社会と繋《つな》がりの深い貸金業者ともなれば、金の貸し借りに恨みつらみが付きまとうのは想像できる。そしてヘレインは、それに対処する術《すべ》も弁《わきま》えていそうだ。

とはいえ、フェルトはまだ肝心な答えをもらっていない。

「で、質問の答え……エッゾ・カドナーの居所は？」

「御答《おこた》えしたではございませんか。渦中の人物は三巨頭に楯突《たてつ》いたと聞いております。そんな人物を匿うなどと畏れ多いこと、どうして私共がすると？」

「まぁ、確かにおっかねー話だよな。普通はやらねー」

「でしょう？　でしたら……」

「──だがよ、見合った見返りがあるってんなら話は別だろうが」

あくまで関与を否定するヘレイン、そこへそれまで黙っていた男が割り込んだ。口を挟

んだ人物、ラチンスを見やり、ヘレインは笑んだまま首を傾《かし》げ、

「フェルト様、彼は？」

「うちの頭脳担当の一人。アタシは自分じゃ考えるのが苦手でな。実のところ、アンタのところに話を聞きにきたのも、こいつの提案なんだ」

「なるほど、そうでしたか。……先ほどのお話、興味深いですね」

「テメエにとっちゃ、難癖同然の暴論だろうけどな」

微笑を深めたヘレインの前で、ラチンスが舌打ちしながらも進み出る。彼はラインハルトの反対側から、陣営の代表のフェルトの隣に並ぶと、

「結論からの逆算だ。逃げてる奴《やつ》が捕まらねえのは、誰かが匿《かくま》ってるから。三巨頭に逆らってまで野郎を匿うなんて、『黄金虫《こがねむし》』ぐらい力がねえと無理。いくら『黄金虫』でも、普通はそんな馬鹿な真似《まね》はしねえ。それでもやったってんなら……」

「普通ではない見返りがあったと考えるしかない。確かに、逆算された暴論ですね」

「吹っ掛けられるテメエとしちゃたまったもんじゃねえだろうがよ」

変化のない薄笑いは、無表情のそれよりよほど感情が読みづらい。声の抑揚も変えないヘレインは、このラチンスの推測にどんな印象を持ったのか。

相手の感情の変化はわからない。だから、フェルトは自分の膝《ひざ》を叩《たた》くと、

「アタシは説得力あると思ったぜ。アンタの方はどーだ？」

「……御自分の部下を信用されていらっしゃるのですね」

「身内かどうかは、納得できるできねーにはあんま関係ねーよ。身内の話の方が聞きやすくて信じやすいのはそうだけど、アタシが贔屓目《ひいきめ》で間違ってると思うか？」

「そうですね。――十分、一考に値する意見だったかと」

自分の意見を述べて、相手の考えもこちらに寄らせる。なんて稚拙な交渉術に、ヘレインが引っかかるとも思えないが、期待できる返事は引き出した。

そう構えるフェルトたちの前で、ヘレインは細い指を自分の唇《くちびる》に当てると、

「仮に……仮に私共から御望《おのぞ》みの答えを聞き出せたとして、フェルト様はどうなさるおつもりなのです？　この『地竜の都』は、あなたの手の範囲外のはずでは？」

「この街をアタシの縄張りにしよーなんて考えてねーよ。エッゾを誰が匿っってても、それを告げ口する気もねー。ただ、言っただろ。バカが一人、捕まってる」

「では、褒められた素行ではない部下のため、わざわざ危険に身を投じるのですか？」

「――ッ」

ちらと、ヘレインの細めた瞳《ひとみ》がフェルトではなく、その横に立つラチンスを見た。微《かす》かに喉《のど》を詰まらせ、ラチンスが相手の言い分に悔しげにする。

カンバリーの普段の振る舞いと物言い、それを顧みれば、なるほど陣営の厄介者でお荷物だと、フェルトも取り繕う言葉を探すのに苦労するが。

「その問答ならもう済ませてんだ。アタシが、ここにいるのが、答えだ」

すでにトトのところでも、カンバリーを手放さないという宣言は終わらせたあとだ。こ

こでその答えがひっくり返ることはない。

フェルトの断言に、ラチンスがハッとした顔をこちらの横顔に向けるのがわかる。

「まさか見捨てられるとでも思ってたのかよ。言いなりにならねーってのが理由で手ぇ放すくらいなら、もっと早くラインハルトを捨ててるぜ」

「若様を捨てるだなんてとんでもない。捨ててもすぐに戻ってらっしゃいます」

「まず、捨てないでもらいたいですね」

八重歯の見える笑みを浮かべ、そう答えたフェルトにフラムとラインハルトが追従。ラチンスは目を見張り、唇《くちびる》を噛《か》んで押し黙る。

ただ、完全に黙り込む前に一言だけ――、

「……アイツはオレのダチだ。本当の本当に、恩に着る」

「屋敷でも言っただろーが。まだ、礼を言うには早すぎんだよ、アホ」

絞り出すようなラチンスの一言に、フェルトはなんてことないと肩をすくめた。

その陣営のやり取りが一段落すると、不意に手を叩《たた》く音が応接室に響く。ヘレインが拍手をして、フェルトと他の三人の様子に笑みを深めていた。

「大変素晴らしい御話《おはなし》でした。私共も、心からの敬服を御伝《おつた》えします」

「心からなんて、心にもねーこと言うなよ。そんなタマじゃねーだろ」

「とんでもございません。私共も御客様《おきやくさま》と金銭の賃借をする関係上、人を査定する目には自信があるつもりですが……承知いたしました」

最後に強く、胸の前で手を合わせる音を立てて、ヘレインがフェルトに笑いかける。その勢いにフェルトが眉《まゆ》を顰《ひそ》めると、ヘレインは続ける。

「今後も私共とよい御付《おつ》き合《あ》いをいただくために、フェルト様の御望《おのぞ》みに沿いたいと存じます。──エッゾ・カドナー氏の、居場所でしたね」

「ではやはり、『黄金虫《こがねむし》』が彼を匿《かくま》っていたと？」

「あくまで、避難する隠れ家を提供しただけに過ぎません。引き換えに差し出された対価では、それ以上を御用意するのは難しいと判断いたしましたので」

「対価、ってーと？」

「未発表……すなわち、非公認の魔法理論。無価値ではないと査定いたしました」

淡々としたヘレインの答えに、フェルトとラインハルトは心当たりがあった。

隠れ家の対価に差し出されたそれは、エッゾが自分の未来に活《い》かすため、あれそれと用意を進めていたものだったはずだ。それと引き換えにしてまで手に入れた避難場所を、こうしてあっさりとフェルトたちに暴かれて。

「どちらとの御付き合いがより利益に繋《つな》がるか、私共の査定を疑われますか？」

「聞き出しといて文句言わねーよ。──アタシは、アンタが嫌いだけどな」

そのフェルトの正面からの言葉に、ヘレインは「残念です」と首を横に振った。そのときさえ薄笑いを浮かべている彼女の本心は、やはりフェルトには読み解けなかった。

5

――フランダース郊外にある、放棄された元富豪の館。

賭け町で賭博《とばく》に溺れ、生まれ持った財産を使い尽くして『黄金虫《こがねむし》』を頼り、最後には屋敷まで手放す羽目になった落伍者《らくごしゃ》から取り上げた建物。それが情熱的に未来を語ったエッゾ・カドナーが、その未来と引き換えに『黄金虫』から提供された隠れ家だった。

まさしく、朽ちた夢の果てといった印象だが、あえてそんな屋敷を隠れ家に提供するヘレインに、フェルトは感じた印象が間違いではなかったと実感した。

「ただの嫌がらせ目的とまでは思わねーが、とことん査定の厳しい女だ。……それがなんだって、こんな危ない綱渡りしてやがんだか」

「……それこそ、綱がどこに繋《つな》がってようと、渡る段取りは付けときてえんだろうよ」

「渡る段取り？」

「どこの味方でもねえってのが『黄金虫』の建前だ。けど、そいつは裏を返せばどこにもいい顔したいですってこったろ。その候補に、テメエも入ってんだよ」

つまるところ、ヘレインの厳しい判断基準に合格するほど、フェルトの王選候補者という看板は魅力的という話だ。もしくは、ヘレインの興味は『剣聖《けんせい》』の方かもしれない。

「あるいはその両方……若様とフェルト様、両手に花」

「アタシが花ってガラかよ」

「それですと、僕が花ということになってしまいますよ」

フラムの軽口にフェルトが脱力すると、ラインハルトが苦笑する。と、それからラインハルトは一歩、フェルトたちの列から前に進み出た。

正面に問題の屋敷を見据え、彼は青い双眸《そうぼう》を細めながら、

「現状、まだ他の組織のものは嗅ぎつけていませんが、時間の問題でしょう。僕が中へ突入します。フェルト様は、ここでお待ちください」

「わーった、任せる。ただし、話が聞きてーから手荒にしすぎんな」

「はい。フラム、フェルト様とラチンスを頼んだよ」

「若様、どうかお気を付けて……相手の方を殺《あや》めないよう、ご注意を」

フェルトとフラムに見送られ、ラチンスと目配せしたラインハルトが堂々と歩む。

端整な横顔に勇壮な視線を伴い、単なるボロ家の捜索が一大叙事詩の一幕だ。そんな雰囲気を纏《まと》いながら、屋敷の入口に到達したラインハルトが大きく息を吸う。

そして――、

「――エッゾ・カドナー殿！　いるのはわかっています！　出てきてくれませんか！」

朗々とした声で正々堂々、正面から相手に現れるよう呼びかけた。

この暴挙には、さすがのフェルトも口がぽかんとなり、ラチンスが「馬鹿か!?」と頭を抱える。フラムだけが腹の前で両手を重ねて立ちながら、

「若様の為《な》さることですから」

と、ラインハルトの所業を当然のように受け止めていた。

そのアストレア家侍従のおかしな共感はともかく、フェルトは屋敷の周囲に目を配る。あんな呼びかけをすれば、追っ手がかかったとエッゾも逃げ出すだろう。建物の裏手や窓から小人族が出てくるものと、真剣に目を凝らして――、

「――まさか、『剣聖《けんせい》』が追っ手になるとは、私も高く買われたものだ」

「嘘《うそ》だろ？」

そんなフェルトの予想は、軋《きし》む扉を開けて現れた人物によって打ち砕かれた。

乱れた緑髪に煤《すす》で汚れた黒いマント、前に見たときよりもみすぼらしいが、それは紛れもなく、花町で言葉を交わしたエッゾ・カドナーその人だった。

教わった隠れ家に本当に潜んでいたエッゾ、しかし逃亡者として追われる立場の彼は、その眼の覇気をいささかも衰えさせていない。

そのエッゾを正面に迎えて、ラインハルトは何も持たない掌《てのひら》を突き出した。

「エッゾ殿、投降を強くお勧めします。僕たちが辿《たど》り着《つ》いたように、あなたの居場所はじきに割れる……今ならば、昨夜の件の弁明もできるでしょう」

「釈明せずに背を向けた私に、そうした温情が示されると？　生憎《あいにく》、私はそこまで楽観的にはなれない。自分の罪を、自覚できない愚か者でもありたくない」

「自分の、罪？」

ゆるゆると首を振り、力なく呟《つぶや》くエッゾにラインハルトが眉《まゆ》を寄せた。そのか細い問い

かけに、エッゾは「そうだとも」と両腕を持ち上げる。

その両手に、目には見えない、形のないものを強く握りしめるように。

「罪だ。犯した罪は贖《あがな》われなければならない。それが、私を師と慕ってくれたミモザへの手向けであり、彼女の閉ざされた未来への贖罪《しょくざい》だろう！」

「エッゾ殿！」

気配の変化を察し、ラインハルトが鋭い声でエッゾを呼んだ。

だが、その呼び声にエッゾは答えず、代わりに開いた両手に赤と青の光を渦巻かせ、門外漢にも一目で強力とわかる複雑な魔法の術式を作り出した。

臨戦態勢だ。――相手がラインハルトと、『剣聖』とわかってもなお。

「ラインハルト！　ちゃんとやれ！」

「――はっ！」

そのエッゾの覚悟を見て取り、躊躇《ためら》いそうな背中をフェルトが叱咤《しった》した。

瞬間、短く応じるラインハルトが地を蹴り、館の前の大地を爆発させるように、無手のラインハルトがエッゾへと爆風の如《ごと》く迫った。

花町での、最初の一幕の再現とばかりに小柄な魔法使いを押さえ込もうと――、

「――侮ったな、『剣聖』!!」

「な……っ!?」

直後、赤と青の入り混じる紫色の衝撃がラインハルトの胸部で炸裂《さくれつ》、飛び込んだ長身を

後ろへ弾《はじ》き飛《と》ばし、驚きの声を上げさせる。

後ずさり、目を見開くラインハルト。彼の白いシャツの胸元には確かな衝撃の痕跡があり、ボタンが二つほど吹き飛ばされていた。

「――マナ過剰循環体質の、傾向と対策だ！」

両手を突き出し、会心の表情を浮かべたエッゾが高々と吠《ほ》える。

その両手からはおびただしい血が滴っていた。左右の手の爪は幾枚も剥《は》がれ、見える手の甲や手首には裂傷が走っている。それが今の一撃の代償だ。

だが、通した。フェルトの前で、ラインハルトが攻撃を受けたのは初めてのことだ。

「魔法使いでは誰一人、君に触れられないとでも思っていたのか！　だとしたら、それはとんだ驕《おご》りだぞ、『剣聖《けんせい》』よ！」

「――――」

「術式の構成を組み替え、通常のマナの伝導にあえて不自然な歪《ひず》みを作る！　不合理で不均一、魔法を編みながら構成を変えるなど正気の沙汰ではない！　だが！　どうだ！」

半端に剥がれた爪を歯で毟《むし》り、吐き捨てるエッゾが痛みを堪《こら》えて叫んだ。

たかが一撃でどれほど喝采するのかと、誰がそれを笑えようか。

圧倒的な強さを誇るラインハルト、その強さの理由は常軌を逸した攻撃力にあるのではない。攻撃を寄せ付けない守備力にもあったのだ。特に魔法に対しては絶対的な無敵性があった。――それがこの瞬間、破られたのだ。

「礼を言おう、『剣聖』ラインハルト・ヴァン・アストレア！　君のおかげで、私の研鑽《けんさん》がマナ過剰循環体質へ届くと証明された！　あとは、実践あるのみ！」

血止めもしないまま、エッゾがボロボロの両手で次なる魔法を繰り出す。両手でそれぞれ異なる術式を編んだ二重詠唱は、最高峰の魔法使いしか使えない超高等技術だ。

天空から降り注ぐ濁流と、荒れ狂う暴風が空中で衝突し、世界を呑《の》み込《こ》むような勢いで白い霧が生まれ、この場にいるものたちの視界を一気に覆い尽くした。

それを隠れ蓑《みの》に、エッゾは逃走を図った。直前の攻防を布石にした最善手だった。

――それを試みた相手が、ラインハルトでなかったのなら。

「敬意を表します」

確かな敬服を込めた一声、その直後に世界を割るような衝撃波が霧を吹き飛ばした。

霧の中心、長い足を蹴り上げたラインハルトの姿がある。文字通り、会心の目くらましを一蹴したラインハルトが、逃げるはずのエッゾの背中を視界に捉えた。

一度、侮ったことを叱責された。故に、敬意を払い、二度目はない。

「ぐ、ぁ！」

その細い腕を掴《つか》み、ラインハルトがエッゾを濡《ぬ》れた地面にねじ伏せた。苦鳴をこぼしたエッゾを足下に、ラインハルトは油断なく彼の肩を極《き》める。

「勝負ありました。これ以上は……」

重ねて、投降を呼びかけようとするラインハルト、その頬《ほお》に不意に血が散った。

ラインハルトの血、ではない。その事実にラインハルトが微《かす》かに息を詰めると、驚きに乗じて跳ね起きたエッゾが、千切れかけた右腕を抱えて距離を取る。

自ら、極《き》められた腕に魔法を叩《たた》き込《こ》み、ラインハルトの拘束から逃れたのだ。ラインハルトが手を放すのが一秒遅れれば、腕は切り落とされていたかもしれない。

——否、切り落としていただろう。それほどの覚悟が、エッゾの双眸《そうぼう》にはあった。

「手ぬるいな、『剣聖《けんせい》』。そんなことで、君の尊き方を守り抜けるのか大いに疑問だ……」

「……すぐに手当てが必要だ。何故《なぜ》、そんな無茶《むちゃ》を」

「言ったはずだ。贖罪《しょくざい》のためだと！」

千切れかけた腕の出血はこれまでの比ではなく、小人族の矮躯《わいく》から流れ出すその量は命に関わる。しかし、青白い顔をしたエッゾはその一切を度外視して叫んだ。

おびただしい血に塗《まみ》れながら、憤怒と悲嘆で顔をくしゃくしゃにしながら——、

「ミモザは、賢い娘ではなかった。学がなく、礼節は稚拙で、物覚えがいい方とも言えなかった。だが、懸命だった。歩みの遅さは、学ぶ意思の尊さを損なわせはしない」

ぽつりぽつりと、たどたどしくエッゾが語るのは、死した娘の話だった。

焼かれ、命を落とした娘への慟哭《どうこく》、それが聞くものの魂を痛々しく掻《か》き毟《むし》る。

「親に花町に売られ、夜の花を売る娘が、本物の花屋を夢見るのはおかしなことかと、おずおずと、教わったばかりの字で、手紙で聞いてくるような、娘だった……」

その熱量だけは変わらぬまま、言葉の呂律《ろれつ》が怪しくなる。いつしか、エッゾはその場に

膝《ひざ》をついていて、ぐらぐらと頭を前後に揺らしていた。

そうして囁《ささや》くエッヅが、ふと俯《うつむ》けていた顔を上げた。正面、エッヅは細い少女の影を見ると、その瞳《ひとみ》を細めて、「ミモザ……」と掠《かす》れた息でこぼした。

「誰にも、夢を笑う権利などない。流れる血も、育った土も関係ないんだ。それを、この私が、『灰色』が証明してみせよう。だから……」

「――」

「いつか、私が称号を受ける日には、君の店の花をこの胸に付けてくれ……」

弱々しく、か細い息を抜くように、そう言ったエッヅの体から力が抜ける。その前のめりに倒れる体を正面から抱きとめ、背中を撫《な》でてやったのはミモザ――ではない。

彼女とは背丈も、年齢も、髪や瞳の色も似つかないフェルトだった。

「こんだけ血ぃ流して無茶しすぎだ。気絶しやがった」

意識のないエッヅ、その深手を見下ろしてフェルトは唇《くちびる》を曲げる。

もげかけた腕に、ズタズタの両手。よくもここまでひどい暴れ方ができたものだ。

「フェルト様、お召し物に血が」

「服なんかあとで着替えりゃいい。それより、フラム、手当て頼めるか？」

「はい。若様がどなたかを死なせかけてしまったときの用意が」

一礼したフラムが、フェルトから受け取ったエッヅにテキパキと処置を始める。澱《よど》みのないその様子に、彼女に任せて大丈夫そうだとフェルトは安心。

そうしてから、フェルトは手当てが必要そうなもう一人に振り返り、

「一丁前に凹《へこ》んだツラしやがって。最近、そのツラばっか見てる気がすんな」

「――。お恥ずかしい限りです。正直、反撃を許すとは思っていませんでした」

「舐《な》めてかかった……とは言わねーよ。あそこまでやれるとはアタシも思ってなかった。思ったより、ずっとすげーヤツだな」

ボタンの弾《はじ》けたシャツを押さえ、ラインハルトは真剣に驚いた様子だ。

実際、彼に一撃食らわせるなんて、凄腕《すごうで》を百人集めても果たせないような偉業だ。それをやってのけたのだから、エッゾの実力は疑いようもなく本物。

そしてわかったのは、魔法使いとしてのエッゾの優れた実力だけではない。

「ラチンス、どう思う？」

「どう思うもこう思うもねえ。放火犯のこのチビを三巨頭共に突き出して、それでカンバリーを取り戻して一件落着……オレだって、そうじゃねえことはわかってる」

地べたに残ったエッゾの血溜《ちだ》まり、それを睨《にら》んだラチンスが忌々《いまいま》しげに呟《つぶや》いた。

ほっかむりをしたままのラチンスの見解、それにフェルトも同意見だ。ラインハルト相手にも一歩も引かずに、とんでもない意地を発揮したエッゾの決死の理由は――、

「――娼館《しょうかん》焼いて、エッゾに濡《ぬ》れ衣着《ぎぬき》せたヤローがいやがるな」

彼の抗《あらが》いにその可能性を見出《みいだ》して、フェルトは苦い気分でフランダースの空を仰いだ。

6

──『地竜の都』を取り巻く事態、その裏にフェルトたちが気付いたのと同刻。

囚《とら》われたカンバリーを救うため、二つに分けられた陣営の居残り組、ハクチュリでフェルトたちの連絡を待ちながら、ガストンは焦れる気持ちと向かい合っていた。

ラチンスとカンバリーの二人と、ガストンは王都のチンピラ時代からの付き合いだ。

特にカンバリーとの関係はもっと古く、互いに悪ガキだった頃を知る古馴染《ふるなじ》み。それだけに、カンバリーの一種の揉《も》め事《ごと》体質《じ》にはたびたび振り回されてきた。

何の因果かフェルトに拾われ、ルグニカ王国を揺るがす王選なんてものに巻き込まれた今、召し抱えられたことで少しは風向きも変わるかと思われたが──、

「ガキの頃からの性分は、そうそう変わるもんでもないか。……でも、そういうカンバリーじゃなきゃ、ラチンスを拾ってくることもなかったよな」

揉め事体質の上、カンバリーは厄介事に首を突っ込まずにいられない。

よせばいいのに手を出し口を出し、痛い目を見たこともしょっちゅうだ。当然、一緒にいるガストンも巻き込まれるが、それでも彼を見放せないのは、どんなに振り回されても許してしまう愛嬌《あいきょう》と、たまに持ち帰る成果のせいだ。

ラチンスとの出会いも、路地裏で追《お》い剥《は》ぎに遭って死にかけの彼を、カンバリーが拾ったことが切っ掛けだった。

今回捕まったのも、顔見知りが逃げるのを手伝ったからというから彼らしい。

「ったく、一晩目ぇ離しただけでこれじゃ、先が思いやられる……と」

「――」

不意に袖を引かれ、振り向いたガストンは不安げな眼差《まなざ》しと目が合った。

すぐ傍《かたわ》らに佇《たたず》んだ緑翠《りょくすい》の瞳《ひとみ》の持ち主、それは灰褐色の長い髪が美しい、牧歌的な装いがよく似合う女――カリファだった。

二ヶ月前、とある事件を切っ掛けに知り合った母子の母親で、若くして一人娘を懸命に育てる立派な女だ。そのときの怪我《けが》が理由で声を失い、生活の多くに不安のある彼女を、ガストンが何かと世話する付き合いが続いている。

カリファと、そう呼び捨てにしても怒られないぐらいには親しく、だ。

とはいえ、屋敷に待機を命じられたガストンが彼女を訪ねているのは、カンバリーの身を案じる不安をカリファに慰めてもらうためではない。

フランダースの問題が、カリファと愛娘《まなむすめ》のイリア、母子二人に降りかかることがないよう阻止するのが目的だった。

「すまん、カリファ。不安がらせたな。荷物は？」

「――」

「手早くて助かる。なら、荷物は俺が持つから、イリアを頼む」

カリファは声を発せない代わりに、瞳や表情で感情を伝えてくるのがうまい。

荷物をまとめた鞄《かばん》を差し出され、それを引き取りながらガストンは焦らせないように言葉を選びつつも、母子をアストレア邸へ迎えるために急がせた。

カリファが住み込みで働く牧場には、すでに話を通してある。元々、働き口を紹介したのはアストレア家で、ほぼ毎日顔を出すガストンも牧場主とは顔見知りだ。

嫌な顔をされるどころか、何事もないようしっかり守れと発破をかけられてしまった。

「王都の底辺で辛酸舐《な》めてたチンピラだったのにな」

パタパタと、眠たげなイリアをおくるみに包んでいるカリファの背を見ながら、ガストンは鞄を持たない方の手を見下ろし、呟《つぶや》く。

未来に期待したり、誰かに期待されたり、そうした生き方と無縁の人生だった。

世の中に反抗して、苦い環境をそういうものだと受け入れて生きるのが賢いと、そうやって腐った自分を無視し、同じ境遇の仲間とつるんで生きて、死ぬばかりだと。

そんな不貞腐《ふてくさ》れた人間が、どうして誰かに期待されるようになったのか。

「まだまだこれからだ。そうだろ、カンバリー、ラチンス」

この場にいない、同じ境遇の二人の仲間の名を呼んで、ガストンは拳《こぶし》を握りしめる。

ちょうどそこへ、イリアを抱きかかえてカリファが戻った。うとうとと、おくるみの中で夢と現《うつつ》を彷徨《さまよ》っている赤ん坊に、ガストンは思わず頬《ほお》が緩む。

何となく指を差し出せば、赤ん坊は何の警戒心もなく、その指をきゅっと握った。小さな手から熱が伝わり、ガストンの胸をじんわりとしたものが占める。

それが幸福感なのだと、もっとそれを抱きしめていたいと肌で感じながら――、

「――カリファ、イリアを抱いて下がっててくれ」

牧場から屋敷へ戻る道の途中で、周りを取り囲む男たちにガストンが向かい合う。

ぎゅっとイリアを抱くカリファを背後に庇《かば》い、ガストンは顔を隠した十人ばかりの男たちを見回して、案の定、仕掛けてきたかと奥歯を噛《か》んだ。

ガストンがカリファたちを迎えにいった理由、それがまさにこれを恐れてだ。

フランダースの事件にカンバリーが、すなわちフェルト陣営が巻き込まれた時点で、陣営と敵対する相手が搦《から》め手《て》を使ってくる予想はついた。

正面切ってラインハルトを倒せない以上、取れる手段は多くないのだから。

「赤ん坊連れの母親とただのチンピラに、大人数すぎるだろ。大げさな連中だな」

「――――」

「何にも言わないのかよ。まぁ、俺も口下手だから、その方が助かるが……」

無言の男たちと相対して、ガストンは深々とため息をつく。

強がりではなく、今のは本音だ。下手に相手の方から取引や交渉を持ちかけられ、足りない頭であれこれ考えさせられる方がよっぽど恐ろしい。

ラチンスなら地頭で、カンバリーなら勢いでしのぐかもしれないが、そういうやり方はガストンにはできない。ガストンにできる交渉は、拳《こぶし》を使う単純なやつだけ。

「――――」

深く、長く、息を吸って、吐いて、体の隅々にまで意識を行き届かせる。

毎日毎日、へとへとの息も絶え絶えになるまで繰り返される地獄のしごき——優しさのないラインハルトの修練の果てに、『流法』の一端をガストンは学んだ。

想像以上に、人間は自分の体を思い通りにできていない。

それを知り、理解し、昨日よりマシに体を扱えるように、反吐《へど》を吐かされ続けた。

でも、反吐を吐かされていてよかった。吐いた反吐の分だけ自分を見直せた。

根性なしの、腰抜けで臆病者の、半端なダメ人間のままだったら、カリファとイリアを守りながら、こうやって戦うことなんてできなかったはずだ。

「ダチが危ないときにこうして居残ってんだ。俺がここにいて正解だったって、そう言わせられるようにしてなくちゃ、格好がつかねえだろう！」

ぐっと、力強く握った拳を振り上げ、ガストンは男たちに向かって踏み込んだ。

街道の土が『流法』の宿った靴裏に大きく抉《えぐ》られ、身構える男たちにガストンが飛ぶ。

その勢いに相手が驚いている間に、ガストンの一撃が届いた。

「————」

声にならないカリファの声が聞こえた気がして、ガストンの血が沸き立つ。

普段から、ガストンが誰を相手にしていると思っている。——『剣聖《けんせい》』と比べれば、たとえ相手が何人だろうと、負ける気なんてちっともしなかった。

7

「……傷の手当てについては感謝する。問答無用で、私の身柄を三巨頭のいずれにも差し出していないことも。しかし、しかしだ」

「あんだよ？　文句でもあんのか？」

「あるに決まっているだろう！　事情を斟酌《しんしゃく》しても、この待遇には抗議させてもらう！」

薄汚れた階段の一段に腰掛け、自分の膝《ひざ》に頬杖《ほおづえ》をつくフェルトを見下ろしながら、エッゾ・カドナーがバタバタと足をばたつかせて必死の声を上げている。

すでに手当てが済んでいるとはいえ、あれだけ出血したあとにも拘《かかわ》らず、顔を真っ赤にして怒れるのだから大したものだ。その彼が怒り心頭で抗議しているのが、屋敷の二階から簀《す》巻《ま》き状態で吊《つ》り下《さ》げられた我が身の状況だった。

「魔法使いを自由にしとくと何しでかすかわからねーって、そうロム爺《じい》からも教わっててよ。吊るしとけば、縄切っても床に落ちるし、やりやすいだろ？」

「魔法使いを警戒するのは実に正しい判断だが、こんなことをしなくても『剣聖《けんせい》』殿がいるだろう!?　上の君も、この状況に思うところはないのか!?」

「思うところ……殿方を吊るして、暗い快感があります」

埒《らち》が明かないと助けを求めて、さらに埒が明かない返事をされるエッゾ。

彼の頭上、その体を簀巻きにした縄を手すりに括《くく》り付《つ》けたのは、フェルトの指示に嬉々《きき》として従ったフラムだった。そのどちらと話しても状況は好転しないと、エッゾはフェルトの傍《かたわ》らのラインハルトを見て、「『剣聖《けんせい》』殿！」と彼を呼んだ。

その必死のエッゾの呼びかけに、ラインハルトは不憫《ふびん》そうに眉尻《まゆじり》を下げると、

「フェルト様、やはりこの扱いは不当では？　これ以上、エッゾ殿が無謀な手段に出るとは僕には考えにくく……」

「そりゃ、テメエの勝手な考えだろ。フェルトの考えが正しい。魔法使いは何してくるかわからねえ。口が塞げねえなら、手足は縛っとくのが最低保証だ。テメエ、自分が何されても平気だからって、舐《な》めてかかって痛い目見ただろうが」

「それは……確かに、そうだ」

絆《ほだ》されかけたラインハルトが、ラチンスの厳しい意見に理解を示す。

そうしてラインハルトを黙らせたラチンスを、吊《つ》るされたエッゾはじっと見つめた。

「『剣聖』殿に堂々と……君はいったい」

「ちっ、これでわかるかよ？」

「――！　その顔は……そうか、君はあのとき、カンバリーといた人物か」

ほっかむりを脱いだラチンスを見て、エッゾがその正体に思い至った。

フェルト的には、気休め以下だったほっかむりに思った以上の効果があって驚きだが、事情を察したエッゾの驚きはその比ではなかったようだ。

「君のその怒りよう……まさか、カンバリーは」

「テメエの古巣の『華獄園《かごくえん》』に捕まってんよ。あいつが逃がしてくれたが、オレもひでえ目に遭ったぜ。この落とし前はどうつけてくれんだ？」

「落とし前……」

ガラ悪く、ガシガシと追い詰めるラチンスの交渉はチンピラ紛《まが》いだが、真面目で馬鹿正直なエッゾにはそれが効果覿面《こうかてきめん》だった。

しばらく考え込んだエッゾは、やがて「わかった」と観念したように頷《うなず》くと、

「償いと言えるかわからないが、君たちの要求を聞こう。どうすればいい」

「いきなり協力的だな？」

「カンバリーには借りがある。一度ならず、二度もだ。その彼を案じる君たちに不実であるなら、私は私の行いを肯定できなくなる。それは耐え難《がた》い」

「――。フラム」

大仰《おおぎょう》だが、真剣なエッゾの答えにフェルトがフラムを呼んだ。その呼びかけの意図を察し、フラムが少しだけ残念そうに簀巻《すま》きのエッゾを床に下ろす。固い固い結び目は、ラインハルトが指を振って切り離し、エッゾは自由の身だ。

彼は体の調子を確かめながら、包帯を巻かれた自分の右腕を見やり、

「丁寧な手当てだ。これは誰が？」

「アンタを吊るしてたフラムだよ。いい仕事してるだろ」

「素直に感謝を述べるのに抵抗があるが、感謝する」

縄を回収し、二階から下りてくるフラムに頭を下げたエッゾ。それから改めて、彼はフェルトたちと向かい合い、深々と息を吐く。

何から話すべきかと、そう悩んだ末に――、

「……まず、言い訳に聞こえるだろうが聞いてほしい。『華獄園《かごくえん》』の所有する娼館《しょうかん》に火を放ち、幾人もの犠牲者を出した一件……その下手人《げしゅにん》は、私ではない……！」

「あ～、そのくだりは想像ついてっから飛ばしていいぞ」

「想像がついてるから飛ばしていい⁉」

あんぐりと口を開けたエッゾの反応に、ラインハルトの非難の目がフェルトを向く。しかし、フェルトはその視線に「あんだよ」としかめっ面になり、

「済んだ話に時間かけてる場合かよ。アタシらはもう、火付けは別にいるって結論で動くって決めてんだ。なら、その話が優先だろーが」

「フェルト様の決断力は素晴らしいことだと思いますが、その話の大部分が大味すぎるせいで、エッゾ殿が混乱されています」

「混乱って、なんでだよ。魔法使いってのは頭のいいヤツがなるもんなんじゃねーの？」

ラインハルトの指摘に、フェルトが当てが外れた顔でエッゾを見る。その主従の視線を浴びて、エッゾは「待て、待て、待て」と自分の頭に手をやった。

「つまり、諸君らが求めるのは事実関係の確認で、私の弁明を必要とする段階は過ぎている。目的は私と同じで、真犯人の確保ということでいいのか？」

「お？　なんだ、わかってるじゃねーか」

「──何故《なぜ》だ？」

自分の置かれた立場を的確に読み解き、エッゾが逆に疑問を発した。

彼はその理知的な眼差《まなざ》しに疑念を宿し、フェルトを、ラインハルトを、フラムとラチンスを見回して、白い眉間に皺《しわ》を寄せる。

「何故、君たちは私を信じる？　ほんの一時、言葉を交わしただけの関係だ。囚《とら》われのカンバリーの解放が目的なら、私の言い分に耳を貸す必要などないだろう」

「──────」

「私が非情な、望んで大勢を焼き殺した殺戮《さつりく》者である可能性も捨て切れないはずだ」

わざと自分を悪《あ》しざまに語り、エッゾがフェルトたちの真意を問《と》い質《ただ》してくる。

確かに状況だけを見れば、エッゾが自ら語った最悪の可能性を否定はできない。だが、フェルトたちは見聞きした。──エッゾの、失血死覚悟の贖罪《しょくざい》の気持ちを。

朦朧《もうろう》としていた彼は覚えていなくても、フェルトたちは忘れようがない。あの訴えを聞いてなお、エッゾをミモザ殺しの犯人と疑う方が馬鹿げた話だ。

故に──、

「──いや、その可能性ならもう捨ててる。アタシらの腹は決まってんだ。だから、今ここで決めなきゃなんねーのは、アンタの腹の方だよ、センセイ」

「私の……」

「アンタの言う通り、カンバリーを助けるだけなら、こっちはもう上がりだ。それ以外の決着が欲しいんなら、手を伸ばすのはアタシらじゃねー」

そのフェルトの宣告を受け、エッゾが凝然と目を見開いた。

賢い彼ならば、フェルトの言いたいことは十分に伝わっただろう。あとは、彼がどんな答えを出すかだけ。そこにフェルトの意思が介在する余地はない。

ただ、あの血塗《ちまみ》れのエッゾの言葉が本心なら――、

「――伏して、お願いする、フェルト嬢」

階段の前、フェルトの正面でエッゾが床に跪《ひざまず》いていた。

「どうか、力を貸していただきたい。この『灰色』の魔法使い、エッゾ・カドナーの名に懸けて、受けた恩は必ずや返そう。だから――」

「――」

「――我が教え子、ミモザの無念を晴らすため、お力添えを」

真摯な切実さしかない眼差《まなざ》しで、エッゾは自らの望みを叶《かな》えるべく、どうして差し出されるのかわからないフェルトの手を取ると決めた。

そのエッゾの嘆願に、フェルトは八重歯を見せる笑みを浮かべ、頷《うなず》き返す。

「ああ、付《つ》き合ってやるぜ。アンタの迷路の地図は、アンタしか持ってねーんだ。出口に辿《たど》り着くために、アンタにゃ一番前を歩いてもらわなきゃなんねーんだからよ」

8

——昨晩も、エッゾ・カドナーにとっては変わらぬ夜のはずだった。

用心棒の仕事は主に花町の見回りと、時たま起こる諍《いさか》いの仲裁だ。たまに無分別に暴れる輩《やから》を魔法で躾《しつ》けることもあるが、エッゾが雇われてひと月ほどでそれも消えた。

魔法使いとしてのエッゾの技量が広まり、無謀を働くものがいなくなったためだ。

「もっとも、代わりに腕試しを挑んでくるような輩も出るようになったがな。私を小人族だと見た目で侮り、その見る目のなさを悔やんだものもいる」

「センセイは、可愛《かわい》らしくてもお強いですもんね」

「可愛らしい、はやめてくれ。私はこれでも、君よりだいぶ年上なんだぞ」

口元に手を当てて、くすくすと笑うミモザにエッゾは唇《くちびる》を曲げてそう言った。

種族的に、小人族は大人でも童子のような見た目のものが多い。エッゾもその例に漏れないが、そろそろ二十代も終わりに差し掛かる年齢だ。

そうでなくても、可愛いという評価は好ましくなかった。

「私を称賛するなら、偉大なるや尊敬するというのが適切だ。今後はそうしたまえ」

「はぁい。わかりました、センセイ」

「よろしい。では、課題は済ませてあるだろうか。立ち寄ったついでに回収したい」

返事のいいミモザに頷きかけて、エッゾは課題の提出を促した。

日課であり、仕事の一環である花町の見回りの道中だ。娼館《しょうかん》で客からの指名を待つミモザのところに立ち寄ったのは、教え子の学びの成果を監督するためだった。

当たり前だが、娼婦《しょうふ》に読み書きや計算を教えるのは用心棒の仕事ではない。

いわゆる契約外労働だが、有益なものとトトに認めさせれば報酬を要求することもできるだろう。だが、そうなれば彼女は教え子たちの稼ぎから報酬を支払わせる。

どの娘も、花町にいるのは金銭的に恵まれないことが理由だ。その彼女たちに、さらなる金銭的な負担をかけるのはエッゾの望みではなかった。

なので、あくまでこれは報酬の支払われないエッゾの『趣味』だ。

エッゾのその意を汲《く》んでいるから、いずれの教え子たちも出された課題の消化や理解に積極的に取り組む。ミモザも、特に熱心な教え子の一人だった。

「あ……ごめんなさい、センセイ。わたし、まだ課題が終わってなくて」

だから、この日の課題の提出をミモザが遅らせたのは、珍しいことだった。

「む、そうか。適切な量ではなかっただろうか？　だとしたら私の落ち度だが……」

「い、いえ！　センセイのせいじゃありません。わたしが忙しくて……でも、ちゃんと夜には済ませておきますから」

「わかった。それまでは、他のものの課題の採点を進めておくとしよう」

「はい、わかりました。……あのセンセイ、お友達の、カンバリーさんのこと、聞いてもいいですか？　次は、いつ、きてくださるかとか」

「――。機会があれば聞いておく」

課題の未提出以上に、わずかに色を帯びたミモザの問いかけの方が気掛かりだった。

思わぬ形でフェルトやラインハルトと接点を得て、こうしてミモザらとも出会えた仕事を紹介してくれたカンバリーには感謝している。

感謝はしているが、それはそれとして、彼が問題行動の多い人物なのも確かだ。

少なくとも、可愛《かわい》がっている教え子に積極的に近付けたい男ではないことも。

そうしてミモザと別れたあと、見回りついでに他の教え子の課題を回収し、寝室に戻ったエッゾは課題の採点と、教科の進み具合に頭を悩ませる。

「どの娘も進捗はいい。やはり、学ぶ意欲のあるなしは結果に大いに影響するな」

平均的に高得点の課題を見やり、エッゾは教え子たちの努力に感嘆した。

手慰みに始めたつもりの『趣味』だったが、用心棒として腕を振るう機会が減るに従い、どちらが本分なのかわからなくなりつつある。

だが、焦燥はなかった。これも悪くない日々だと、そう受け止める考えが――、

「――なんだ？」

まとめた課題を文机《ふづくえ》の端に寄せ、ぐっと背筋を伸ばしたところで異変に気付く。

エッゾの寝起きする部屋があるのは、『華獄園《かごくえん》』の傘下にある娼館の一つだ。トトが拠点とする最高級店には一歩劣るが、花町でも評判の優良店。

夜、花町を彷徨《さまよ》う男たちを誘い、閨《ねや》で睦《むつ》み合っているはずの建物で、その濁った空気は

漂ってはいけないものだった。

「ミモザ……！」

蔓延《まんえん》する嫌な空気の中、部屋を飛び出したエッゾは数時間前に訪ねた一室を目指す。

虫の知らせとでも言えばいいのか、そうした理由に説得力のあるものはない。あるいは用心棒失格だが、一番心配した相手のところに駆け付けただけかもしれなかった。

いずれにしても、エッゾのその直感は遅きに失しすぎた。

「——センセイ」

開いた扉の向こうは血の海で、血溜《ちだ》まりの真ん中でミモザは息も絶え絶えだった。

寝台ではなく、床の上に倒れているミモザ。見れば、寝台にはすでに事切れた客の男の姿があり、その喉《のど》は切り裂かれていた。

よろよろと歩み寄り、傍《かたわ》らにしゃがみ込む。ミモザも、胸からの出血が多い。

溢《あふ》れ返る血の量は、人間を生かしておける限界をとっくに超えていて。

「すぐに、治癒魔法をかける。止血して傷が塞がれば、なんということはない」

嘘《うそ》だった。どれほど優れた治癒魔法でも、なくした血を補う方法はない。

「いつも言っているだろう。優れたる魔法は、世界の常識を改変する。魔法は、奇跡を起こせるのだ。だから、君にも祝福は訪れる」

嘘だった。奇跡と祝福をもたらせたとしても、それは未熟なエッゾの魔法ではない。

「ミモザ、何の心配も……」

「センセイ、ごめんなさい……せっかく」

「ミモザ？」

「せっかく、たくさん、教えてもらったのに……わたし、まちが、ちゃった……」

うわ言のように、弱々しい声で、ミモザが血に濡《ぬ》れた手でエッゾの頬《ほお》に触れる。

何故《なぜ》、彼女が謝らなければならない。何故、彼女が泣かなくてはならない。

何故、エッゾ・カドナーは、ここで奇跡を起こすことができないのだ。

「せん、せ……」

吐息は掠《かす》れ、呼びかけは最後まで音にならなかった。

痛みと喪失感に涙を流し、何度も謝罪を繰り返して、ミモザの心の臓は止まった。それがミモザという、一人の娘に訪れた最期だった。

エッゾにできたのは、せめて魔法で彼女の痛みを和らげるという欺瞞《ぎまん》だけ。

そして――、

「――貴様か」

動かなくなったミモザを横たえ、頬を血で汚したエッゾは背後に振り返った。

向けられた殺気、その主は娼館《しょうかん》の通路の陰に潜み、こちらを見据えている。一目でわかった。否定も肯定もいらなかった。

ただ、目の前の、ミモザの仇《かたき》を討つためにエッゾの両手は術式を構築し――、

「馬鹿な」

足下を凍結させ、動きを封じようとした魔法が発動せず、術式がほどけて消えた。魔法の実行に使われるはずだったマナが無目的に散り、エッゾが目を見張る。

その致命的な隙を、相手が見逃してくれるはずもなかった。

「が――ッ」

胸に強烈な一撃を喰《く》らい、吹き飛ばされたエッゾが背中から壁にぶつかる。

壁にしたたかに後頭部を打ち付け、視界が白く明滅し、膝《ひざ》から崩れ落ちた。血の浸った床に前のめりに倒れ込む。手足に、力が入らない。

すぐに立たなくてはと、脳が、魂が必死に叫んでも、四肢は動いてくれなかった。

「な、ぜ……」

今、魔法が発動しなかったのか。

奇跡も祝福も起こせなかったどころか、敵討ちに必要な力すら発揮できなかった。

何故《なぜ》、何故、何故、何故、何故何故何故何故何故何故何故何故何故何故――。

疑問が吹き荒れる。頭の中がめちゃくちゃになる。不可解は魔法が使えなかったことだけではなく、トドメを刺さずにいなくなった敵のこともあった。

――ただ、そう疑問するエッゾの視界に、死したミモザの姿が飛び込んできて。

「――あああああ!!」

湧《わ》き上がってくる衝動が、火の手に呑《の》まれる娼館《しょうかん》の中でエッゾにそう叫ばせたのだ。

9

「――すでに娼館には火が放たれていた。私は無我夢中でミモザの亡骸《なきがら》を抱いて外へ飛び出し、そして……」

「そこを、駆け付けた『華獄園《かごくえん》』の連中に見つかったわけだ」

昨夜、焼け落ちた娼館で起こった壮絶な出来事を明かし、エッゾが深々と頷《うなず》く。

掌《てのひら》に拳《こぶし》を打ち付け、それを握りしめる彼の全身から、教え子を救えなかった瞬間の無力感と、その死相を思い出した絶望がはっきり伝わってくる。

「逃げずに縛を受け、弁明の機会を待つ選択肢もあったが……できなかった。娼館の火は魔法で起こされたものだ。刺客が私の命を奪わなかったのも、放火の罪を私に着せるのが目的だとすれば、そう思わせる細工が次々と挙がっただろう」

「それだけ切迫した状況下で、そこまで考えて動いていたんですか？」

「いいや、それらは逃げ出したあとで気付いたことだ。その時点では、別のことで頭がいっぱいだったよ」

「別のこと……」

「――応報を、果たさなければならないと」

ラインハルトの問いかけに、エッゾが静かに、しかしはっきり断言した。

炎の中に取り残され、命からがらで脱出したエッゾの胸を占めるモノ。――それは教え子の命を奪い、その罪を自分に着せた相手への堪《こら》え難《がた》い怒りだと。

「昨晩、ミモザが取った客は『黒銀貨《くろぎんか》』の関係者だった。他の利用客には『天秤《てんびん》』のものもいたと記憶している。私が彼らに身の潔白を明かそうとすれば、どれほどの時を費やすことになるか。その間に、ミモザを殺した仇《かたき》は逃げおおせる」

「——そいつは、あっちゃならねーことだ」

「そうだとも」

積み重なる最悪の要素が、かえって仕組んだ相手の作為の実在を証明している。

それ故に、相手の思惑通りに踊りはしないと、エッゾはその場から逃亡し、ミモザを死なせた刺客の足跡を追うと決めた。

——応報せよと、血が、魂が訴えるがままに、贖《あがな》わせると決めたのだ。

「その場にミモザの亡骸《なきがら》を置いて、私は投降を呼びかける声を振り切って逃げた。その途中でカンバリーと、その連れの彼に助けられ……」

「あの胡散《うさん》くせー『黄金虫《こがねむし》』を頼って、ここに隠れてやがったと」

「その通りだ。『黄金虫』のヘレイン嬢は、利害さえ一致すれば話せる手合いと踏んだ。私が彼女に差し出せるものは多くなかったが……」

「————」

大したものは出せなかったと嘯《うそぶ》くエッゾだが、彼が隠れ家の対価にヘレインに差し出したものが、彼の未来にとって重要なものだったとフェルトたちは知っている。

それを些少《さしょう》と言い切るのは、ミモザを救えなかった魔法への絶望だろうか。

「――それは違うと言っておく、フェルト嬢」

だが、そのフェルトの瞳《ひとみ》を見つめて、エッゾは首をゆるゆると横に振った。

「あの場で、ミモザを救うことはできなかった。だが、それは魔法の無力を意味しない。私の無力を意味しても、だ。そして、私は証明する。私もまた、無力ではないと」

牙の折れていない顔、信念を見失っていない顔でエッゾ・カドナーはそう断言した。

その姿勢、眼差《まなざ》しはフェルトの好きなものだ。ここで凹《へこ》んで折れ曲がって、ただの復讐《ふくしゅう》に身を焦がすなら連れていくつもりはなかったが――、

「――そういや、お前は復讐は正しくないとか言い出さねーんだな」

座っていた階段から立ち上がって、フェルトは大人しくしているラインハルトを見る。そのフェルトの茶々入れに、ラインハルトは真剣な顔で、

「好ましくないのは事実です。仇討《あだう》ちを無制限に許せば、それはどちらか一方が根絶やしになるまで終わらない連鎖の始まりだ。それは悲劇ですから」

「けど、今回は見逃すってか？　なんでだ？」

「無制限に許せば、悲劇は防げない。その制限は、フェルト様が設けてくださると」

「ちっ、邪魔してもしなくてもイラつく理由なのは変わんねーじゃねーか」

言い換えの余地なく、それはラインハルトから向けられたフェルトへの信頼だ。何ともむず痒《がゆ》いものだが、それに背きたいがために方針を変えるなんて馬鹿馬鹿しい。

誰に味方して、どんな決着を望むか、フェルトはもう腹を決めたのだから。

「フェルト嬢、私の話は以上だ。信じるかどうかは君に……」

「センセイさんよ、もうその話は終わってんだよ。アンタの話を信じる。あとは、この先の迷路の歩き方の方だ。足踏みはやめよーぜ」

「──。承知した。では、伏せていた話の方を明かしたい」

「おいおいおいおいおいおいおいおいおい⁉」

そう切り返したエッゾの言葉に、目を剥《む》いたラチンスが仰天する。

「もう話すことはねえみたいなツラして、すぐにそういう話するか⁉」

「時間が惜しい、というのがフェルト嬢の意見だ。彼女の意見が君たちの総意だと捉えていたが、違っていると？」

「そ、そりゃそうだが……」

「エッゾ様、問題ございません。騒ぎ立てているのはラチンス様お一人です」

幼いフラムに冷静に指摘され、ラチンスが苦しい顔で押し黙った。が、騒いだのがラチンスというだけで、フェルトも驚いていないわけではない。

隠し事があったことではなく、それをすぐに話そうとしてくれた事実に。

「話の早いヤツは好きだぜ。それで、伏せてた話ってのは？」

「私が『黄金虫《こがねむし》』を頼った理由は、条件さえ満たせば彼女らが三巨頭に追われる私とも取引をすると見込んだことと、もう一点……件《くだん》の刺客が、三巨頭のいずれかの手のものと考えられるからだ」

「――っ！　それは、本当なのですか？」

伏せ札が開示され、それが驚くべき情報だったことにラインハルトが目を見張る。そのラインハルトの言葉に、エッゾは顎《あご》を引いて頷《うなず》いた。

もしそれが事実なら、『地竜の都』で起こっている問題が根底から覆ることになる。

元々、『黒銀貨《くろぎんか》』と『華獄園《かごくえん》』と『天秤《てんびん》』、この三巨頭を含んだ黒社会に対する攻撃が行われ、それがフェルトの指示ではないかと疑われたのが事の発端だ。

その黒社会への攻撃が目くらましで、黒幕が被害者の中にいたのだとしたら――、

「三巨頭の身内がやられたってのが、アイツらが余所者《よそもの》の仕業って考えてる理由だったたってのに……それが全部狂言で、対立構造は仕組まれたもんってことか！」

「自分のとこも被害受けてんだ。言い逃れるのは楽勝だわな。……その話、出所は？」

「――。ミモザだ」

仕組まれた混乱にフェルトとラチンスが忌避感を抱くと、それをさらに助長させるのが険しい表情のエッゾの答えだった。

エッゾは自分の手を見下ろし、そこに消えゆく教え子の熱を思い出すように、

「昨晩の火付けは、体よく私に罪を着せるためのものだ。火災に巻き込まれたものは不運としか言いようがないが……それらは刺客の標的ではなかった。刺客が確実に命を奪う必要があったのは、ミモザと、居合わせた客の二人だけ」

「……そいつはわかるが、なんでそれでさっきの結論になんだ？」

「……事切れる寸前、ミモザは私の頬《ほお》に触れた。縋《すが》ったのではなく、教えるためだ。文机《ふづくえ》を見るよう、私に。だから」

そう述べて、エッゾが懐から一枚の手紙を引き出した。封筒は血に濡《ぬ》れ、くしゃくしゃに折り目がついているが、内容は確かめられる。

そこには、たどたどしく、習ったばかりの字でのやり取りが記されていて。

「客との寝物語に聞いた話を、誰かとやり取りしていた証《あかし》だ」

「――確かに。ですが、核心に迫る内容は書かれていないように思えます」

手紙の内容に目を走らせ、ラインハルトが自分の考えを述べる内容を確認したフェルトも、ラインハルトと同じ感想を持った。

手紙に書かれているのはささやかな世間話や、近況の報告といった些細《ささい》なものだ。

もちろん、人に見られたときのため、目的を伏せた手紙の可能性もあるが。

「オレの意見だが、これはそんな賢い手紙じゃねえよ。たぶん、書いた女は本当に世間話のつもりで手紙を書いてる。ただ……」

「もらった側、書かせた側はそうではない。ミモザは隠し事のできる娘ではなかった。死の寸前まで、自分の手紙がどう使われていたか知らなかったはずだ」

ラチンスの考えに首肯し、エッゾもミモザが利用されたという意見に賛同する。

それは教え子を信じたい贔屓目《ひいきめ》というより、ミモザの人間性からの客観的な意見だ。

この事態の黒幕はミモザを利用し、彼女から娼館《しょうかん》の利用客の情報を得ると、疑いのかからないよう慎重に立ち回り、都市の被害と混乱を拡大した。そして用済みになったミモザを始末すると、その罪をエッゾに着せて状況を閉じようと目論《もくろ》んだ。

「――下種《げす》ですね」

一拍、沈黙の中に差し込まれたのは、ひどく端的なフラムの感想だった。

しかし、この場の全員がそれを咎《とが》めない。皆が皆、彼女と同じ気持ちでいたのだ。この事態を仕組んだ黒幕の、その悪辣《あくらつ》さに強い怒りを覚えていた。

そこへ――、

「――フェルト様」

ふと、静かな声で呼ばれ、フェルトが目だけでラインハルトの方を見る。すると彼は、その青い双眸《そうぼう》を細め、屋敷の閉じた扉――否、その外へと意識を向けていた。

途端、空気がピリつく感覚があり、フェルトは小さく舌打ちする。

「誰かきやがったか。どのぐらいいる？」

「五十、六十……まだ増えますすね」

「ご……っ!?　クソ、本当じゃねえか！　ぞろぞろ集まってやがる！」

フェルトの確認にラインハルトが応じ、慌てて窓の外を覗《のぞ》いたラチンスが悪罵《あくば》する。ちらとフェルトも覗いたが、相手はいずれも荒事慣れした雰囲気の男たち。

この状況で、大人数で屋敷を取り囲んだ相手の目的は明白だ。

「……私の居場所がバレたか。フェルト嬢たちがきたのだから、他に露見するのも時間の問題とは思っていたが」

「あの嘘《うそ》笑い女がばらしたんじゃなきゃ、アンタとラインハルトのケンカが見られたのかもな。五、六十人とは気前のいい連中だぜ」

ほとんど一瞬の攻防だったが、ラインハルトとエッゾの交戦は派手なものだった。特に大量の霧とそれを打ち払った蹴りは、近くに人がいれば注意を引いただろう。

あれが魔法と見当を付ければ、エッゾと結び付ける頭は相手方にもある。

「フェルト様、ここは僕が」

「そうです。今こそ、若様の封印を解かれるとき」

対応を考えるフェルトに、ラインハルトとフラムが立て続けにそう言ってくる。

単純な突破力だけ考えるなら、敵が百人いようとラインハルトがどうとでもする。しかし、その選択をフェルトは躊躇《ためら》った。引っかかったのだ。

「そりゃ、ラインハルトで根こそぎ全部吹っ飛ばせば問題解決だろーが……」

「それやった場合、オレたちがそのチビを守った挙句、三巨頭と真っ向からやり合うって宣戦布告になりかねねえ。下手すりゃ全面戦争だ」

「そーなるよな……」

短絡的にラインハルトを出せば、この場は切り抜けられてもその後が問題だ。

ラチンスの懸念した通り、ラインハルトが戦えば三巨頭との敵対は避けられない。かといって、エッゾを連れて投降するのも、エッゾを差し出すのも選択肢にはない。

——何より、ラインハルトをただの『武力』の手札とみなして使うのは、フェルトの矜《きょう》持《じ》というか、何か大事な部分が許さなかった。

「フェルト様？　あまり時間が……」

「今、考えてるとこだ！　アタシらがセンセイを守ってるって知れたら、その時点で三巨頭が丸っと敵になる。そうさせねーためには……」

「エッゾ様に、お一人で外の方々を全滅させていただく？」

「わかった。優れた魔法使いの前では、数など脅威にならないと……ぐううっ！」

「馬鹿、言わんこっちゃねえ！　テメエの状況考えろ！　動けるわけねえだろ！」

五人で顔を突き合わせ、ぎゃあぎゃあと意見が飛び交う。

とはいえ、ラチンスの言う通り、ボロボロのエッゾを戦わせる案は取れない。そうなると必然的に、ラインハルトかフラムという話になるが。

「ガキに任せられるかよ！　やっぱし、ラインハルトを使うしか……」

「うるせー！　それ以外の方法ねーのかよ！　ふざけたほっかむりしやがって……って、待て待て待て待て、それだ！」

ほっかむりのまま、悪ふざけの最中みたいに騒いでいるラチンスを指差すフェルト。

そのフェルトの閃《ひらめ》きに、全員が頭に疑問符を浮かべたが——、

10

——その瞬間、古びた館を取り囲んでいた男たちは『死』を意識した。

いずれも、『地竜の都』フランダースの黒社会で生きてきたものたちだ。全員が何らかの形で暴力に関わり、血と苦痛を商売道具として扱ってきた。

そんな人間が百人近く集まり、標的となったのが一人の小人族——腕利きの魔法使いとは聞いていたが、この大人数でかかれば負けはありえないと楽観視していた。

すなわち、彼らは今日ここで『死』の覚悟はしていなかったということだ。

「手荒な真似《まね》はしたくな……したくねえんだが、命令があってね。……あってな」

そう言いながら、白い軽装の青年が館の入口に立っている。

すらりと引き締まった長身とよく通る美声、燃える赤毛と澄み渡る青い双眸《そうぼう》が特徴的だが、それ以上に特徴的なのは、その目元以外を覆い隠した珍妙な仮面だった。

石の仮面を装着した、ふざけた格好とふざけた言動の青年。男たちが怒りを覚えて当然の相手だが、誰も声を上げない。動けもしない。本能が理解していた。

下手を打てば、死ぬ。彼らも暴力を振るうからわかる。それは、究極の『力』だ。

この気配、赤毛に青い瞳《ひとみ》、その正体は間違いなく——、

「——僕は。俺の名前は、仮面騎士ベルトール」

「……は？」

思わず、呆気《あっけ》に取られた声が漏れた。

並外れた闘気を纏《まと》った青年は、自らの仮面に手を当ててそう名乗った。だが、その名乗りが予想と違って、男たちが全員で動転する。

「ま、待て！　てめえはアストレア……『剣聖《けんせい》』じゃねえのか⁉」

「人違いだ。俺は仮面騎士ベルトール」

「か、仮面騎士って……」

「君たちがもし僕の正体を暴きたいというのであれば、この仮面を剥《は》ぐことだ」

一人称に一貫性がないと、そう反論することもできない。

まるで出来の悪い悪夢の中にいるように、男たちは青年――仮面騎士に呑《の》まれていた。

そうして固まる男たちを見回し、仮面騎士はゆっくり首を横に振ると、

「了承してもらいたい。――今から、君たちに危害を加える」

その一言で、男たちの全員が改めて『死』を意識した。

だが、硬直するものや、小さな悲鳴をこぼしたものが続々と出るのを見ながら、仮面騎士はわずかに瞳を揺らし、驚いたようだった。

「すまない、君たちを見くびっていた。今のでほとんど逃げてくれると思っていたんだ。このところ、自分の力不足を悔やむ機会が多い。いや、違うな」

「――――」

「僕の力不足よりも、相手の見方だと思う。僕は勝てる戦場でしか戦ってこなかった。そ

して、これからはそうではいけない。そう、強く自分を戒めているよ」

仮面越しでその表情はわからないが、聞いていても意味がわからなかった。

わかるのは、目の前の仮面を被《かぶ》った化け物が、その規格外の力でもまだ足りないと、向上心をより強く、高く持とうと決意していることだけだ。

「……おい。合図したら、一斉に仕掛けるぞ」

ふと、仮面騎士と相対する男たちの一人が、周りの運命共同体にそう声をかけた。

それを聞いた周りは、持ちかけた男の正気を疑う。全員で殴りかかったらどうなるというのか。勝てるはずもないし、逃げることもできない。

この状況になった時点で、もはや男たちは負け戦に——、

「あいつにかすり傷の一つでも付けて生き残ったら、一生、酒の席で自慢できるぞ」

「……そいつは魅力的だ。乗った」

負け戦に、自分たちなりの勝利条件を設定して、男たちは笑みを交換し合った。

そして——、

「「う、おおおお——!!」」

奇跡的に、一糸乱れぬ百人の攻撃が怒号と共に仮面騎士へ殺到し——後日、この場に居合わせた男の一人は、酒場でこのときのことをこう語った。

「いくら何でも、空を歩くのは反則だろ」と。

11

「ツラさえ見られなきゃ、関係ねえって言い張れるってもよ……さすがに、これだけやらかしたら言い逃れできねえんじゃねえか？」

そう言って、館の前で壊滅状態に陥った追っ手の男たち——ざっくり百人が死屍累々《ししるいるい》と横たわるのを眺めて、ラチンスが呆《あき》れたように肩をすくめた。

そのラチンスの言い分に、フェルトは「いいんだよ」と舌を出し、

「何言われても知らぬ存ぜぬで通すだけだ。実際、誰もアタシらのツラもラインハルトのツラも見てねーんだ。なかなか、仮面もいい出来だったじゃねーか」

「そうですね。おかげで誰にも正体がバレずに済みました」

「若様の正体はバレバレだったと思います。証拠がないだけで」

仮面を外したラインハルトの自己評価に、フラムが身内贔屓《びいき》のない辛辣な指摘。

ともあれ、即席の石仮面はラインハルトの正体隠しに十分貢献してくれた。

「ラインハルトに、ラチンスと同じほっかむりさせてやんのも面白そーだったけど、途中で外れる心配もねーし、センセイに感謝しとけよ」

「礼は不要だ。本来なら、私が相手しなければならない追っ手だった。魔法で石を固めるぐらいのこと、手伝ったうちにも入らんよ」

「それでも助かりました。……ただ、この手法に頼り切るべきではないでしょうね」

「うん？　なんでだ？　ツラ隠せば、好きに暴れられて……」

「だからです。——僕は、そうするべきではありませんから」

手の中で仮面を弄びながら、ラインハルトはそう話す。途端、フェルトも彼の言いたい意味がわかって、少し浮かれていたと自省する。

自儘《じまま》にラインハルトを使うのは、彼を『剣』として扱うのと同じことだ。

「……で、こっからどうする。立ち止まらねえんだろ」

一瞬、場の空気が停滞しかけたのを察し、そう促したのはラチンスだった。

彼の言葉に、フェルトも「そーだな」と頷《うなず》く。追っ手の一団を壊滅させたが、三巨頭の手勢はこの程度ではないはずだし、それを片っ端から潰して回るのも違う。

隠れ家からエッゾを出した時点で、事態はもう動かすしかないのだ。

「センセイの話が確かなら、三巨頭のどれかが怪しい……自分のとこの娼館《しょうかん》が焼けてんだし、『華獄園《かごくえん》』は外せるか？」

「残念ですが、亡くなった女性は『華獄園』の庇護《ひご》下にありました。犠牲者が目くらましという意味で考えれば、その効果が一番あったのは『華獄園』です。傘下で働く女性を利用するという意味でも、一番やりやすい立場です」

「そうなると、どこも外すのは難しそうだな……」

なるほど、身内が被害を受けているという事実がここでじわじわと効いてくる。

仕組んだ相手の悪辣《あくらつ》さに忌々《いまいま》しさを覚えながら、フェルトは三巨頭のそれぞれの頭——

ドルテロとトト、そしてまだ見ぬ『天秤《てんびん》』の代表を思い浮かべる。

何かを仕組んだ黒幕がいるなら、その中の誰かというのが最もわかりいい。

「ムカつくけど、センセイがヘレインを頼った理由もわかるぜ。あいつらが揃《そろ》って信用置けねーってなると、他に頼れるとこがねー」

「だからって、また『黄金虫《こがねむし》』にツラ出すのは避けてえとこだ。これ以上、アイツらに貸し作るとヤバいことになりかねねえよ」

「――。堂々巡りになりますね。フラム、君からも何か……フラム？」

方針を定めようと話し合う最中、ラインハルトが傍《かたわ》らのフラムの様子を訝《いぶか》しむ。

目を閉じ、返事のないフラム。常日頃、仕える相手であるラインハルトに慇懃《いんぎん》無礼《ぶれい》な少女だが、ラインハルトを無視することはありえない。

つまり、これは――、

「――『念話の加護』。グラシスからの報告です」

沈黙しているフラムに代わり、ラインハルトが事情をそう説明する。

『念話の加護』、それがフェルトがフラムとグラシスの双子を別行動させ、今回のフランダースにフラムだけを同行させた理由だった。

アストレア家に仕える双子、フラムとグラシスが生まれつき授かったその加護は、日に一度だけだが、どれだけ離れた距離にいても言葉を伝えられるというものだ。

この『念話の加護』の力があれば、フランダースとハクチュリで即座に連携できる。

とはいえ、基本はフェルトたち側から、屋敷のロム爺《じい》たちへ伝える想定だったが――、

「――。フェルト様、グラシスから伝言が」

「わかった。聞かせてくれ。向こうで何があった？」

「お屋敷が襲われました。カリファ様とイリア様が連れ去られかけ、それを庇《かば》ってガストン様が負傷されたそうです」

「ガストンが⁉　大丈夫なのかよ⁉」

残してきたガストンが怪我《けが》をしたと聞き、血相を変えたラチンスがフラムの肩を掴《つか》む。そのまま、ガクガクとフラムは前後に揺すられるが、

「落ち着いて、くだ、さい！」

「ぐおわぁ！」

「ガストン様は命に別状ございません。カリファ様とイリア様も、無事にお屋敷で匿《かくま》われているそうです。今はロム様とグラシスがご一緒に」

「そう、か。ロム爺が一緒なら間違いねーだろ」

乱暴なラチンスの手首をひねり、ねじ伏せたフラムが状況をそう補足する。ラチンスには悪いが、フェルトも同じ不安はあったので、それに一安心だ。怪我をしたガストンも、イリアたちを守ってのことなら名誉の負傷。居残った一人として根性を見せた。

――フェルトも、次の動きの切っ掛けをもらったというものだ。

「ラインハルト、いくぞ。敵がわかった」

「わかりました。どちらへ?」

「決まってんだろ。ガストンと一緒にイリアたちが狙われてんだ。――アタシたちとイリアたちの関係知ってるヤツらなんて、一個しかいねーだろ」

異議を唱えず従う姿勢のラインハルトに、フェルトはそう言って鼻を鳴らした。

トメト祭りの日、できればもう二度と見たくないと思った顔――蛇目の男と、またしても顔を突き合わせなければならないらしい。

もっとも――、

「今度こそ、もうあのツラ見なくてよくなるよーに叩《たた》きのめしてやる」

これが最後の機会だと思えば、あの嫌味《いやみ》な面構えと会うのが待ち遠しくさえ感じる。

「それで、どこへ向かうつもりなのだね?」

そのフェルトの横顔に、フラムの加護の時点から情報共有に出遅れるエッゾが尋ねた。

ガストンとカリファの関係も、カリファとイリア母子を取り巻く背景事情も知らない彼に、一から説明するのは骨の折れる話だが、さすが答えやすい質問だった。

尋ねられた問い、フェルトたちがこれから向かうのは――、

「――『黒銀貨《くろぎんか》』」

「――」

「先に上等くれた連中に、こっちもお返しと洒落込《しゃれこ》もーぜ」

12

「……大した肝の太さですね。ここがどんな場所か、把握しておられないので？」

「訪ねるのは二度目だ。無論、十分承知しているとも。歓迎されないだろうこともね」

言いながら、その両手に扉の前の護衛二人をぶら下げたラインハルトが、堂々と豪邸の最上階にある大部屋へと踏み入った。

現在、フランダースの黒社会は攻撃を受けている。未《いま》だ事件の解決の見通しが立たない状況だけに、三巨頭はいずれも厳戒態勢——ここ『黒銀貨』の心臓部である、ドルテロ・アムルの邸宅も百人体制の警備が敷かれた状態だった。

「けど、百人じゃお話にならねーって二回も証明されてんじゃねーか」

先に大部屋に入った背中に続いて、厳戒態勢の脆《もろ》さを詰《なじ》りながら入室するフェルト。その紅の双眸《そうぼう》に映り込む室内、目当ての相手を二人見つけた。

片方は先日のトメト祭りでも見かけた蛇目の男、サーフィス。

そして——、

「よう、またツラ合わせることになったな、豚っ鼻」

「……クロムウェル抜きで、ずいぶんと礼を失した訪問だな、王選候補者よ」

軽く手を上げたフェルトの『挨拶』に、低く厳《いか》めしい声で応じる巨漢の大男——フランダースの支配者の一人、『豚王』ドルテロ・アムルだ。

つい二ヶ月前にも、フェルトはここでドルテロと対峙《たいじ》し、侃々諤々《かんかんがくがく》とやり合った。そのときの舌戦で、二度とここには足を運ばないつもりだったが。

「無礼だの失礼だの、テメーらに言われたくねーな。むしろ、こうやって正面から訪ねてきてやってる分、アタシらは真っ当にやってるつもりだぜ」

「真っ当とは、白昼堂々正面から相手の本拠地へ乗り込むことですか？　最初に申し上げましたが……正気の沙汰とは思えませんね」

「白昼ってほど外も明るくねーだろ。ビビッて穴倉にこもってるせいで、時間の感覚が狂ってんじゃねーのか？」

「貴様……ッ」

そのフェルトの無礼千万な物言いに、サーフィスが金色の瞳《ひとみ》を怒らせる。

冷徹で慇懃《いんぎん》無礼《ぶれい》な印象の強い男だが、ドルテロへの侮辱に対してだけは話が違う。そのドルテロへの異常な忠誠が、今回も暴走したとフェルトは睨《にら》んでいる。

そうして一触即発になりかけるフェルトとサーフィス、二人の睨み合いに「待て」とドルテロが指の太い手を上げ、

「まず、狙いを聞こう。ここで私の太い首を落とすのが目的か？　そのために、今日までの迂遠《うえん》な手口で戦力を削《そ》いだと？　筋が通らん」

「しらばっくれんな。この街でちくちくやってんのはテメーらだろ。そーやってアタシらをハクチュリから遠ざけて、性懲りもなくイリアたちを狙いやがって……」

「イリアが狙われた、だと？」

ピクっと眉《まゆ》を上げて、ドルテロがその言葉に驚いたような反応をする。その反応の自然さに、フェルトは引っかかりを覚えて眉間に皺《しわ》を寄せた。

まるで、初耳だとでも言わんばかりの反応だが。

「イリアとカリファは無事か？」

「──。無事だ。カリファの今の男が根性見せたからな。昔の男は出る幕ねーとよ。それよりも、アタシの考え話していいか？」

「無用だ。私も、おそらく同じことを考えている。──サーフィス」

いったん、ドルテロの反応が演技ではないと信じると、思い浮かぶ可能性は一つしかないと、フェルトとドルテロの視線が同時にサーフィスへ向いた。

その両者の視線に、サーフィスはとっさに両手を持ち上げたが──、

「不審な動きはしないでほしい。君の両肩を砕きたくはない」

「恐ろしい恫喝《どうかつ》だ。ですが、杞憂《きゆう》です。私はただ、私は無関係だと弁明したいだけです」

「それを信じろってのか？　テメーはいっぺんやらかしてんだぞ」

「ええ、信じていただきたいですね。過去の行いで、私の動機はご存知《ぞんじ》でしょう。私は可能な限り長く、頭目に今の座を守り続けていただきたいだけと」

一瞬でラインハルトに背後に立たれ、冷や汗を掻《か》きながらもサーフィスはそう言った。

二ケ月前、ドルテロの弱味《よわみ》になるという理由で母子を狙ったサーフィスだが、ドルテロ

が母子との関係を断つと宣言したことで、その正当性はなくしている。

その上で、なおもサーフィスが母子を付け狙う可能性はありえるものの、私がこれまでに保身を理由にあなたに嘘《うそ》を言ったことがありましょうか」

「ご理解ください、頭目。伏せて動かしていたことはあれど、私がこれまでに保身を理由
「……では、お前はこの一件に何も関わっていないのだな？」

「はい。頭目からいただいた、黒銀貨《くろぎんか》に懸けて」

深々と腰を折ったサーフィスの答えに、ドルテロは指で自分のこめかみを叩《たた》いた。それから「娘」とフェルトの方に青い目を向け、

「疑いが強いのは理解するが、サーフィスではない。この男は私に嘘はつかん。本人も話した通り、伏せて物事を進めることはあっても、だ」

「それで信じろって言われても納得いかねーが……その変態ヤローが、これで言い逃れるって思ってんなら逆にバカすぎっかんな……」

これだけの事態だ。普通とは違った考え方の人間が黒幕の可能性はあるが、ただ常軌を逸しているだけでは黒社会の追跡から逃れ続けることはできないだろう。

ただ、フェルトが言いたいことがあるとすれば、

「テメーみたいな考え方のヤツに、正気の沙汰とは思えねーとか言われたくねーよ」

「それは私の方から詫《わ》びておく。だが……」

唇《くちびる》を曲げたフェルトの愚痴に応じ、ドルテロが気掛かりがあるように目を伏せ、

「サーフィスでないなら、誰が二人を狙わせた？」

「さーな。そいつ以外の、テメーのとこの三番手のヤローとかじゃねーのか？」

「ありえません。頭目の弱味《よわみ》になりかねない情報だ。私以外にそれを知るものが現れたなら、どんな手段を用いても亡き者にしています」

「あまり褒められた主張ではないと思うけれどね。ただ、あなた方がイリアとカリファさんを狙ったのでないなら、こちらもお詫びします」

「あ〜、だな」

ラインハルトの言葉に、フェルトも頬《ほお》を掻《か》きながら同意する。その足下には、ラインハルトが打ち倒した護衛が寝かされていて、邸内の各所に同じ光景が広がっている。

敵は『黒銀貨』で間違いないと、そう思ってかち込んだのだから当然だが。

「悪い、早まった」

「謝罪して済むような事態とでも？　頭目の邸宅に乗り込んで……」

「サーフィス、口を挟むな。この件でお前が喋《しゃべ》れば事態を拗《こじ》れさせる。とはいえ、これの意見も正論だ。落とし前はどう付ける？」

「――付け方は一個っきゃねーよ。アタシたちで、今回の騒ぎのケリを付ける」

「そうだ」

巨大な手を膝《ひざ》の上で組んで、ドルテロが大きな椅子《いす》の背もたれを軋《きし》ませる。

拠点に乗り込み、構成員の大半を叩きのめしたのだ。それを思えば、ドルテロの寛大さは破格のものと言えるだろう。

だが、とフェルトは乱暴に自分の頭を掻《か》きながら、

「裏っ返したら、テメーらは仕組んだ黒幕じゃねーってはっきりしたわけだから、このやらかしも意味がねーわけじゃねーよな？」

「『剣聖《けんせい》』、クロムウェルに伝えろ。この娘、今少し頭を使うように仕込んでおけと」

「ロム殿への伝言は承りますが、今回は状況がそう見せていましたから、僕も一概にフェルト様の落ち度とは言えません」

「そーだろ？　誰でも、あの状況ならテメーらがアタシの敵って――」

思う、と言いかけたところで、フェルトはラインハルトと顔を見合わせた。ラインハルトの険しい表情から伝わる。彼も、フェルトと同じことに気付いたのだ。

フェルトたちが『黒銀貨《くろぎんか》』に殴り込む流れは、誘導されたものであるという事実に。

「つまり、仕組んだものはあの母子が、『黒銀貨』やあなた方とどのような関係にあるのかを知っていて仕掛けてきたと仰《おっしゃ》る？」

「……その話を聞く方法はあった。昨日の火事で、テメーらのとこの身内もやられてたって聞いた。そいつ、何をどこまで知ってた？」

「――。組織の古参です。頭目の秘密までは知りませんでしたが、先日、あなた方が乗り込んできたときにも居合わせてはいた。……二度殺せないのが惜しいですね」

フェルトの追及に、サーフィスが蛇目を細めて忌々《いまいま》しげに呟《つぶや》いた。

火事で犠牲になった『黒銀貨』の男は、二ヶ月前のイリア母子の身柄を巡る問題に居合わせ、イリアがドルテロの娘という話は知らなくとも、関係者である事実は知った。そしてそれを、寝物語にミモザに聞かせ、ミモザはそれを手紙に書いた。

黒幕はそれを、フェルトたちと『黒銀貨』をぶつける奇貨に利用したのだ。

「ぐるっと回って、結局、ミモザと手紙をやり取りしてたヤツが出てきやがる」

「これ以上は、彼女の雇い主であるトトさんに聞くしかなさそうですが……」

「会いたいというなら難しいのでは？　それとも、頭目に働いたのと同じ無礼をまたしても働きますか？　いっそ、力ずくで都市を丸ごと支配下に置かれては？」

「それやったらアタシの勝利条件的に負けなんだよ」

嫌味《いやみ》なサーフィスの提案に、フェルトは苦々しい思いでそれを突っぱねる。

ラインハルトを前面に押し出し、全《すべ》てを力ずくでねじ伏せれば物事は平らにできる。それはたびたび、ラインハルト本人にすら提案される決着だが――、

「――そんな、嵐で何もかも吹っ飛ばすようなやり口、アタシは御免だ」

「わかりませんね。そのように、自らを縛るような在り方を好んで選ぶとは。他ならぬ『剣聖』ご自身、歯痒《はがゆ》い思いをされているのでは？」

「僕は……」

水を向けられ、ラインハルトが一拍、返答に間を置いた。

しかし、彼はその一拍でちらとフェルトを見ると、それからサーフィスを見やり、

「僕はフェルト様の騎士だ。その思惑の実現に力を尽くすのを歯痒《はがゆ》くは思わない」

「それはそれは……郊外でうちの手のものを百人、ここでも百人と合わせて二百人も打ち倒しておいて、よくぞ言ってくれるものです」

「すまないが、この邸宅はともかく、郊外の戦いは仮面騎士の仕業だよ。僕じゃない」

いけしゃあしゃあと答えたラインハルトに、サーフィスが頬《ほお》を強張《こわば》らせる。その反応とラインハルトの態度に、フェルトは小気味よく「ハッ」と笑った。

とはいえ、状況はいいとは言えない。これを仕組んだ黒幕に、フェルトたちの行動を誘導されたのは事実だし、ドルテロがそうだったように、トトと『天秤《てんびん》』の代表もそれぞれの拠点に引っ込んで、簡単に会ってくれるはずもない。

まさか『黒銀貨《くろぎんか》』が空振りとは思っていなかったため、フェルトには打てる手立てがなく、ここでまんまとやられたと悔しがるしかなかった。

しかし――、

「してやられた、というわりにはの顔だな、娘」

額に手を当てて、悔しがっているフェルトを見据え、ドルテロがそう言ってくる。そのドルテロの指摘を受け、フェルトは肩をすくめた。――八重歯を見せて笑いながら。

「アタシはまんまとやられたぜ。打つ手がねーよ。だから、別個の可能性は一緒にきてないアタシの身内が拾ってくれるって信じるしかねーな」

13

——同刻、背後から呼び止められた女は、その薄笑いに微《かす》かな驚きを交えた。

足を止めたのは、大都市フランダースの表と裏、二つの世界を行き交う権利を有する数少ない特権階級、『黄金虫《こがねむし》』の支部を任されるヘレインだ。

そして彼女を道端で呼び止めたのは、今この都市で最も注目を集める人物——、

「——エッゾ・カドナー様、不用意に出歩かれるのは危険ではございませんか？」

「心配をおかけする。だが、安心してほしい。一応、正体のわからぬよう手は打った」

「……その御顔《おかお》の仮面がそうでしょうか？　でしたら、さすがに……いえ」

そう言って、ヘレインが周囲を見回し、眉《まゆ》を顰《ひそ》める。

二人が話すのは、夜に向けて人通りの多くなっている賭け町の一角だ。足を止めて話すものは少なくないが、ヘレインも相手も少なからず人目を惹《ひ》く格好をしている。ヘレインの服装も珍しいし、何より、エッゾの顔だ。

彼は顔に石製の仮面を被《かぶ》り、悪ふざけのように目立つ外見をしていた。

当然、それだけ奇妙な格好をしていれば、大勢が彼を見るはずだが——、

「そうはなっていない……もしや、『認識阻害』？　仮面に付与されたのですか？」

「効果時間も範囲も限定的なものだ。仮面が私自身に触れている間しか効力はない」

「それでも、ですよ。さすがは『灰色』の魔法使いと呼ばれる御方《おかた》ですね」

「その肩書きはあまりあなたに魅力的ではなかったと記憶している。だから、私の隠れ家を訪ねてきたものに教えたのでは？」

仮面で顔を隠したエッゾが、唯一外からも窺《うかが》える瞳《ひとみ》を動かし、問いかけてくる。

その問いに、ヘレインは薄笑いを崩さないままで「ああ」と頷《うなず》いて、

「やはり、接触されたのですね。私共ではその後の……館の周りで、大勢の方が倒れていたという以上の御話《おはなし》は知りようがございませんでしたので」

「あっけらかんと言うものだ。少しは悪びれてもいいものだと思うが」

「一介の魔法使いと、王国注目の王選候補者……どちらと懇意にするのが『黄金虫《こがねむし》』の利益に適《かな》うか、慎重に検討した結果です。御恨《おうら》みになりますか？」

「いいや、追いつかれるのは時間の問題だった。理想は、私を消しにきた刺客を返り討ちにして黒幕の居所を吐かせることだったが……現状も、次善としておこう」

元々、持って回った話し方をするのがエッゾだったが、ここでの話はこれまで以上に要領を得ない。居所を売られたことの恨み言でないなら、次の隠れ家の紹介か、あるいは市外へ逃れる方法の用意が目的だろうか。

しかし、そのいずれであろうと、エッゾが取引可能な財産は――、

「――その部分、オレが埋めてやるって言やぁ、テメエはどうする？」

そう言って、雑踏に立つヘレインとエッゾの会話に割り込んだのは、先の王選候補者が事務所を訪ねてきたとき、一緒についてきていた人物だった。

その登場に、ヘレインは「わお」と両手の指を一本ずつ立てて、

「まさか、エッゾ様と御一緒でいらしたとは。また御目《おめ》にかかれて光栄です。――ルグニカ王国王室指南役であるホフマン家の現当主、リッケルト・ホフマン様の長子、出奔された貴公子であらせられるラチンス・ホフマン様」

「王室、指南役……!?」

流暢《りゅうちょう》なヘレインの語り口を受け、驚いたエッゾが声を震わせた。

王室指南役とは、王族やその近しい関係者に教鞭《きょうべん》を執ることが許された役職であり、基本的に代々続く、由緒正しき家柄にのみ任される立場ということになる。

その現当主の長男となれば、次代の王室指南役の立場も盤石な特権階級だ。

「それが、どうしてこのような落ちぶれ方を……」

「本気で嘆いてんじゃねえぞ、ガキ！　テメエも、人が放り捨てたもんを拾って、ニマニマしてんじゃねえよ、陰険女が」

「まあ、なんてひどい仰《おっしゃ》りよう。ラチンス様がホフマン家の御方《おかた》でなければ、何かしらの御取引《おとりひき》も拒否して事務所へ戻ってしまうところです」

「ぬ、ぐ……！」

ふらっとラチンスの横に湧《わ》いた少女が、ヘレインにやり込められる彼を失望の眼差《まなざ》しで見ている。その様子に、「落ち着くんだ」とエッゾが割り込んだ。

「少々驚きはしたが、ラチンスくんの出自を聞いて俄然《がぜん》納得がいった。君が私の代理人と

して、ヘレイン嬢との交渉を任された理由に」

「ラチンス様が、交渉の代理人……ですか？」

「ちっ。ああ、そうだ。オレがこのチビの代理人だ。ご主人様とその騎士は、ちょいと別件で忙しくてな。こっちはオレが任されてんだ」

「でしたら、あまり道端ですべき御話《おはなし》ではありませんね。私共の事務所の方へ……」

「残念だが、それは私の方の問題で難しい」

案内を遮り、そう述べたエッゾにヘレインが首を傾《かし》げる。すると、エッゾは自分の付けた仮面に手を触れながら、

「仮面の『認識阻害』の効果は一時的なものだ。効力も、私を強く意識するものには効力がない。現状、ここでは意識の間隙を利用しているに過ぎないのだ。——追われている人間が、堂々と相手の縄張りをうろつくはずがない、というね」

「……その認識が、私共の事務所の近くでは崩れてしまうと。私共も、エッゾ様と御一緒のところを見られるのは本意ではありませんが」

「こっちもチビが見つかるのは避けてえ。だから、話はサクッと済ませてえんだよ。そのために、テメエとの交渉を進めたい」

「なるほどなるほど」

口元に手を当てて、ヘレインはエッゾとラチンスの顔を交互に見比べる。

仮面のエッゾはともかく、ラチンスの方は内心の焦燥が顔に出ている。——王室指南役

の家柄出身と、その出自の調べがついたときは驚かされたが、過去を放り捨てたというだけあって、家の教えは身になっていないらしい。

「――時に、ラチンス様が代理人として指名されたということは、フェルト様はエッゾ様の御味方《おみかた》になられたということでよろしかったですか？」

「……他に、オレがこのチビとガキと一緒にいる理由があるか？」

「極小ではありますが、エッゾ様が『剣聖《けんせい》』を打倒され、命が惜しければとラチンス様を脅している可能性もございますので」

「なるほど。確かに私の才気を考えれば、それを否定することはできかねるな」

「ありえません。若様ですから」

腕を組んだエッゾの自信を、桃髪の少女がはっきりと否定した。そこには動かし難《がた》い絶対的な信頼があり、つついても得られるものはないだろうとヘレインは判断。

いずれにせよ、聞きたい答えは聞き出せた。

「ただ、現状の都市の状況を鑑みますに、エッゾ様の置かれた立場はより悪くなっておられます。なので、以前と同様の御取引《おとりひき》には応じかねます」

「……あんなんでも、王選候補者だぞ？」

「存じ上げております。ですが、私共も相応の危険を冒す恐れがございますので、フェルト様の覚えをよくしていただくというだけでは……もしも、『剣聖』の御名前《おなまえ》か御力《おちから》を御貸《か》しいただけるというのなら話は別ですが」

「──ラチンス様、殺《あや》めますよ」

「悩んでもねえよ！　いきなり早まるんじゃねえ、ガキ！」

ヘレインの提案を聞いた途端、剣呑《けんのん》な気配を発した少女をラチンスが窘《たしな》める。

当然だが、『剣聖《けんせい》』ラインハルト・ヴァン・アストレアの名前だろうと力だろうと、そうそう貸し出せるものではない。彼は王国の剣であり、その力を誰かに委ねている現在の状況が異常事態なのだ。つまるところ、却下されて当然の申し出をあえてした。

その真意は──、

「テメエも、できねえだろう話をダメ元で言ってくんじゃねえよ。交渉したいってんならもっとマシな条件を……」

「──では、ラチンス様に御手紙を書いていただくのはどうでしょうか」

「手紙？」

「ええ、一通だけ。私共の御願《おねが》いした通りの内容で、ラチンス様の御実家《ごじっか》に」

静かに、ヘレインは毒のように新たな提案を差し込んだ。

「────」

瞳《ひとみ》を揺らし、ラチンスの思考に迷いが生まれたとヘレインは感じ取る。

即座に却下しない時点で、魚は釣り針にかかった。最初に無理な要求をし、その後に緩和した本命の要求をするのは交渉術の基本的な技だ。さらに言えば、ラチンスは友人を助けたいと事件の解決を焦っていて、実家への手紙は彼個人の裁量で判断する問題。

成果を出したい立場、引き換えに差し出すのが自分の手札、条件は揃《そろ》っている。

あとは――、

「もちろん、ここまで条件を提示して、何の御融資《ごゆうし》もないのは金貸しの名折れ。なので、いかがでしょうか、ラチンス様。――賭けをいたしませんか？」

「賭け、だと？」

「はい。何の因果かここは賭け町……勝利によって、己の望みを叶《かな》える場所」

そう言って、ヘレインは両手を広げて周囲の喧騒《けんそう》――賭け事に興じ、自分の欲望に振り回されるものたちを示しながら、その微笑を深める。

仕草は大げさで大胆に、物言いは大仰《おおぎょう》かつ芝居がかったものとして。

「私共と賭けを。ラチンス様が勝たれれば、手紙の件はお忘れください。ですが、私共が勝った場合、御取引《おとりひき》は条件の通りに。――いかがでしょう、ラチンス・ホフマン様」

そのヘレインの提案に、ラチンスが凝然とこちらを見る。

心中を透《す》かし見ようとする彼の眼差《まなざ》しに、しかし、ヘレインは微笑を崩さない。こちらへ縋るかどうか、決めかねている相手に手は差し出さなかった。

その必要もないのだ。何故《なぜ》なら――、

「ラチンスくん、悩む必要はない。私も、君にそこまで負担を強いようとは思わない」

「そもそも、代理人には指名されましたが、ラチンス様にそこまで物事を判断する裁量は与えられていません。この判断は越権行為です」

「――っ」

押し黙ったラチンスの傍《かたわ》ら、エッゾと少女の二人が賭けを受けるなと助言する。

エッゾの人間性と、少女の立ち位置を考えれば自然な忠告だ。だが、それはラチンスに寄り添おうとしたものではあっても、彼の性格や立場、置かれた状況に真に寄り添ったものとは到底言えないものだった。

だから――、

「――いいぜ。その賭け、乗ってやるよ」

「ラチンスくん!?」「ラチンス様!」

劣等感と負けん気を触発され、ラチンスがヘレインの提案に堂々と乗ってくる。その流れにヘレインは粛々と、内心ではラチンスを憐《あわ》れみながらほくそ笑む。

その上で、あくまで賭けの公平性を保つために、両手で賭け町を示したまま、

「では、何の賭けを選ばれますか？　私共はなんであっても御《お》受けいたします」

「何の賭けでも……」

そう言われ、ラチンスがきょろきょろと辺りを見回し始める。少しでも、自分の有利に運べる賭博《とばく》を探し、やがて賭場の端のそれに彼は三白眼を細めた。

そして――、

「――あの、シャトランジ盤で勝負はどうだ？」

14

夜が迫り、『地竜の都』フランダースがにわかに活気づく。

かつてはその名に冠する通り、この都市には地竜産業以外の特色がなかった。しかし、花町や賭け町が生まれ、その地盤を確かなものとしたときから街は変わった。

今も地竜産業は盛んではあるが、都市の中核は歓楽街の存在であり――、

「――あたくしたち、夜に咲く花こそが都市の要」

己の豊満な胸を腕で持ち上げ、妖艶な雰囲気を纏《まと》った『邪毒婦《じやどくふ》』トトが夜景を眺める。

通りには艶《あで》やかに着飾った女たちが並び、昨晩の悲劇の悲しみをおくびにも出さず、夜の相手を探す男たちの期待と興奮を煽《あお》っていた。

きっと、男たちは娼館《しようかん》の焼け跡さえも欲情の材料にして、金に物を言わせて花々を散らそうとするだろう。――なんと浅ましく、滑稽であることだろうか。

「花を手折るつもりで、花の蜜の虜《とりこ》にされているのは男たちの方ですのに」

トトは信じている。花町の女はしたたかで、幸福を求めて生きられる存在だと。

そして、自分にはできない生き方を望む女たちを手伝うのが、トトの役割なのだと。

――以前はトトも、花町で客を取る一輪の花に過ぎなかった。

求められるのは嫌いではない。他にできることもない。生きるためには仕方がない。

多くの娘が同じ理由で花の生き方を選ぶ中、それでも夢や希望を抱いて明日を思い描く

中、トトには彼女たちと同じ望みがなかった。

生まれつき、トトは体が鈍かった。快楽と痛み、悦《よろこ》びと苦しみの区別もつかない。幸福と不幸の違いもわからず、しかし悲しいかな、トトには『女』の才能はあった。

生まれ持った美貌と艶《つや》、そして鈍い体があれば、閨《ねや》でトトの優位に立てるものはいなかった。そして、花町は『華獄園《かごくえん》』の女主人の支配を求めていた。

あるべき場所に立って数年、トトは自分では掴《つか》めない幸福を花たちが掴めるよう、できるだけのことをしてきた。それでも、取りこぼすものは現れる。

「ミモザ……」

命を落とした純朴な娘は、夜の花を演じながらも汚れない稀有《けう》な精神の持ち主だった。

トトとはまた違った意味で、鈍いと言われる娘だったが、目が離せなかった。親の作った借金の返済が済み、年季が明ければ花町を離れ、日向《ひなた》の世界へ歩いていく。

そんな未来が炎に奪われたとき、トトは半身をもがれた気持ちになったのだ。

だから――、

「何があろうと、あたくしは答えに辿《たど》り着《つ》いてみせる」

館の支配人室を離れ、トトは部下に人払いを命じると、目的の部屋へ向かった。

そこにはミモザが死した一件に関わり、身柄を押さえた男が囚《とら》われている。その男の仲間が、身柄を取り戻すために事件を追っているが、当てにはできない。

後手に回り続け、積極的な手を打たなかったことで、トトはミモザを死なせた。

同じ轍《てつ》は踏まない。そう、トトは固く心に誓い、ゆっくりと扉を押し開けた。

「不便をかけてごめんなさい。窮屈な思いをさせているでしょうけれど、まだあなたをここから出すわけにはいかないの。その代わり――」

柔らかく、甘い声で言葉を紡ぎながら、室内を進むトトが纏《まと》ったドレスを床に落とす。煽情《せんじょう》的な下着姿が露《あら》わになり、『邪毒婦《じゃどくふ》』の色香が部屋の中を広がった。

現役を離れて久しいが、花としてのトトの接客は衰えていない。多くの男がトトの毒に蕩《とろ》かされ、トト抜きではいられない中毒者へと作り変えられた。

この、捕らえた男もそうする。――男の雇い主であるフェルトを疑うわけではないが、彼女が容疑者のエッゾと相対し、どう動くかは読めないところがあった。

フェルトが敵でも、味方でも、毒を仕込んでおけばいい。

そのためなら、トトにとっては不快でしかない『女』としての手管を使い尽くそう。

「……や、やめとけ。それ以上、オイラに近付くと――」

「――もう、それ以上の野暮《やぼ》はなさらないで」

寝台に繋《つな》がれた男が身をよじり、トトの接近を拒もうとするのを強引にねじ伏せる。自分よりも背の低い男へ忍び寄って、トトは愛嬌《あいきょう》のある男の唇《くちびる》を唇で封じた。狼狽《うろた》え、動揺する男の口内に舌をねじ込み、その心身を文字通りに蹂躙《じゅうりん》する。

花町の『邪毒婦』の毒が大都市に留《とど》まらず、王国の中枢へと放たれんとしていた。

15

——シャトランジ盤はルグニカ王国のみならず、他の四大国でも遊ばれている盤上遊戯であり、戦争を模した遊戯盤の本質は指し手同士の頭脳による殺し合いだ。

王と複数種類の兵に見立てた駒を交互に動かし、対局者は互いの王を追い詰めて逃げ場を封じ、他の手がない『シャッツボート』状態へ追い込むことを勝利条件とする。

このシャッツボートとは、数百年前の大戦期に失われた大国の名前で、圧倒的な力を持った大国が戦術に搦《から》め捕られ、手も足も出ずに滅亡した事実に起因しているという。

そう、手も足も出ずに。——まさしく、今の眼前の対局者のように。

「ちっ……」

小さく舌打ちし、苦しげに定石に従った手を打つラチンス。その彼に微笑し、ヘレインはラチンスを『凡庸な指し手』と評した。

始まったシャトランジ盤、すでに盤面は序盤を終えて、それぞれの戦略に則した自陣の構築を完了したところだ。最低限、指せる技量の持ち主同士である確認が終わり、ここからは互いの王を奪い合うための頭脳戦が始まる。

もっとも、基本や定石に忠実な指し手では、非凡な打ち手には決して敵《かな》わない。

我が身の卑小さを認められず、名誉の挽回《ばんかい》に必死なラチンスをヘレインは憐《あわ》れんだ。

『王選候補者』と『手配犯』、そして自らの『王室指南役の血』という手札を持ちながら、彼の行動は宝の持ち腐れという他にない。

流れる自分の血に背を向けて、貧民街に逃げ込むような惨めな男の限界だった。

「物事には、流れというものがございます」

自分の駒を進めながら、ヘレインは流れに乗せられ続けたラチンスに講釈する。

そもそも、彼はこの勝負を受けるべきではなかった。よしんば受けたとしても、賭け町の賭博《とばく》から選ぶべきではなかった。――『黄金虫《こがねむし》』の立場と公平性を理由に、ヘレインがこれまでどれだけ多くの債務者から、ここで財産を搾り取ってきたか。

コツは、限界まではではなく、その手前までしか追い詰めないことだ。

限界まで追い詰められた人間は破れかぶれにもなるが、限界の手前にはまだ希望がある。その偽りの希望をちらつかせると、驚くほど食いつくのが人の性だ。

そしてヘレインは、そこで希望に縋《すが》り付《つ》く人間を逆に喰《く》らい尽くすため、賭け町で行われるあらゆる賭博に精通している。ヘレインが若くして、大都市フランダースの事業所を任され、三巨頭すら手を出せぬ存在となった理由はその勝負強さだった。

「状況が変われば、他の手が見えることもあるでしょう。勝負は時の運、勝敗は常に巡ります。今回の一件は、ほんの少しこちらによい風が吹いていたということです」

じりじりと劣勢になり、盤上で追い込まれる王をラチンスに見立て、甘言を差し込む。

彼の脆《もろ》い矜持《きょうじ》をくすぐり、こちらで作った逃げ場に誘導する。負けても失うものなど大したことはないと思わせれば、人は容易に心の壁を崩す。

そしてまた、二度三度と金を借りにくる。もう逃げられないとも知らずに――、

「――ずいぶんと面白い絵面じゃないカ」

不意に、喧騒《けんそう》を切り裂く血の香りがして、ヘレインは自陣の駒に伸ばした手を止めた。

人でごった返す賭場の中、さして人気のないシャトランジ盤の対局は観戦者も少ない。

それこそラチンスの関係者であるエッゾと少女ぐらいのものだった。

そんな場面に現れたのは、無数の天秤《てんびん》の刺青《いれずみ》を体中に入れた『刺青顔』の男。

「……マンフレッド様、どうされたのですか？」

「どうしたも何も、賭け町はワタシの縄張りダ。ワタシがいて何の文句があル？」

「文句などと。ただ、マンフレッド様がいらっしゃるとは思わず」

てっきり、マンフレッドは刺客の存在を警戒し、大賭場から出てこないものと考えていた。その彼が姿を見せたことも驚きだが、あまりにも間が悪すぎる。

なにせ、ここには仮面を付けたエッゾが居合わせているのだ。

マンフレッドがエッゾの正体に気付けば、悠長にシャトランジ盤など続けられない。賭場は大荒れ、血を見ることになり、ラチンスとの取引もご破算になるだろう。

そんな余計なちょっかいに崩されるには、惜しい好機にも拘《かかわ》らず――、

「そっちの手番だぜ、金食い虫」

「……口の悪い御方《おかた》ですね」

内心、計算が狂わぬよう思案するヘレインに、遊戯盤を指差すラチンスが告げる。

今、シャトランジ盤を覗《のぞ》き込《こ》む男が、自分にとって破滅をもたらしかねないと知らないラチンスに不満を覚えつつも、ヘレインは駒を動かし、また一歩、相手の王を追い詰める。

コト、と音を立てて陶製の駒が敵陣を進んだ。それを見て――、

「次の手を指したということは、ワタシが立ち会うのを了承したということダ」

「え？」

またしても口を挟むマンフレッドだが、ヘレインの驚きは先ほどを上回った。

マンフレッドが手を上げると、傍《かたわ》らに控える『天秤』の一員が椅子《いす》を持ってきて、シャトランジ盤の横にどっかりと『刺青顔』が座った。座り、『刺青顔』が自分の顔の刺青に触れる姿に、ヘレインは薄笑いを硬直させる。

「なんダ？　賭け町の賭博《とばく》に立会人が付くのは当然のしきたりだろウ。何か問題でもあるのか、金食い虫」

「いえ、問題は何も――」

ありません、と言おうとしたヘレインは、ふとその言葉を中断した。

今、マンフレッドはヘレインのことをなんと呼んだか。『金食い虫』と呼んだ。それは悪意を愛する彼らしい皮肉だが、直前にも同じものを聞いたばかりだ。

それを言ったのは他ならぬ、ヘレインと遊戯盤を挟んでいる相手――、

「――どうした？　薄笑いが消えてるぜ」

凝然と、顔を上げたヘレインの前で、ラチンスが次なる一手を打つ。その置かれた駒の

動きは、ヘレインが作り上げた盤面の定石にそぐわぬ一手だった。ならば、判断を誤って自滅したのかというと、それですらない。

それはヘレインの理解の外側にある、自らの王を活《い》かし、敵の王を殺す一手だ。

「予告してやる。あと、十三手でしまいだ」

追い詰められていたはずのラチンスが、直前までと違いすぎる表情でそう言った。

その瞳《ひとみ》にも表情にも、弱気も焦りも感じられない。迷いのない打ち筋と眼差《まなざ》し、そしてヘレインは今しがた気付いた『金食い虫』の符合にも現実を知る。

「どうだ、マンフレッドの旦那《だんな》。オレたちに賭けて、正解だっただろ」

「調子に乗るなヨ。だが、『挨拶』の場で叩《たた》いた大口は本物だったナ、代理人」

ラチンスとマンフレッドが視線を交わし、気安くやり取りするのにヘレインは絶句。それをさらに後押しするように、エッゾが自分の顔の仮面に手を伸ばした。

そして、それをそっと外し、マンフレッドの前で素顔を晒《さら》して――、

「――謝罪はすまい。先に盤外戦を仕掛けてきたのはあなただ、ヘレイン嬢」

「マンフレッド様、エッゾ・カドナー様とは……」

「娼館《しょうかん》を焼いた疑惑は一時保留ダ。王選候補者の代理人とはそう話がついてル。それとヘレイン、お前は取り返しのつかない過ちをもう一個しているゾ」

口の端を嘲笑に歪《ゆが》め、マンフレッドが肩をすくめてヘレインに忠告する。その忠告の内容がわからず、眉《まゆ》を顰《ひそ》めたヘレインにラチンスが口を開いた。

「賭けの商品だよ。テメエが勝ったら、オレが家に一筆書く。だが、オレが勝ったら？」

「それは、エッゾ様の逃亡の手配を」

「オレがいっぺんでも、テメエにそう言ったかよ。そりゃ勝手な解釈だ」

「――。なら、私共に何を御望《おのぞ》みになるというんです」

「そうだな、悩ましいところだが……」

嫌らしく笑い、ラチンスが嗜虐《しぎゃく》的に舌を鳴らしてヘレインを眺める。

一瞬、相手の術中に嵌《は》まった不覚はあったが、ヘレインは押し込まれない。望みの明言を避けたなんて屁理屈《へりくつ》、どうとでも言い繕えるものだ。

究極、ラチンスはシャトランジ盤で逆転しても、ヘレインを追い込めは――、

「――――」

そのヘレインの思考に、またしても冷や水が浴びせられた。

ヘレインにそうさせたのは、小さく耳障りに聞こえるラチンスの舌打ちだ。彼の長い舌の先端に付いた装飾品、それが舌打ちの音を普通より大きく響かせる。しかし、その音の大きさがヘレインの思考を止めたのではない。

一度、二度、三度、四度、五度、そして六度とこれ見よがしに六回の舌打ち。

それがヘレインにもたらした衝撃は、これまでで最大のものだった。

「嵌めたと思った相手に嵌められる気分はどうだ？」

ラチンスのその勝ち誇った一言が、ヘレインに彼の思惑の全貌を理解させた。

賭け町での接触、ラチンスの出自の情報、連れの少女とエッゾの擁護に矜持《きょうじ》を傷付けられた顔をしたのも、盤面をわかりやすく定石通りに進めたことも、全部。

全部、マンフレッド立ち合いの下、逃れられない敗北にヘレインを追い込むため。

「——シャッツボート」

駒を動かさずに、ラチンスが盤外戦での詰みを宣言する。

それを撥《は》ね除《の》け、賭けをなかったことにするのはマンフレッドが許さない。ならば、シャトランジ盤で勝利をもぎ取り、賭けに勝てばいいのか。

それも違う。舌打ち六回、ラチンスはヘレインの本当の素性に気付いている。

もはや勝ち筋はなく、あるのは可能な限り、負け分を少なくすること。——このフランダースにおける『黄金虫《こがねむし》』の失態を、自分の職責に留《とど》めることだ。

「……改めて、何を御所望されますか」

「代理人に任せる私の望みは一つだ。——我が教え子の無念に報いるための、情報を」

あくまで、対局者であるラチンスは、エッゾの代理人に過ぎない。それ故に、エッゾから告げられた条件に、ヘレインは深々と頭を下げ、額で己の王の駒を倒した。

そして——、

「負けを、御認《おみと》めします。私共の……いいえ、私の、負けです」

都市の暗躍の全《すべ》てを己の罪とするため、敗北を認める投了を宣告した。

16

――ラチンスがヘレインを打ち負かし、投了を宣告させたのと同刻。

「――っ」

ドロドロと溶け合い、混ざり合い、相手に自分という『毒』を取り込ませる。

それが『邪毒婦《じゃどくふ》』トトの戦い方であり、寝台で誰一人として彼女に勝ることができず、その後の人生を支配されることになった所以《ゆえん》だ。

男も女も、老いも若きも、人間も亜人も区別なく、トトの『毒』に大勢が蕩《とろ》かされた。

それがどんな相手であれ、閨《ねや》という戦場でトトに敵《かな》うものはいない。たとえ、相手があの『剣聖《けんせい》』であったとしても。――それがトトの確信と自負だった。

それが――、

「――ぅ？」

溶け合い、混ざり合い、『毒』を取り込ませるのがトトの絶技だった。

故に、溶かされ、混ぜられ、『毒』を取り込まされるのは初めてのことだった。

人よりも鈍く作られた心身が、相手の動きの全部に翻弄され、知らない音を奏でる。

「あ、ぁあ、あ」

自分の喉《のど》から出ているとは信じられないか細い声、とめどなく押し寄せる未知の味。

そしてそれがもたらされる原因は、閨《ねや》を共にする囚《とら》われの男だった。

「言ったはずだぜ。それ以上、オイラに近付くとヤバいってな」

耳元で囁《ささや》かれ、触れられていないところからも甘い感覚に揺すぶられる。

もはや一挙一動どころではなく、相手の拍動にすら知らないものを与えられそうで、トトは嫌々と首を横に振り、まるで生娘のように身悶《みもだ》えした。

しかし、なおも、逃げ場なく、執拗《しつよう》に、相手は『毒』を振りまいてくる。

「外の状況はちっともわからねえけど、ラチンスがお嬢を連れてきてくれる。それまで、オイラはここで戦うだけだ……！」

「——ッ！　〰〰っ!?」

意気込む相手がますます攻勢を強めると、反撃に転じようとしていたトトの切っ掛けは失われ、思考は白く明滅し、遠く遠く、深い闇へ突き落とされる。

それなのに、そこから引き戻すのも相手なのだから、トトの心はめちゃくちゃだった。

——否、心だけでなく、体の方もめちゃくちゃだ。

「あ、なたは……」

たどたどしい息で、今さらそれを尋ねるトトに、相手は動きを止めた。

そして——、

「——オイラはカンバリー、花町の遊び人だ」

その馬鹿馬鹿しい名乗りが嘘《うそ》でないことを、なおもトトに証明するのだった。

17

「――――」

入口の扉を開けようとしたところで、異変に気付いた男は息を詰めた。

危険に鼻が利かなければ続かない稼業だ。恨みを買うことも多く、隠れ家には当然の備えとして罠《わな》が仕掛けてあった。――それが、解除されている。

その事実に息を潜め、男はその場から下がって撤退しようとしたが――、

「不躾《ぶしつけ》ですまないが、逃げられるとは思わないことだ」

そう声をかけられ、男は背後に生じた気配に振り返り、相手の姿を直視した。そこに立っていたのは、黒いマントを羽織った緑髪の人物だ。

「……『華獄園《かごくえん》』の用心棒か」

「守るべきものを守れなかった愚かな男だよ。先日は君に歯が立たなかったが」

「……今日なら勝てるとでも？　魔法使い」

焼け落ちた娼館《しょうかん》で相見《あいまみ》えた小人族の男、エッゾ・カドナー。

魔法の扱いに長《た》けた人材で、『華獄園』の用心棒としてよく働いたと評判だった。それ故に彼は、男の体質と最悪の相性として標的に選ばれた。

男が生まれ持った、自分の周囲のマナを狂わせる体質――、

「――マナ過剰循環体質」

「知っているならわかるだろう。魔法使いに勝ち目はない。それに、自分は雇われだ」

「そうだな。マナ過剰循環体質は魔法使いの天敵だ。そして、雇われて仕事をした君に、雇われた仕事も果たせなかった私が応報などと筋違いだろう。わかっている」

「――――」

正面、薄闇の中に立つエッゾはそう語りながらも、敵意を微塵《みじん》も薄れさせない。その目が雄弁に語っている。――退《ひ》くつもりなどないと。

「――しっ」

戦意を見て取った瞬間、男が先に仕掛けていた。

魔法相手に絶対的に優位だろうと、それは勝利を約束しない。罠《わな》や仕掛け、魔法に頼らぬ方法で応報する手段はいくらでもある。それを使わせないのが一番確実だ。

娼館《しょうかん》では、実行犯として罪を着せるために生かした。だが、もう殺すしかない。

その喉《のど》を切り裂かんと、男の鍛え上げられた手刀が鋭く閃《ひらめ》き――、

「――昨晩、私を見逃したのが君の敗因だ」

直後、男の胴体で灼熱《しゃくねつ》が炸裂《さくれつ》し、凄《すさ》まじい轟音《ごうおん》と共に背後の扉へ叩《たた》き付《つ》けられた。胸を中心に焼ける痛みが走り、男が苦鳴をこぼしながら崩れ落ちる。

ありえなかった。それは、最初に消した選択肢。――魔法の一撃だ。

「マナ過剰循環体質の傾向と対策……そして、改良と実践だ」

倒れた男の耳に、苦しげなエッゾの言葉が届く。そう言ったエッゾは両手から血を滴ら

せ、その代償と引き換えに男へ痛打を与えたと宣言した。

どうやって、たった一晩で、この特異体質の攻略法を編み出したというのか。

「出会いが、私に機会をもたらした」

「——ぁ」

「筋違いの復讐心《ふくしゅうしん》だ。応報など、果たしたところで死者は何も思わない。だが、応報せよと私の魂は訴える。故に、折衷案を取った」

エッゾは血塗《ちまみ》れの両手を持ち上げ、それぞれの手を強く握りしめる。

「これは復讐ではなく、証明だ。歩みを止めなければ、人は不可能を可能とするのだと。オドに劣る小人族の男が『色』の称号を勝ち取ることも、花町で花を売る娘が花屋を構える未来を得ることも、同等に成し遂げられる可能性があるのだと！」

不可能だと、できないと言われたことを可能と証明するための戦い。

そのために自分は倒されたのだと知って、馬鹿げていると男はエッゾを呪った。誰も越えられなかった壁を乗り越えた、馬鹿すぎる挑戦者を。

「我が名は『灰色』のエッゾ・カドナー。——ミモザの応報、証明を完了した」

「……ま、だ……死んで、ない……ぞ」

「私は命は奪わない。花を育てる喜びを知る娘も、それを望むとは思わない」

「——だが、我々はそうじゃなイ。ワタシたちは、もっと野蛮ダ」

マントを翻し、背を向けたエッゾ。その彼と入れ替わりにその場にやってきたのは、無数の天秤《てんびん》――否、『刺青顔《いれずみ》』の凶相だった。

男が顎《あご》をしゃくると、彼の手勢が男の体を担ぎ上げる。逃れようにも、強烈な一撃を浴びた体は動かず、抵抗できない。連れていかれる。

『天秤』の、最も恐ろしい男とされる『刺青顔』の尋問のために。

「ま、て……は、話す……！　雇い主も、何もかも、全部話すから……っ」

「おやおや、話が早いナ。それはありがたい申し出ダ。だガ……」

「――ぁ」

「生憎《あいにく》と、拷問もしてない相手の話は信じないことにしているんだヨ」

絶望する男の視界、こちらを覗《のぞ》き込《こ》む『刺青顔』の表情が凶笑を浮かべる。そうすることで、男が顔に入れた刺青の天秤が一斉に傾いて見えた。

決して覆らぬ審判が下ったと、そう男に理解させるように――。


「――それで、満足できたのカ？　復讐者《ふくしゅう》」

部下に仕事人を運ばせ、残りの部下に家探しを指示したマンフレッドが、ボロボロの手の治療をしているエッゾに声をかけてくる。

半日の間に無理をさせすぎた両手の感触を確かめ、エッゾは「いや」と応じると、

「満足などと、到底できるものではないよ。彼女を死なせた時点で、この胸の空白は埋まりようがないんだ。私の愚かしさは、棘《とげ》となって残り続けるだろう」

「詩人だナ。だが、満たされないなら何のための応報だったんダ」

「言ったはずだ。証明だよ。それ以上でも以下でもない」

不可能を可能とする証明。高い壁だろうと越えられるという証明。

失われた命に誓って、それを信じて戦い続けるという覚悟の証明。

そうしたエッゾの答えに、マンフレッドは理解できないと肩をすくめた。だが、だからといって彼はエッゾの考えを足蹴にしようとはしなかった。

「それにしてもいい腕ダ。あの『邪毒婦《じやどくふ》』に雇われているのがもったいないぐらいニ」

「……さすがに、今回のことでトト嬢には顔向けができない。もはや、『華獄園《かごくえん》』で花町の用心棒を続けることは難しいだろう」

「なら、『天秤』へくるカ？　脛《すね》に傷のあるものも歓迎ダ」

その試すようなマンフレッドの物言いに、エッゾは軽く目を見張った。が、すぐに唇《くちびる》を緩ませ、エッゾはゆるゆると首を横に振り、

「評価されるのはありがたいが……私の方から、声をかけたい相手が先にいてね」

「やれやれ、いいことがないナ。その上、口惜しいものダ」

誘いを断られ、マンフレッドは落ち込んだ風でもなく、己の顔の刺青に触れる。その仕草にエッゾが目を細めると、マンフレッドは頬《ほお》を歪《ゆが》め、顔の天秤を傾けながら、

「有能な男モ、裏切り者への制裁モ、どちらもあの娘に譲らなければならないとはネ」

18

天秤《てんびん》が大きく、それも悪い方へ傾いたとモゾリテは自覚していた。

フランダースの黒社会を支配する三巨頭の一つ、『天秤』の二番手であり、『刺青顔《いれずみ》』マンフレッド・マディソンの腹心──その地位を捨てる覚悟で挑んだ勝負に負けた。

勝負なのだ。当然、負けることもある。それは理解できる。理解できないのは、負けるはずがない条件を揃《そろ》えた勝負に敗北したことだ。

──モゾリテは生まれつき、『遠見の加護』という特別な力に恵まれていた。

望んだ対象の位置を特定し、視界を遮る障害物や距離に関係なく相手を観測できるこの『眼』の力で、モゾリテは主要な関係者の動向を全《すべ》て見通していたはずだ。

三巨頭の長たちと側近、王選候補者の娘とその騎士である『剣聖《けんせい》』、暗躍の罪を着せる対象である小人族の魔法使いに、協力関係にあった『黄金虫《こがねむし》』の悪女まで、全員だ。

それなのに、盤面はモゾリテに理解できない理由でひっくり返った。

「肝心なときに、使えねえ女だ……！」

加護の力で覗《のぞ》き見《み》れば、『天秤』にヘレインが身柄を押さえられていた。

彼女の口から自分の関与がバレるのも時間の問題と、モゾリテは即撤退を決断する。この手の逃亡が失敗するのは初動が原因だ。故に、躊躇《ちゅうちょ》はない。

──『黄金虫』と手を組み、殺し屋を手引きして三巨頭に打撃を与える。『黒銀貨《くろぎんか》』と

『華獄園《かごくえん》』の影響を弱めつつ、同時に邪魔な上役のマンフレッドの責任を追及し、彼に取って代わるのがモゾリテの計画だった。

それが、王選候補者と『剣聖』の介入に、小人族の思わぬ奮闘で計算が狂った。

「クソ！」

万一のための逃走路は、協力者のヘレインにも共有していなかったものだ。

このまま都市の外へ逃れ、他国に逃げるのが最善だろう。組織の刺青を消し、顔を変えてほとぼりが冷めるまでどこかの田舎で適当に過ごす。そこから再起を図ればいい。この『遠見の加護』があれば、どこででもやっていける――。

「すんすん、すんすん」

そう考えるモゾリテは、不意に自分の傍《かたわ》らで鼻を鳴らしている子猫人の娘を見た。

乗合竜車の停留所、その娘は竜車の到着を待つモゾリテの臭いを嗅いでいて、あまりの無礼に「あ？」とモゾリテの頭に血が上る。

だが、怒鳴り付ける直前で、騒ぎを起こしたくないという理性が働いた。

「おい、嬢ちゃん、何の真似《まね》だ？　俺は忙しいんだ。親は……」

「ん～、こりゃいけませんな～。オッチャン、悪い人のニオイ！　すごーする！」

「――――」

つぶらな瞳《ひとみ》で難癖を付けられ、モゾリテは驚きに息を呑《の》んだ。無礼に無礼を重ねる子猫人の娘に、モゾリテが開いた口が塞がらずにいると、

「あかんよ、ミミ。それらしい人がおったら静かに見とってって言うたやないの」

「あ〜、そう言えばお嬢が言ってたかも！　言ってた気がする！　した！」

停留所の入口からの声に、娘が元気よく反応する。その返事に小さく笑ったのは、薄紫の髪を長く伸ばした、白い狐《きつね》の襟巻きをした可憐《かれん》な少女だった。

その顔に、モゾリテは見覚えがある。——王国を賑《にぎ》わす、王選候補者の一人として。

「ここでウチと出くわしたんが偶然やないことぐらい、わかる頭の持ち主やんね？」

「——っ！」

はんなりと、少女の浅葱色《あさぎいろ》の瞳《ひとみ》が揺らめいた瞬間、モゾリテは窓ガラスに飛び込んだ。

少女に飛びつくのも、子猫人の娘を人質にするのも間違いだととっさに感じた。その直感は正しく、停留所の入口は物々しい獣人たちで固められていた。

それらに捕まらない唯一の脱出口から、モゾリテは停留所の外へまんまと逃げ出す。

「あちゃー、逃げられた！　ヘータロー！　ティビー！　走る走るー！」

背中に猫娘の声を聞きながら、モゾリテは『遠見の加護』の力を開眼する。

それで、対象を自分に敵意を持った相手と設定すると、付近にいるモゾリテを探しているものたちが次々と浮上し、それらの索敵範囲から逃れるように走る。

加護を使いこなせば、只人《ただびと》には到底できない働きができる。だからモゾリテはマンフレッドに重宝され、同時により高みを目指すという野心を抱くことにもなったのだ。

「まだだ。まだ、こんなところで俺は」

今回は失敗したが、次の機会にはうまくやる。追っ手を振り切り、こちらの目的を阻んだ関係者を軒並み始末して、万全の勝利を掴《つか》み直せばいい。

そのために、あの二人目の王選候補者からも逃げ切って――、

「――ぁ？」

刹那《せつな》、モゾリテは何かに足を払われ、豪快に路地で転倒していた。

前のめりにひっくり返り、思い切り肩から地面に落ちて痛い思いを味わう。だが、どうして転んだのかがわからない。足を見る。真っ赤だ。膝《ひざ》が、赤く爆《は》ぜて見えて。

「う、おぁ……ッ」

その壮絶さに悲鳴がこぼれるが、くるはずの痛みは訪れなかった。

あまりにひどすぎる傷で、脳が理解を拒んだのか。理由はわからずとも、すぐに立ち上がって逃げるのを再開――しようとして、次は腰のあたりに衝撃を受け、倒れた。

目を白黒させ、立ち上がる。今度は肩だった。次は脇が、太腿《ふともも》が、肩が、足が、腕が、足が、腰が、肩が、腹が、腰が、胸が、足が、腕が、打たれ打たれ次々打たれ――、

「な、なんだ……なんだってんだ……!?」

衝撃に打たれるたび、モゾリテの体中が真っ赤に爆ぜていく。

それなのに痛みがなくて、モゾリテは自分が何をされているのか理解できない。必死で『遠見の加護』を開眼し、自分にこれをする相手を特定――すぐに見つかった。

「――は」

自分の目に飛び込んでくる馬鹿げた光景に、モゾリテは思わず息を吐いた。

はるか遠く、街の反対にいるモゾリテに向かって、赤毛の青年――『剣聖《けんせい》』が腕を振り上げる。その手に、赤々と瑞々《みずみず》しいトメトを握って。

信じられないほどの遠距離から、逃げるモゾリテを狙い撃ちにするために。

「……人間じゃねえ」

唖然《あぜん》と、愕然《がくぜん》と、呆然《ぼうぜん》と、そう呟《つぶや》いた直後、モゾリテの顔面でトメトが爆《は》ぜた。

その衝撃と共に、モゾリテの意識もまた、粉々に爆ぜ砕けて、消えていった。


「フェルト様、彼は気を失ったようです」

「ん、そーか。あとはがま口の姉ちゃんが拾ってくれるだろうけど……しかしあれだな」

「――？　どうされましたか？」

足下にトメトの入った籠を置いて、そこからはるか遠方の相手にトメトを投げ当てる、文字通りの離れ業を披露したラインハルトに、フェルトは唇《くちびる》を曲げた。

唇を曲げたまま、籠から取ったトメトを押し付け、齧《かじ》る。その瑞々しい甘酸っぱい味わいを堪能しながら、フェルトは首を傾《かし》げるラインハルトに言った。

「――来年のトメト祭り、街のみんなとお前一人との対抗戦って勝負にすっか」

それぐらいしないと、勝負にもならなそうだから。

19

目覚めたとき、モゾリテは闇の中にいた。

椅子《いす》に座らされ、手足は拘束されている。何も見えず、冷たい空気だけを感じた。

鈍い痛みを訴える頭を働かせ、何があったのか慎重に思い出そうと――、

「――気付いたようだナ」

刹那《せつな》、この世で最も恐ろしい男の声がして、モゾリテは全《すべ》てを思い出した。

眼前に迫るトメトと、その直前の逃亡劇。自分の計画が露見して、追っ手がかかる前に逃げ出すところだった。――だが、失敗した。自分は、連れ戻されたのだ。

血と死の香りを身に纏《まと》った怪物、『刺青顔《いれずみ》』マンフレッド・マディソンの下へ。

ここは、彼が捕らえた敵を嬲《なぶ》り殺《ごろ》しにするための、断末魔室だ。

「か、頭《かしら》……話を、話を聞いてくれ！」

「ほう、まだワタシを頭と呼ぶ気があるのカ。だが、仮にお前の話がワタシを説得できたとしても、他の二人はどうだろうナ？」

くつくつと、喉《のど》を鳴らして笑うマンフレッドにモゾリテの背筋が凍り付く。

そのモゾリテの凍った背筋を砕くように、少し離れたところから、

「ああも大胆な真似《まね》をして命乞いか。往生際の悪さは豚にも劣るな」

「わかりにくい冗談だこと。でも、あたくしも同意見ね」

厳《いか》めしい低い声と、艶《つや》を帯びた女の声、どちらも静かな怒りを孕《はら》んだものが聞こえ、それらを発したのが誰なのか、モゾリテにはすぐに理解できた。

『豚王』と『邪毒婦《じゃどくふ》』、それらが揃《そろ》って『刺青顔《いれずみ》』の断末魔室に居合わせている。

二人は招待されたのだ。マンフレッドの手で、モゾリテが報いを受けるその場面に。

それを理解して、モゾリテは温情に縋《すが》る道はないと、自分の加護を開眼し、闇の中に活路を見出《みいだ》そうとし——見えない。何も見えなかった。暗闇しか、ない。

「な、何も見えねえ……！　なんで、なんでだ!?　俺の目は……！」

「貴重だっタ。重宝しタ。だが、もう必要なイ。——ワタシにも、お前にモ」

ひたひたと、すぐ目の前にマンフレッドが歩み寄る気配。震え上がるモゾリテに、しかしマンフレッドは何もせず、ただ手に何かを握らせた。

丸い、柔らかい何かを。手の中で、弾力を感じさせる、二つの丸い、何かを——。

「——ぁ？　あ、あああ……あぐっ」

「大きな声を出すなヨ。最期ぐらい、ワタシに恥を掻《か》かせるナ」

握らされたモノの正体を理解し、叫びかけたモゾリテの口に硬いものが突っ込まれる。

そのままモゾリテは、空っぽの眼窩を見開いて呻《うめ》いた。

そのモゾリテの耳に、マンフレッドが道具を並べる音が聞こえる。モゾリテも幾度も目にした、マンフレッド愛用の拷問器具を並べる音が。

「お前は天秤《てんびん》を傾けタ。勝負に挑んだんダ。裏切りにとやかくは言わなイ。ただ、敗者には敗者らしく、罰を受けてもらウ。自分の野心のために身内を六人殺した罪に相応《ふさわ》しい罰ヲ。──天秤の担い手、テュフォンの名の下ニ」

「ん、ん──ッ」

身をよじるモゾリテ、その顎《あご》が掴《つか》まれ、冷たい金属製の道具が口内にねじ込まれる。それはこれから始まる、絶望的な痛みの始まりでしかなく──絶叫が上がった。

「そう言えば、『黒銀貨《くろぎんか》』は散々な目に遭ったそうね？」

響き渡る絶叫の中、『邪毒婦』が『豚王』にそう問いかける。『豚王』は贖《あがな》いの儀式を眺めながら、その豚鼻を鳴らし、

「悪夢を見たというなら、私もお前たちも大差はあるまい」

「あら、そうね。……でも、ただ痛い目に遭って、それで終わりじゃ救いがない。何よりも、あたくしたちはそう潔い生き物じゃない、でしょう？」

「それはその女と同感ダ。身を切るばかりでなく、得るものもあったとしたイ。差し当たっては、王選候補者の娘ダ」

「──」

手元で苦痛を生み出しながら、『刺青顔』が『豚王』と『邪毒婦』の会話に交ざる。澱《よど》みのない手つきで贖いを進行させつつ、マンフレッドは顔の天秤を歪《ゆが》めて笑い、

「今まで『剣聖《けんせい》』は眼中になかったが、アレを選んだなら見る目はありそうダ。案外、部下も粒揃いで、いい線いくかもしれないゾ」

「そ、そうね。部下も悪くないと、あたくしも思うわ」

「なんで顔が赤くなるんダ？　毒婦が気色悪い反応をするなヨ」

「……あなた、あたくしにそんな口が利ける立場かしら？　今回、『天秤《てんびん》』があたくしたちや『黒銀貨《くろぎんか》』にもたらした損害はわかっていて？」

「それを言い出すなら、『黄金虫《こがねむし》』とつるんでいたお前の責も問うことになるゾ」

「やめろ、くだらん。必要なのは意思の統一だ。――そこは、疑いようもない」

いがみ合う『刺青顔《いれずみ》』と『邪毒婦《じゃどくふ》』を窘《たしな》める『豚王』、その一言に諍《いさか》いが止まった。

その両者の反応に、『豚王』が太い首で頷《うなず》いて続ける。

「流動する王国にあって、私たちも立つ瀬を決める必要がある。いざそのときがくれば、どの候補者に肩入れするか……私の太い腹は決まった」

「ワタシも同じダ」

「あたくしも。――ドルテロ様の冗句には付き合い切れないけれどね」

三巨頭のそれぞれが異なる思惑で、しかし、その思惑の実現に必要とする相手は同じくしながら、黒社会のものたちは団結する。

件《くだん》の候補者、その少女が聞けば顔をしかめるだろう結論を、黒社会の大物たちは、自分たちに砂をかけた男の絶叫を聞きながら笑い合って決めた。

――それが、『地竜の都』で起きた事件、その黒社会の幕の引き方だった。

20

「テメエ、人が必死こいてるときに女と乳繰り合ってるってのはどういうこった⁉」

「はぁん？　お前らがさっさと助けにこないから、オイラが自力で脱出するために頑張ってたんじゃねえか！　オイラは悪くねえ！　悪くねえ！」

「二人してぎゃあぎゃあ騒ぐな！　見舞いじゃなく、ケンカするなら出てけ！　カリファが驚いてるし、うるさいとイリアが……」

「アアアァァァン――!!」

「「ぎゃあああ、泣いたぁぁ――!!」」


「あのバカ共……客がきてるってのに、ぴいぴい騒ぎすぎだろ……」

チンピラ感の抜けないうるさすぎる声、それが窓を閉め切っていても聞こえてきて、フェルトはげんなりしながら額に手をやった。

その騒音とフェルトの様子に、向かいの客がくすくすと笑い、

「ずいぶんと賑《にぎ》やかな人らやないの。ウチの子ぉらといい勝負やわ」

「わりーな。あとでビシッと言っとくから。……今回はアンタのとこの連中に助けられちまった。いきなりだったのに、手ぇ貸してくれて助かったよ」

「ええよええよ。フェルトさんとは知らん仲やないし、王選候補者相手に貸しを作るんも

悪ぅない。人手が必要なときは、猫の手ぇでよかったらいつでも呼んでな?」

「いつでもは御免だ。そんな何べんも人手だけで借りなんか作れっかよ」

唇《くちびる》を尖《とが》らせ、そう答えるフェルトに「残念」とはんなり微笑《ほほえ》むのは薄紫色の髪をした女性——フェルトと同じ王選候補者の、アナスタシア・ホーシンだ。

陣営としては対立候補だが、今日は平和的にハクチュリのアストレア邸に招いて、フランダースの件の感謝ついでに茶会が開かれている。アナスタシアと、その部下の『鉄の牙』という傭兵《ようへい》団には最後の詰めに協力してもらう形になった。

フランダースからの逃亡を図るモゾリテ、その『遠見の加護』を回避するための。

「どうしても、いることを知られてねー味方が必要だったんだよ」

「そこは少数精鋭の弱点を突かれた形やね。相手もラインハルトくんだけは絶対に警戒するやろから、仕方ない部分もあったと思うけど」

「少数精鋭なんて嫌味《いやみ》だぜ。アタシらはただの寄せ集めだ。今のとこは」

「そう? ウチは今回のことで、そないに侮ったらあかんなぁって思わされたんやけど」

出された紅茶のカップを持ち上げながら、アナスタシアが浅葱色《あさぎいろ》の瞳《ひとみ》を細める。そのアナスタシアの指摘に、腕を組んでフェルトは何も言わなかった。

実際、アナスタシアの言う通り、今回の騒動ではラチンスたちが思わぬ働きをした。

一度、黒幕の思惑に乗せられ、『黒銀貨《くろぎんか》』と衝突しかけたフェルトたちの軌道修正ができたのは、真っ向から『黄金虫《こがねむし》』の関与を疑ったラチンスの功績だ。ガストンもハクチュリで仲間たちを守り、カンバリーは籠絡《ろうらく》されるのを自力で防いだ。

「まぁ、防ぎ方は……そりゃラチンスたちが文句言いたくもなるわな」

「ああ、ウチもちらっと聞いて驚いてしもたわ。なんや、百戦錬磨の花町の女主人を腰砕けにしたったんやろ？　それが――」

そこで言葉を切ったアナスタシアと、フェルトが顔を見合わせ、同時に口を開く。

「「――『寝技の加護』」」

そう言ったあとで、フェルトもアナスタシアも毒気を抜かれて笑ってしまう。

まさか、自称していた『花町の遊び人』が事実だなどと誰も思わないではないか。

『華獄園《かごくえん》』に囚《とら》われながらも自力救済したカンバリーの実態、娼館《しょうかん》で娼婦《しょうふ》から金を返される男なんて逸話に、フェルトも呆《あき》れ返《かえ》るしかなかった。

ともあれ、ラチンスもガストンもカンバリーも、それぞれのやり口で三巨頭に一目置かせた。これでもう、彼らもフェルトたちにちょっかいをかけてはこないだろう。

「そうやとええけどねえ。案外、気に入られてもうたんと違う？」

「勘弁してくれよ……とばっちりはもううんざりだぜ。大体、頭抱えてうんうん唸《うな》ってんのは好きじゃねーんだ。王選候補者ってのはみんなこんな苦労してんのか？」

「どうやろね。ウチはそないにバタバタしてんのやけど」

コロコロと笑うアナスタシアだが、それもどこまで本音なのやら。

油断ならない相手だが、それでも誰かの手を借りるならと彼女が一番の候補に挙がった。

だから、フラムから『念話の加護』でグラシスに連絡を取り、ロム爺《じい》にホーシン商会との交渉を任せ、最後の詰めに協力してもらったのだ。

「半魔の姉ちゃんも考えたんだが……あそこだと、なんか別の厄介事が出てきそうな気がしたんだよな。その点、アンタなら取引って話で面倒に拗《こじ》れねーだろ？」

「正直者さんやねえ。そこはウチに好感があるとか言いようがあるやん」

「そんなの誰も信じねーだろ！　アタシら敵だぜ、敵！」

「そう？　ウチはそうでもないよ？　ウチ、フェルトさんのこと好きなんやと思うわ。それやから、仲良くしてくれたら嬉《うれ》しいわぁ」

カップを置いたアナスタシアが、その白い指をそっとフェルトの方へ差し出す。

その仕草と言葉に、何を企《たくら》んでいるのかとフェルトは怪訝《けげん》な顔をした。立場も状況も、彼女の言葉をまともに受け取るなんて馬鹿げていると認めている。

しかし、フェルトはちょっとの思案のあと、

「——。わかった。仲良くしよーぜ、がま口の……んや、アナスタシア。アタシも、アンタとは敵でも嫌いじゃねーから」

差し出された手を取り、フェルトはアナスタシアと握手を交わした。その事実と感触を確かめ、アナスタシアはふっと唇《くちびる》を緩める。

「ウチ、あんまり同年代のお友達がおらんくて、せやから嬉しいわぁ」

「同年代だぁ？　聞いた話じゃ、アンタって候補者の中じゃ一番年上だとか……」

「あーあー、聞こえへん聞こえへん。もう、ぜーんぜん聞こえへんわぁ」

子どものように耳を塞いで、アナスタシアが都合の悪い話を遮断した。そんな、到底年上とは思えない彼女の態度に苦笑して、フェルトは来客用の茶菓子を頬張《ほおば》る。

何とも毒気の抜かれるやり取りだ。お互いの立場や肩書き、そうした諸々《もろもろ》を全部取っ払ったら、確かにアナスタシアとは友人になれるのだろうが。

「心配せんとき。王選が終わっても人生は続くんやから、王様になったウチとも、仲良うしてくれたら全然嬉しいわぁ」

「ハッ、言いやがる。――そーいうとこ、やっぱり嫌いじゃねーよ」

たとえ打ち解けようと、協力し合おうと、譲れない部分での衝突は約束したまま、フェルトとアナスタシアはそれぞれの笑みを交換し合った。

実に、王選候補者同士に相応《ふさわ》しい、親交の深め合いだった。

――会合を終えて、アナスタシアの去った客間でフェルトは頬杖をつく。

出されていた客人用のカップと茶菓子は下げられたが、今しばらく残ると告げたフェルトのために、フラムとグラシスはそれらのお代わりを配膳していってくれた。

今回はまさに総力戦で、二人の活躍にも大いに助けられてしまった。しかし、そのことで二人に感謝を告げても――、

「構いません。それがわたしたちの仕事です」「お勤めご苦労」

と、いつもの調子で返され、フェルトとしてはねぎらいの気持ちが不完全燃焼だ。

「そのあたり、ちょいとグリム爺《じい》ちゃんとキャロル婆《ばあ》ちゃんの教育がしっかりしすぎてんじゃねーか？　お前も、もうちょっと甘やかしてやった方がいいぞ」

「フェルト様でも難しいとなると、これがなかなか……二人なりに、僕には甘えてくれているのかなと思っているところもあるのですが」

「あれは甘えられてんのか舐《な》められてんのか、どっちとも言い切れねー気がする」

そんな双子を巡るやり取りで、フェルトの返事にラインハルトが苦笑した。

一応、アナスタシアとの話の最中は離れていたラインハルトだが、彼女が帰った途端に姿を見せたので、話は聞いていたのだろう。

従者っぽく、ソファの斜め後ろに立とうとする彼に、フェルトは自分の隣を叩《たた》いた。テーブルにはちゃんと、ラインハルトの分の紅茶と茶菓子も出されている。

このあたり、フラムとグラシスは実に抜け目がなくて、よくできた従者だ。

「客がいねーときにそこに立つなって言ってんだろ。座れ。茶でも飲め」

「では、失礼します。……フェルト様、アナスタシア様とは何を？」

「あん？　なんだよ、盗み聞きしてたんじゃねーの？」

「しませんよ。アナスタシア様が部屋を離れられた気配がしたので戻っただけです」

フェルトに従い、ソファの隣に腰掛けたラインハルトがそう抗弁する。それもそれでどうかと思う内容だったが、フェルトは「わりーわりー」と適当にいなし、

「ケリつけるの手伝ってもらったんだ。何がどーなったって話はしなきゃいけねーだろ。落とし前の付け方とか、アタシらが関わった切っ掛けとかよ」

「関わった切っ掛け、ですか。では、エッゾ殿の教え子の女性のことも？」

「——。話すことと話さなくていいことの区別ぐらいはつけてるさ」

ラインハルトの言葉に、フェルトは片目をつむり、死んだミモザのことを思い返す。

事件の決着後にトトから聞いた話だが、花屋を夢見たミモザは主犯のモゾリテとは同郷だったらしい。親の借金返済のために同郷の男を頼った娘は、大都市の花町へ足を踏み入れた。そして悪気なく男の要望に応え——情報源に仕立て上げられたと。

男の野心の犠牲になり、夢半ばで命を落とした娘。それがミモザという哀れな女の死の真相であり、叶《かな》わなかった夢の終着点だった。

「悔しいですね」

「——だから、アタシが全部ぶち壊してやる」

一言、ラインハルトがこぼした本音に、フェルトもまた自分の本音で答えた。

悔しい。そうだ、悔しくてイライラして、ムカッ腹が立ってしょうがない。

別にフェルトだって、見通しが甘くて考えの浅い人間が食い物にされるのは当然だと思う。だが、善性の人間が悪意で食い物にされるのを良しとはしたくない。

フェルトは優しい人間が苦手だ。そうできない自分は、そうした人たちの優しさをいいように利用して、それこそ食い物にして生きているような気分になる。

だから、フェルトはそれを変える。変えてみせる。そのためにも——、

「テメーにゃまだまだ、アタシに振り回されてもらうぜ」

「望むところです。幸い、体の丈夫さには自信がありますので」

「んなことわかって……もしかして、今の冗談のつもりか？」

わかり切ったラインハルトの返事に、フェルトはきょとんとした顔をした。それを受けて、ラインハルトはわずかに目を伏せながら、

「なるべく、言いたいことは封じ込めるなと、フェルト様が仰《おつしや》られたので」

「——。ぶはははははは！」

思いがけない話をされて、フェルトは思わず馬鹿笑いをした。

何ともささやかだが、ラインハルトも変わろうとしているらしい。あるいは、フェルトが今まで見えていなかったものが、また新しく見えてきているだけか。

それこそ、ラインハルトだけではない。ラチンスたちもフラムたちも、フェルトだけでは勝ち得なかったものを得るため、新しい根性を見せてくれた。

そして——、

「アタシのロミーとついでにもう一人……なんだ、案外楽しくやってけそーじゃねーか」

そう晴れ晴れしく八重歯を見せて笑い、フェルトが手を伸ばして隣の茶菓子を強奪。奪った甘酸っぱさを堪能するフェルトに、ラインハルトが口の端を緩めていた。

「な、な、な、なんだ、なんだ、どうなっているんだ、この領地の運営は⁉」

アストレア邸の執務室で、机の上に広げられた台帳や書類の束に目を通したエッゾは、その幼く見える顔を真っ赤にし、目を血走らせていた。

何かの間違いではないかと、何度資料を見返しても数字は変わらない。そこにはやたらと達筆な字で詳細に、場当たり的な領地経営の方針が細かに記録されていた。

「こんな馬鹿な話があるか！　ここは『剣聖《けんせい》』の家系、アストレア家の本領だぞ⁉」

「目を疑うのはわかるが、どうやら長いことこの調子だったようでな。とはいえ、儂《わし》も数字は見れても門外漢じゃ。どう手を付けるか苦心しておって……」

「だが！　しかし！　この状態で放置しておくのはもはや死に体ではないか⁉」

そう目を剥《む》くエッゾの後ろから、同じ資料を眺める老人――ロム爺《じい》が禿《は》げ頭を撫《な》でて、

「そうじゃろうそうじゃろう」と何度も頷《うなず》いた。

「な、何故《なぜ》、ちょっと嬉《うれ》しそうにされている？」

「儂としちゃ、この危機感を共有できるもんが増えたのがありがたくての」

「言っている場合か⁉　いや、そうか！　いくら何でもこの資料はひどすぎる。これは私の能力を試すための偽造文書だな⁉　そうだと言ってくれ！」

「そんな遊びに割く余裕はないわい。それが屋敷の……いいや、陣営の現実じゃ」

太い首を左右に振ったロム爺《じい》、その答えにエッゾは気が遠くなりかけるが、すんでのところで膝《ひざ》に力を込めて耐えた。

そう、これは逆境だ。そして逆境でこそ、その人間の底力というものは試される。

「まずは……そうだ、徴税に関わっていたものの話を聞きたい。仕事ぶりはめちゃめちゃだが、記録は丁寧で学ぶ意思は感じられる。屋敷の誰が担当者だったんだ？」

「ふむ。それなんじゃが、ハクチュリの町の人間がしておった」

「――。徴税の管理を、徴税される領民が？　どうして？」

「……さあ」

太い腕を組んで太い首を傾《かし》げるロム爺の前で、ついにエッゾの膝が床に落ちた。

杜撰《ずさん》な徴税管理、ここに極まれりだ。恐ろしいのは帳簿を見る限り、担当者が徴税を誤《ご》魔化《まか》そうとした形跡もない。つまりは無知な善人が起こした奇跡の不足内政処理――そう思った瞬間、エッゾはその場に立ち上がり、両手で顔を叩《たた》いた。

「ええい、私がきたからにはこんな仕事は断じて認めん！　まずは適切な処理が可能な人員を……そうだ！　ラチンスくんは使えそうだった！　彼を巻き込もう！」

「おおう、すぐ立ち直りおった。切り替えの速さといい、知恵の巡りといい、今まさに欲しい人材じゃったが……お前さん、なんでフェルトのところに？」

その問いかけは、単なる疑問というよりも重たいものを孕《はら》んで感じた。

頬《ほお》に自分の手形を赤く付けながら、エッゾは背後の老人を見上げる。小人族と巨人族、この世で最も身長差のある亜人同士、視線を合わせ、吐息をこぼした。

「今回、フェルト嬢や『剣聖《けんせい》』殿、ラチンスくんらには大いに助けられた。ミモザの応報を果たせたのも、彼女らのおかげだ。その恩に報いたい……これが建前だ」

「ほう、建前か。なら、本音はなんじゃ？」

「――フェルト嬢に大器を見た。これも、巡り合わせと私は思う」

そう応じ、エッゾは自分のマントを掴《つか》み、ぎゅっと目をつむる。

この衣装はエッゾの覚悟の証明、魔法使いであることの覚悟の証《あかし》。フェルトの赤い双眸《そうぼう》に、エッゾは同じだけの覚悟を見た。だから、決断したのだ。

戦うならば、挑むならば、臨むのならば、それはこの場所こそが相応《ふさわ》しいと。

「フェルト嬢が王選を戦うように、私にも戦わなければならない相手がいる。奇遇にも、その相手も王選と縁の深い立場だ。私にとっても避けられない状況だったのだよ」

「ふむ……つまり、都合がいいからフェルトにつくと？」

「いいや、私はこれを運命であると考える！」

一切の躊躇《ちゅうちょ》なく、エッゾは自分をここへ導いたものは運命であると断言する。

それを笑顔で言い切るエッゾに、ロム爺は軽く驚いたあと、禿頭《とくとう》を指で掻《か》いた。

「フェルトのところには変わり種ばかり集まるが、お前さんもその一人のようじゃな」

「かの『剣聖』を騎士とした貧民街出身の少女、陣営を代表する主従がその有様では当然の寄せ集めと言えるだろう。ふふふ、燃えてくるじゃないか！」

「一つ言っておくが、フェルトは運命という言葉が嫌いでな。覚えておくといい」

「おお、ありがたい！　他にも色々教えていただければ幸いだ、ロム殿」

忠告に感謝するエッゾに大きな肩をすくめ、ロム爺《じい》は陣営の新たな仲間を歓迎した。それからふと、乱雑に広げられた台帳を整理するエッゾの後頭部を見下ろし、

「そう言えば、陣営に加わる条件に何か妙な話をしたそうじゃな。それは？」

「ああ、そのことか。――月に二度、フランダースの花町へ出向く許可をいただいた。まだ読み書きを教えている途中の教え子が、大勢いる」

「――――」

「学ぶ意思は尊い。それを途絶えさせないこと。それが、私の復讐《ふくしゅう》だよ」

重ねた書類を指でなぞり、エッゾが書かれている文字に目を細める。その書面の内容ではなく、文字自体に思いを馳《は》せる姿に、ロム爺は長く息を吐いた。

意固地な頑固者で、自分のやりたいことに一切妥協のできない性格の持ち主。

「いかにも、フェルトが気に入りそうなもんじゃて」

振り返り、大きな手で窓を開け放つと、部屋の中に風が吹き込んでくる。途端、屋敷のあちこちから聞こえてくる騒がしい言い合い、聞き慣れた喧騒《けんそう》。

――孫娘同然の自慢の子が、大きくなっていくのに自然と頬《ほお》が緩む心地だった。

22

そうして、『地竜の都』を取り巻く問題は終結した。――最後の一ヶ所を除いて。

物語の最後の場面となったのは、昏《くら》く冷たい、石造りの一室だ。

おそらくは地下、それも王都ルグニカの何処《どこ》かの建物であろうとヘレインは想像する。

本来、自分の身柄はフランダースで『天秤《てんびん》』に確保され、事態を掻《か》き回した主犯格の一人として、黒社会の報復を存分に味わい、失策の代償を命で支払うはずだった。

そうならずに、自分が五体無事でここにいるのは、ヘレインの所属する組織が『天秤』と取引し、莫大《ばくだい》な賠償金と引き換えに身柄を引き取ったからだ。

だが、命を拾ったことの安堵《あんど》はヘレインにはない。

独断専行に失敗し、フランダースでの『黄金虫《こがねむし》』の信用の暴落を招いた。管理者として埋め難《がた》い損失を生み出し、かの都市と自分たちとの関係性は長く冷え込むだろう。

いっそ、黒社会の報復で地獄を見た方がヘレインにとっては救いだった。――目の前の人物に、こうも無関心な目を向けられるぐらいならば。

「――――」

床に跪《ひざまず》いたヘレインは、自分の口から今回の顛末《てんまつ》の報告を終えたところだ。

もちろん、相手は事情を把握しているだろうが、ヘレインの口からその方策を採用した理由や意図、失敗の原因を語らせることで、事実と認識の齟齬《そご》を埋める必要がある。

保身で嘘《うそ》をつく理由はヘレインにはなかった。彼の前では、自分は裸同然だ。心酔などという言葉では言い表せないほど、ヘレインは眼前の人物に支配されている。それこそ、死ねと命じられれば即座に命を絶てるほどに。

だが、彼はそんなことは望まない。そんな人員の浪費など、以《もっ》ての外《ほか》だ。

「今回の、お前が起こしたフランダースへの介入策だが」

しばしの沈黙ののち、男がヘレインの報告について言及を始める。その全身の神経を尖《とが》らせて、一言も聞き逃すまいとヘレインは声に聞き入った。

そのヘレインを見下ろしながら、男は冷たく理知的な声で続ける。

「何故《なぜ》、そんな真似《まね》をした？　私はお前にそのような指示をしたか？　あの都市は三つの組織が均衡を保っていた。無闇についてそれを崩す理由はなかったはずだ」

「――。与《くみ》しやすい野心家が、分不相応な能を持て余しておりまして……『天秤』の代表をそのものと挿《す》げ替《か》えれば、私共の利益に適《かな》うと、そう考えまして」

「分不相応な能か。お前に私と同じ、他者の価値を見定める目があるとは初耳だ」

「い、いえ……！　申し訳ありません……！」

深々と頭を下げ、ヘレインは自分の出過ぎた発言を心から悔やむ。

「説得力の補足に王選候補者の介入を招いて、それにまんまと足下をすくわれた。挙句、お前の関与と我々との繋《つな》がりまで暴かれかけ……失態だな」

「ホフマン家の長子が、金獅子《きんじし》の下についています。それで私共の所属を……」

「──リッケルト・ホフマンの息子か」

話題に上がった男の顔を思い出し、ヘレインの臓腑《ぞうふ》が煮えくり返るほど怒りを覚える。シャトランジ盤を挟んで、ヘレインを嵌《は》めた男。嵌めただけならいい。あの男は、ヘレインの真の所属を知った上で、おちょくるように舌打ちをした。

六回の舌打ち、それが示すのは王国でも限られたものしか知らない影の組織──。

「──」

思案げに口髭《くちひげ》に触れる男は、くすんだ金色の髪と青い瞳《ひとみ》の持ち主であり、多くの人間は彼のことを王都の商業組合の代表として認識している。

だが、その実態は表向きの肩書きと比較にならない重責──王国の政を取り仕切る賢人会と並んで、王国の骨子を守り、支える役目を担った王国の要だ。

彼こそが、四十年前の『亜人戦争』以後、親竜王国の安寧を守るために組織された防諜《ぼうちよう》機関──『六枚舌』の当代の長官、ラッセル・フェローその人である。

跪《ひざまず》くヘレインを見下ろしながら、ラッセルが淡々とした声で続ける。

「──結果的に、フランダースの均衡は金獅子《きんじし》を加えて以前より強固になった。こちらで干渉する手段は減ったが、懸案事項を減らしたと言い換えられなくもない」

「──」

「だが、王選の影響が王国を揺らす現状、金獅子と戦乙女、半魔と太陽姫、そして大商女への対応には熟慮が必要だ。お前はそれを怠った。よって、罰を与える」

「は、はい……っ！」

その待ち望んだ一言に、ヘレインは急いで両膝《ひざ》立ちになると、その場で自分のスーツのボタンを外し、起伏に乏しい白い肌を露《あら》わにする。そして、彼女の剥《む》き出《だ》しの背中に、ラッセルが手を這《は》わせ——瞬間、刻まれた呪印がヘレインの血を沸騰させた。

「か、ぁ、く、ぁ——ッ」

「使える手駒を自陣に戻すのは痛手だな。しかし、金獅子の器とホフマン家の息子の才気が測れたのは収穫とすべきか。計画をいくつか修正しなくてはならないな」

悶《もだ》え、血の涙を流しているヘレインには一瞥《いちべつ》もくれず、ラッセルは自らの思案に耽《ふけ》る。

彼の頭の中を巡るのは、この瞬間も展開する百に迫る計画と、そのために配置した無数の駒——それを駆使し、彼は王国の安定のために私心を殺して動き続ける。

究極の滅私奉公だ。それを行える人だからこそ、ヘレインも心からの忠誠が誓える。

だから、すぐにまた、こんな苦しみを乗り越えて、この人のために尽くさなければ。

「——ぁ、あああぁッッ!!」

絶叫するヘレイン、その苦痛の声を聞き流しながら、ラッセルは王国の未来を案ずる。

すでに王選は始まり、どんな結果になろうとも、必ず決着は訪れる。

その、来たるべき未来が、少しでも多くのものの望みと近付けられるよう。

——それが『六枚舌』の、ラッセル・フェローの存在意義なのだと、そう考えて。

《了》

『魔女のアフターティーパーティー／One Wild Night』

1

――猛吹雪だった。

強烈な横風は身を切るように冷たく、寒さは手足から力を、顔から視覚を聴覚を嗅覚《きゅうかく》を触覚を、とにかくオメガの大事なモノを根こそぎに奪っていくような感覚だった。

「――っ！　――!!」

朦朧《もうろう》とする意識の傍《かたわ》ら、誰かが何か大きな声で叫んでいるのが聞こえる。

それが必死の呼びかけだとぼんやりした頭で理解した途端、オメガの両脇に相手の手が入り、埋もれた雪から強引に引っ張り上げられた。

下半身が雪の中から雪の上へ。極寒から酷寒に移っただけだが、それだけでも体感温度はずいぶん変わるものだ。そう、凍える自分にも新たな発見が――、

「――ちょっと、あんた！　聞いてる!?　オメガ！　オメガったら！」

そんな感慨が、耳元で叫ぶ少女の声に打ち砕かれる。

切羽詰まった声を上げるのは、息がかかるほどの距離でオメガを覗《のぞ》き込《こ》む顔――整って

いるが、強気が勝ちすぎる目つきの濃紺の髪色の少女だ。

その彼女はオメガと目が合うと、「よかった……」と小さく呟《つぶや》き、

「まだ死んでないわよね？　聞こえてる？　聞こえてるなら返事なさい！」

「……聞いて、いるよ。あまり、うるさくしない、で、ほしいな」

「息も絶え絶えのくせに口の減らない……！　ちゃんと状況わかってるわけ？」

「もちろんだとも……君は、誰だったかな」

「全然ダメじゃないのよ!!」

凍った眉《まゆ》を顰《ひそ》めたところで、怒鳴る少女の頭突きが炸裂《さくれつ》した。硬い衝撃が額に走り、凍りかけた思考が無理やりひび割れさせられる。

「痛いじゃないか、パルミラ……」

「やっと思い出した！　しっかりなさい、オメガ！　あんたは雪庇《せっぴ》踏んづけて落っこちてしばらく埋まってたの！　だからあんな空模様のときに出発するのは嫌だったのよ！」

「……いつもより、君の声が頭に響くんだ。そう叫ばないでくれ、ミネルヴァ」

「誰の話してるのよ!?　起きろ起きろ起きろ！」

頭突きでは足りないと、またうわ言をこぼし始める頬《ほお》を少女――パルミラにすごい勢いで平手で打たれる。痛い、が眠いのが勝る。

そのまま、覚めない眠りへうとうととオメガの意識は沈みかけ――、

「――パルミラ！　オメガちゃん！　二人とも大丈夫なの!?」

「コレット！　そっちこそ平気!?」

「ええ、ええ、わたしは大丈夫！　でもでも、大変なの！　一生懸命周りを探してみたのだけど、休めそうなところがちっとも見つからないわ」

そう言いながら、二人のところへ同行者のコレットが雪をかき分けてやってくる。

優しげな顔つきの少女は、パルミラの腕の中でぐったりしたオメガに気付くと、「まあ！」と大きく驚いて、慌てて手袋を外した素手でその頬を包んだ。

この猛吹雪の中では焼け石に水もいいところだが、微《かす》かな温《ぬく》もりがありがたい。その温もりを頼りに、迂闊《うかつ》に閉じたせいで睫毛《まつげ》の凍った目を何とか開き、

「コレット、パルミラ……君たちに、最期に伝えておきたいことが」

「縁起でもない！」

「いやよ！　最期だなんて言わないで、オメガちゃん！」

残そうとした遺言が、少女たちの頑《かたく》なな言葉に掻《か》き消される。しかし、それは現実の見えていない、幼さ故の悪足掻《き》きだ。刻々と、死は近付いてきている。

白く冷たい、抗《あらが》い難《がた》い終わりが――、

「……いや、せめて最後の悪足掻きはできるか」

粛々と、現実を受け入れて諦めるのは何のためか。晩節を汚さぬためだろうか。

――そんな消極的な姿勢、きっとあの黒髪の少年が一番嫌う考え方だろう。

肩から手首まで、凍ったみたいにピンと伸びた腕を空に向けて、曲がることを忘れた五

指に意識を集中——自然の法則に意思で以《もっ》て干渉し、世界を変える権利を行使する。

平たく言えば、魔法で火の玉を作り、それを猛吹雪の白い空へ打ち上げた。炎の玉は極寒の中を高く上がり、上がり、上がり——消えた。

その、いきなりな火の玉に、パルミラとコレットが目を丸くしているのが見えて。

「今は、これが、精一杯……」

「ちょっ！　なに満足げにしてんのよ！　今のなんだったの⁉」

「オメガちゃん⁉　いやぁ、オメガちゃぁあん‼」

正真正銘、力を使い果たして意識が——否、存在が薄れていくのを感じる。

精霊と同じく、マナで構成された体だ。最後には体はマナの粒子になり、世界の一部として呑《の》まれ消えるのみである。せめて、少女たちが自分の亡骸《なきがら》に縋《すが》り付《つ》き、いつまでも泣き続けずに済むのは救いと言えるだろうか。

「でも、できれば、君たちの泣き顔も、見たい……」

「なんか邪悪なうわ言言ってる……！　この、起きなさい！　起きなさいよ！」

「ぱ、パルミラ、ダメよ！　そんなに叩《たた》いたらオメガちゃんの首が！　首がぁ！」

なおもガクガクと揺すられ、頬《ほお》も叩かれ、すんなり眠らせてくれないパルミラ。そんなパルミラにしがみつき、コレットが涙目で暴行を止めようとする。

その涙すら凍り付く吹雪の中では、二人の行動は無意味にリスクを拡大している。正直なところ、もう自分のことは捨てて、二人で生き残る道を探す方が賢いと思う。

しかし、そんな終焉《しゅうえん》まっしぐらな三人のところへ――、

「――やはり、先ほどの火の玉は見間違いではございませんでした」

不意の声がして、コレットとパルミラが「え⁉」とそちらへ振り向く。その白くけぶるような景色の中から姿を見せたのは、法衣《ほうえ》の上から防寒具を装備した女性だ。

「あ、あなたは……」

「わたくし、巡回聖教師のノエルと申します。すぐにお助けするのでございます」

吹雪の向こうから現れた女性――ノエルと名乗った彼女は、まじまじと自分を見る少女たちに頷《うなず》きかけると、すぐさまパルミラの抱くオメガの容態を確かめた。

青い瞳《ひとみ》がオメガの顔を覗《のぞ》き込《こ》み、脈を取り、「マズいでございます」と呟《つぶや》かれる。

「ままま、マズいってなに⁉　この子、死ぬの⁉」

「このままだと、そうなりかねないのでございます。まずは暖を取ること……しっかり抱いていてください。わたくしは風除《かぜよ》けのため雪を掘るのでございます！」

「わわ！　わたしも手伝うわ！　ううん、手伝わせてくださいな！」

パルミラにオメガをしっかり抱かせ、雪を掘り始めるノエルをコレットが手伝う。

雪山の積雪は日差しで溶けるのと凍るのを繰り返し、岩のように硬くなっていることが多いが、二人は素手であっという間に四人で入れる竪穴《たてあな》を作り出した。

それで雪除けできるようになると、ノエルが手荷物から一冊の本を取り出し、ページを破いて火付け用に使い、竪穴の中に淡く橙色《だいだいいろ》の光が灯《とも》った。

「……あったかい」

「はい、温かいのでございます。ですが、近付きすぎないようにご注意を。冷えた部位を温めようと、直接火に当ててしまうこともあるのでございます」

「そこまで迂闊《うかつ》なことしないでしょ。……ほら、オメガ、あったかいわよ」

少しずつ暖まる竪穴《たてあな》の空気に、コレットとパルミラの表情も徐々に弛緩《しかん》する。そのパルミラの腕の中、もぞもぞとオメガも身じろぎして、

「……温かい、火だね」

そうこぼし、焚火《たきび》に当たろうと身を乗り出した。と、かじかんだ手足で踏ん張りが利かず、桃色の髪をなびかせ、オメガが頭から焚火に突っ込んだ。ものすごい暖。

「そうか、これが炎……」

「ぎゃあーっ！　何してんの何してんの言った傍《そば》からじゃないのよ!!」

「これが、カーミラが最期に味わった感覚……」

「大変、大変だわ！　オメガちゃん！　お顔、お顔を冷やさないと……えいっ！」

焚火から引き上げられ、燃えた顔を雪に突っ込まされるオメガ。熱されたり冷やされたり、全く落ち着かなくて何とも忙《せわ》しないが。

「こうしてたくさん構われるのは、意外と悪い気がしないね」

「言ってる場合か!!」

2

「改めて、巡回聖教師をさせていただいている、ノエル・トゥエリコでございます」

「「巡回聖教師？」」

ほの明るく焚火に照らされる竪穴の中で、ぺこりとノエルが頭を下げる。

雪を払うため、被《かぶ》っていた防寒頭巾を脱いだ彼女は長い金髪を一本の三つ編みにまとめていて、澄んだ青い瞳《ひとみ》と抜けるような白い肌と相まり、その印象は――、

「聖女の方が、巡回聖教師よりも適切に感じるね」

「そ、それは畏れ多くございます。猛吹雪の中、無謀な旅を続けていた皆様の命をお救いしただけで、そうおだてていただかずとも大丈夫でございますので……」

「あれ？　言い方丁寧なだけで、これすごい叱られてない？」

「ご、ごめんなさい、ノエルさん……でもでも！　ノエルさんのおかげでわたしたち、本当に助かったの！　もしもノエルさんがきてくれなかったら……」

「三人とも雪の藻屑《もくず》となるところだったたね。……使い方は合っていただろうか」

「何に迷ってるんだか知らないけど、その場合、最初にモクズになったのはあんたよ」

焚火に当たる眉間をパルミラにつつかれるままにしながら、オメガは柔らかい表情で三人を見ているノエルに改めて目を向けると、

「先ほどは二人が無知ですまないね。巡回聖教師ということは、グステコ聖教だろう？」

「その通りでございます。教会の聖意と教えを説いて回る、巡回聖教師でございます。遠目に火の玉が見えて、まさかと思って駆け付けましたが……正解でございました」

「そうだね。あの魔法のおかげと。……どうだい、パルミラ、聞いたかい？」

「まさか、見つけてもらえたのは自分の手柄とか思ってんじゃないでしょうね？　そもそも吹雪の決死行も、雪道から落っこちたのも全部あんたのせいなんだけど」

「素直にお礼の言えない子だね」

「お礼を言うとしても、それはノエルさんであってあんたじゃないから！」

正当な評価をしたがらないパルミラ、彼女からの不当な扱いにオメガは肩をすくめた。生前も、『魔女』というだけで穿《うが》った目で見るものはいた。慣れた視線だ。

そう思って微笑《ほほえ》んだら、何故《なぜ》かパルミラはますます顔を赤くして不満げにしたが。

「ふふふ、とても仲良しでございますね。コレット様にパルミラ様、それと……」

「――オメガだよ。それがワタシの今の名前だ」

「オメガ様と。ご丁寧に感謝いたします。こうしてわたくしと皆様がお会いできたのも、白銀の祝福がもたらした思し召《おぼめ》しでございますから」

「白銀の」「祝福？」

ノエルの言う通り、仲良く一緒に首を傾《かし》げるコレットとパルミラだが、雪山――否、結果的にグステコ聖王国に入り込んでいる状況で、その理解度はよろしくない。

どんな場所にも、その土地特有のルールというものがある。グステコ聖王国では、それがグステコ聖教という形でより強固に、国全体に浸透しているのだから。

「白銀の祝福、というのはグステコ聖教特有の言い回しだよ。降りやまない雪は、聖王国で信奉される大いなる存在からの祝福であるとした考えだ。過酷な環境は自然的に作られたものではなく、何らかの意思が介在した試練と考える方が精神安定上は望ましい。聖教の起こりにはそうした発想があったと考えられるが……」

「オメガちゃん、オメガちゃん、ちょっと言い方が……」

つらつらと、グステコ聖教の祈りの言葉の講釈をしていたオメガは、そのコレットの指摘に「おや？」と眉《まゆ》を上げた。代わりに、ノエルの眉尻は下げられている。

「それは俗に言う、困った顔というものじゃないかな？」

「言い当ててご満悦だけど、あんたの陰険な話し方のせいだから」

「馬鹿な。適切な話題に適切な説明を適切に組み合わせたはず……」

愕然《がくぜん》と頰《ほお》を強張《こわば》らせるオメガ、その傍《かたわ》らでコレットがお尻を滑らせ、ノエルの隣へ移動する。そのまま、少女は好奇心旺盛な目でノエルを見上げると、

「ねえねえ、聞いてもいいかしら？　つまり、ノエルさんはそのグステコ聖教のことを教えるために、こんな大雪でも旅をしてるってことでいいの？」

「ええ、そうでございます。正確にはグステコ聖教ではなく、その教えを説いて回るというやり甲斐《がい》のあるお仕事でございますね」

「……でも、あたしも全然詳しいわけじゃないけど、グステコってほとんどみんな、グス

テコ聖教の信徒なんじゃないの？　教えて回らなくても、みんな知ってるんじゃない？」

年若い二人からの質問に、ノエルは「そうでございますね」と嬉《うれ》しげに微笑《ほほえ》む。

「教えも一定ではなく、新しきものに変わっていくもの……そうした聖意を学び、教え導くのも巡回聖教師であるわたくしの使命、なのでございます」

「わかるよ。ワタシも、自分が知らないことを知るのも心躍るが、何も知らない相手に知識を披露し、認識を上書きする甘美さはよく知っているからね」

「あんたとノエルさんとだと、話の邪悪さが違う」

ノエルの考えに共感を示したところ、またしてもパルミラに茶々を入れられた。不思議なのは、オメガの話を聞いたノエルがまた困った風に眉尻《まゆじり》を下げていたことだ。

これだと、まるでパルミラの方が正しいように感じてしまう。それを訂正しなければ、とオメガがそのノエルの表情を掘り下げようとしたところへ――、

「あのあの！　今、ノエルさんのおかげで雪のおうちに入っているけれど、このまま朝までみんなでここにいて大丈夫かしら？」

「いえ、長居は禁物でございます。オメガ様の体力が戻り次第、移動を……この近くに、教会がございますので、そこへ避難いたしましょう」

「教会……建物があるんなら助かるわ」

ノエルの提案を聞いて、コレットとパルミラの表情にも安堵《あんど》が生じる。オメガにとっても、その提案は大助かりだった。

「なにせ、瀕死《ひんし》の状態だ。まさか、雪がこれほどマナの体に負担になるとはね」

「反省したの？」

「未知の果実をねぶることに、興奮を禁じ得ないね」

「あ・ん・た・は……！」

正直に答えたオメガの胸倉を掴《つか》み、パルミラがガクガクと前後に揺すってくる。

相変わらず、独りよがりで不器用な心配の表現だが、オメガは大人の余裕で揺すられるままに済ませた。抵抗する力も戻っていないし。

「皆様は、いつもこの調子で旅されているのでございますか？」

その二人の様子に目を丸くして、ノエルが隣にいるコレットに尋ねる。その質問に、コレットは「そうね！」と頷《うなず》いて、

「二人はいつもあの調子。まだまだ、この三人で旅は始めたばかりなのだけど……」

ぎゃあぎゃあとうるさいパルミラと、されるがままのオメガ。同行者二人の様子を眺めながら、コレットは自分の赤い頬《ほお》に両手を当てて、愛《いと》おしげに微笑む。

「わたし、新しいことばっかりで、毎日とってもとっても楽しいのよ！」

「そうでございますか。――それは、羨ましいことでございます」

そのコレットの答えに目尻を下げ、ノエルは自身の豊かな胸に手を当てて頷いた。

彼女の感嘆は竪穴《たてあな》の中で白い息になり、焚火《たきび》に呑《の》まれ、呆気《あっけ》なく消えた。

3

ノエルの案内する教会は、雪の山中の標高の高いところに建てられているらしい。

元々、権威や信仰というものは何かと高いところへ据えられるものだ。教会もその例に漏れず、高い場所に建てられることが多い。

「もっとも、山中の教会などは下から見上げたときの目的地の役目を果たすこともある。今のワタシたちのように、まさしく遭難寸前のものが縋《すが》る最後の砦《とりで》として、ね」

「そういうのは、自分の足で歩きながら言いなさいよ……」

教会の立地条件について講釈するオメガに、苛立《いらだ》った様子のパルミラが呟《つぶや》く。そのパルミラの正面、オメガはノエルに背負われ、雪道を楽している真っ最中だ。

「ノエルさん、ノエルさん、オメガちゃんは重たくないかしら？　辛《つら》くなったらわたしが頑張るから、いつでも言ってちょうだいね」

「大丈夫でございます。オメガ様は新雪のように軽く、まるで背負っていないようで……」

「ぎゃーっ！　あんた、せめてしがみついてるくらいちゃんとしなさいよ！」

ノエルの背中から落ち、雪道に置き去りにされかけたオメガをパルミラが救出する。また両脇に手を入れられ、引っ張り出されるオメガはパルミラを見やり、

「パルミラ、雪山で騒ぎすぎると雪崩が怖い。十分注意したまえ」

「なんでこの状況であたしが怒られんのよ！　まずありがとうでしょうが！」

「も、申し訳ございません！　わたくしが気付くのが遅れたせいで……」

「――あ！　見て見て、みんな！　あれが教会じゃないかしら？」

大騒ぎする二人のところにノエルが戻るのと、コレットが弾んだ声を上げたのは同時だった。そのコレットの声に、全員の注意が先頭の彼女の方へ向く。

振り向くコレットは、轟々《ごうごう》と吹き付ける吹雪の向こうを指差していた。が、生憎《あいにく》と彼女の指差す方に目を凝らしても、オメガたちには何も見えない。

「きょう、かい……？　あたしには何にも見えないけど……」

「そうか。コレット、どうやらワタシたちは君の異変に気付けていなかったらしい。これだけの寒さだ。極限状態に追い込まれた精神が幻を見ることもある」

「え、え、本当？　わたし、そんなに大変だったの……？」

パッと見ではわからない精神的な限界、その淵《ふち》に立たされていたらしいコレットが自分の細い体を愕然《がくぜん》と抱く。その様子にパルミラも息を呑《の》み、助けを求めるようにオメガの方を見たが、オメガもそれには首を横に振るしかできず――、

「いえ、コレット様の仰《おつしや》ることは本当でございます。確かに教会でございます」

と、そこでコレットが指差した方向に目をやったノエルがそう言った。そのノエルの言葉に「え？」とコレットとパルミラがなる中、オメガは「ああ」と頷《うなず》いて、

「そうか、『獣護輪《じゆうごりん》』……腕輪の効果だよ、コレット。言っただろう？　君のそれは御守《おまも》りなんだ。君を守るためなら、そうした風に力を貸すさ」

「この腕輪が……そう、そうなのね。とっても驚いちゃった」

ホッと胸を撫《な》で下《お》ろし、コレットが自分の右腕に嵌《は》めた厳《いか》つい腕輪を撫でる。

その腕輪は『獣護輪《じゅうごりん》』という『ミーティア』で、腕輪の所有者を守るために獣の如《ごと》き力を与えるという代物だ。コレットの両親が娘に贈ったもので、それがコレットを天涯孤独の身にし、生まれ故郷から旅立つ理由を作ったのは皮肉な話だ。

そんな背景事情を知っているだけに、腕輪の力の詳しい説明をオメガは省いた。これに関しては、コレットに知らせないという方向でパルミラと意見が一致している。

ともあれ――、

「コレットとノエルが見たなら本物だろう。先導を頼めるかい？」

「――！　ええ、任せてちょうだい。ちゃんとみんなのお役に立ってみせるわ」

頼《うれ》られたのが嬉しいらしく、ぴょんと先頭に立ったコレットが雪道を先導する。

腕輪の力で身体能力の向上している彼女は、「えいえいえいっ」なんて可愛《かわい》げのある掛け声と裏腹に、力強く雪を掻《か》いて後続のための道作りに貢献した。

「見た目にそぐわず、コレット様はたくましいのでございますね……」

「なかなか大したものだろう？」

「なんであんたが自慢げなのよ……っていうか、あんたも少しはたくましくあれ！」

先頭をゆくコレットの仕事ぶりにノエルが驚き、その彼女に背負われたオメガを、最後尾のパルミラが支えながら歩く。――やがて、無事に一行は教会に到着した。

積雪に潰されない、石造りの教会だ。雪に覆われてしまっているが、窓からの明かりがわずかに雪を透けており、中にはちゃんと人がいてくれていそうだ。

「どなたか、どなたかいらっしゃるかしら？　もし、もし」

入口の戸を叩《たた》いて、コレットがそう中に呼びかける。それからしばらくして、

「――待ってくれ。今、開ける」

どたどたと足音が近付いてきて、ゆっくりと教会の入口が開かれた。そうして、扉の前に立つオメガたちを見て、中の人物は目を丸くする。

「こりゃまた思いがけないお客さんだな。こんな雪の中、女の子が四人連れとは」

そう驚きを口にしたのは、厳つい顔つきと体格をした中年の男だった。一応の警戒か、扉を半開きにしていた彼だったが、相手が少女たちと気付くと扉を全開にする。

そして、「入った入った！」とオメガたちを中に招き入れ、

「おーい！　誰か、拭くものを持ってきてくれ！　新しいお客さんだ！」

そう男性が中に呼びかけると、教会の奥から大きな人影がやってくる。

その人物が手拭いを差し出すと、雪を払っていたパルミラが「ひ」と押し殺した悲鳴を上げた。実に失礼な反応だが、彼女が驚いたのも無理はない。

手拭いは、オメガたち四人にそれぞれ同時に差し出されていたのだ。

「わあ、すごい。あなた、お手々がたくさんあるのね」

「た、多腕族……これ、体、拭くといい」

「ありがとう！　とっても助かるわ！」

手拭いを受け取ったコレットに、満面の笑みを向けられる男――青黒い肌の大きな体をしたその男には、オメガたちよりも余分に二本の腕が生えていた。肩口から生えた四本の腕は、彼が自己申告した通り、多腕族である証《あかし》だ。

彼は手拭いを差し出したまま、自分に驚いたパルミラの方を見やり、

「う、受け取って。体、冷える、よくない」

「あ、ありがとう……その、ごめんなさい。驚いてしまって」

「いい。よくある、こと」

恐る恐るのパルミラと物怖《ものお》じしないコレット、両極端な反応に多腕族は動じない。オメガとノエルも礼を言って手拭いを受け取り、お言葉に甘えて雪を払い落とした。

「しかし、こんな吹雪の中を女の子たちだけとは……ずいぶん無謀だったな？」

「その、無謀という表現にはいささか抵抗があるな。ワタシたちが麓《ふもと》を出発したときは、そもそもこうまで天候が崩れる予兆はなかった。雪が降り始める前とあと、結果だけを見てワタシたちの行いを無謀と貶《おとし》めるのは、少々思慮不足と言えるんじゃないかい？」

「お、おう。なんかものすごくよく喋《しゃべ》る子だな……」

名誉のために抗弁したオメガに、厳《いか》つい男性が気圧《けお》される。これで自分たちの名誉は守られたとオメガはコレットたちを見たが、二人からの反応は芳《かんば》しくなかった。

ともあれ、そうして雪落としもひと段落したところで、

「なんにせよ、お嬢ちゃんたちが遭難しないで済んでよかった。俺はポドソってもんで、山の向こう側の町で衛兵なんてやってる気のいいオッチャンだよ」

「お、オレはアドモンサ。……た、旅芸人」

そう言って、二人の男がそれぞれ名乗る。中年がポドソ、多腕族がアドモンサと。その名乗りを聞いて、コレットが「まあ！」とアドモンサに目を輝かせた。

「旅芸人！　旅芸人ってあれでしょう？　あちこちの村や町を旅して、そこで芸を見せてくれるっていう……どんな芸ができるの？　とっても興味があるわ」

「う、う？　オレの、芸は……」

「芸は!?」

ぐいぐいと、好奇心旺盛なコレットに詰め寄られ、アドモンサが目を泳がせる。が、やがて期待の眼差《まなざ》しに負けた彼は、その巨体をすっぽり覆ったマントの内側から、目にも留まらぬ速さで四本の腕を振るい、教会の奥へ何かを投じた。

風を切ったそれは四本のナイフであり、それらは教会の中を不規則な軌道で飛び、しかし見事に最奥の扉の四方へ突き立った。多腕族の特性をナイフ投げに活《い》かした、非常に芸術性の高い曲芸だったと言える。

ただし――、

「――ぁ、ぁ」

その、ナイフの突き立った扉から、ちょうど顔を出した女性は顔面蒼白《そうはく》だった。

波打つ赤銅色の髪をした背の低い女性だ。彼女は、まるで自分を狙ったように飛んできたナイフを見て、その口を大きく開けると、

「――死んだらどうする⁉」

と、それこそ人死にが出かねないくらい大きな声でそう騒いだ。

4

感情的に喚《わめ》き散らしたマクウィナは、旅の吟遊詩人《ぎんゆうしじん》だと名乗った。

彼女の怒りの矛先は、何といっても直近で自分を殺しかけたアドモンサである。それはもう、火の玉のような勢いで彼に食って掛かり、

「立ち往生して、もうダメ……ってなったところでこの教会を見つけて一息ついたとこだったのよ。それで凍え死には避けられたと思ったのに、まさか刃傷沙汰《にんじょうざた》で死にかけるなんて思いもしなかったわ！　寿命がぐっと縮んだじゃない！　どうしてくれるの⁉」

「う、あ、お、オレ……」

「あーとかうーとかじゃわからんじゃろがい！　その個性の塊みたいな見た目で売っていけるからって営業に胡坐《あぐら》掻いてるんじゃない！　もっと真剣にやりなさいよ！」

「まあまあ、落ち着くのでございます。もはやナイフ投げとも無関係になってございますのと、アドモンサ様に悪気があったわけでは……」

「悪気のあるなしの話してんじゃないわよ！　そもそも、関係ない子がしゃしゃしゃしゃってくんじゃないわよ！　なんだ、このでかい乳！　ズバズバ揉《も》むぞ！」

「な、何たる暴言……！　いけませんですいけませんです……」

　仲裁に入ったノエルにさえ区別なく噛《か》みついて、マクウィナが猛然と騒ぎ続ける。その様子を遠巻きに眺めながら、オメガは「ふむ」と口元に手をやり、

「それにしても、どの時代も吟遊詩人というものは変わらないな。情熱的で感情的で、他人の心に土足で上がり込むことに躊躇《ちゅうちょ》がない」

「ちょっと！　そこのちびっ子、ずいぶんと厭世的《えんせいてき》なこと抜かすじゃない。そんな見た目で人生の酸いも甘いも噛み分けたみたいな態度……たい、ど……」

　こちらの呟《つぶや》きを聞きつけ、噛みつく矛先を変えようとしたマクウィナが瞠目《どうもく》する。なかなか血の巡りの悪い頭の持ち主に見えたが、吟遊詩人を名乗るだけあって観察眼はあるらしい。――彼女の目は、オメガの尖《とが》った耳に注目していた。

「あ、あ、あんた、その耳は……」

「おや、お目が高いね。……今のはオメガとかけたわけではないから、あしからず」

　震え上がるマクウィナにウィンクするが、その茶目《ちゃめ》っ気《け》は今の彼女には通じなかった。

　残念と肩をすくめ、オメガは自分の桃色の髪をかき上げ、耳を強調する。

「見ての通りの出自だよ。もっとも、この体の持ち主に流れるエルフの血は半分……いわゆる、ハーフエルフというものだけどね」

「もっと悪いわ！　エルフの方がちょっぴマシだわ！　半魔！　半魔が出たわよぉ！」

ぴょんこぴょんこ飛び回り、マクウィナがアドモンサの後ろに隠れる。直前まで噛《か》みついていた相手に頼るあたり、現金な話もあったものだ。

同じように思ったのか、そのマクウィナに呆《あき》れたようにポドソが頭を掻《か》いて、

「吟遊詩人《ぎんゆうしじん》の嬢ちゃん……そりゃいくら何でも調子が良すぎるだろう」

「な、な、何よう。雪の夜、教会、半魔……この条件が揃《そろ》って、一番強そうな男に媚《こび》売らない理由が存在しないわ。アタシは死にたくない。死にたくないのよぉ！」

「迫真すぎる……」

ぴいぴいと騒ぎ立てるマクウィナに、ポドソもげんなりした顔になる。

「悪いな、ハーフエルフのお嬢ちゃん。俺はさして偏見はないつもりだが……」

「ああ、構わないよ。遠巻きにされるのはよくあることさ。それに……」

「それに？」

「普段は善良に振る舞っている人々が、こうしてハーフエルフというだけで敵意や不信感のこもった目を向けてくる。その感覚も、意外と病みつきなんだ」

「そ、そうか……肝が据わってるんだな。……いや、その見た目でもハーフエルフってことは、お嬢ちゃんなんて歳《とし》じゃないのか……痛《いて》えっ!!」

オメガの答えに首をひねったポドソが、突然の痛みに悲鳴を上げた。

痛みの原因、それはすごい勢いで踏みつけられた爪先だ。思わず涙目でしゃがんだポド

ソ、その顔にビシッと、彼の足を踏んだマクウィナが指を突き付ける。
「初対面の女に歳を聞くな！　気遣いとか心遣いとかそういうのがゼロ！」

「そ、そんな怒るようなことか⁉　歳聞いただけだぞ⁉」

「じゃあ、実際どうか他の人の意見も聞いてみましょう。周りをご覧ください！」

そう言われ、半信半疑の顔でポドソが周りを見てギョッとする。

パルミラが険しく、コレットは寂しそうに、ノエルは残念がりながら、みだりに女性の年齢を聞き出そうとしたポドソへ非難の目が向けられていたからだ。

「まぁ、ワタシは別に気にしていないけれどね」

「ほ、ほら、当事者がこう言ってる！　それに、そもそも吟遊詩人の嬢ちゃんは、オメガ嬢ちゃんにビビってたんじゃないのか⁉」

「そういうのとは別個なんです～！　気遣いのできない男って本当にダメ！　でっかい亜人もダメ！　でか乳女もダメ！　半魔もダメ！　頼れる相手がいない！」

頭を抱え、マクウィナがこの世の終わりとばかりに崩れ落ちる。が、そんなマクウィナの前で膝《ひざ》を折り、そっとコレットが手を差し伸べた。

「大丈夫よ、お姉さん。オメガちゃんはいい子だから怖くないわ。アドモンサさんも、とっても優しい目をしているのよ。ポドソさんは、気遣いができなくてダメだけど……」

「コレット嬢ちゃんまでダメ扱いかよ……」

「でも、最初にわたしたちのために入口を開けてくれたわ！　暖炉の薪《まき》を多くして、火も強めてくれたし……女心がわからないだけなのよ」

褒めているのかトドメを刺しているのか、見極めの難しいコレットの擁護を受け、マクウィナがぐすぐすと鼻を啜《すす》った。

「ね？　だからほら、みんなにごめんなさいしましょう？　そうしたら許してもらえて、みんなの輪の中に入れてもらえるわ」

「う、うう～、ごめんなさ～い。一人は嫌なのよぉ……」

「すごい。飼い慣らしたでございます」

マクウィナに謝らせたコレットの手並みに、ノエルが思わず拍手する。その様子を心なしか自慢げに見ているパルミラ、オメガはその隣へ行くと、

「コレットが褒められて喜んでるのかい？」

「──ッ、あんた、ホントに嫌な奴《やつ》」

「馬鹿な。今のは人の心に寄り添った行動だったはず……」

心外な反応にオメガが動揺すると、呆《あき》れたようにパルミラがため息をつく。

と、そんな調子で集まった面々の中に一定の調和が生まれると、そこでポドソが「ちょっといいか？」と手を叩《たた》いた。

「嬢ちゃんたちも程よくあったまったところで、確認しときたい。ひとまず、俺たちは全員、この吹雪で立ち往生して教会に屋根を借りにきた……で、いいな？」

「ええ。間違いございません」

ポドソの問いかけに、代表してノエルが頷《うなず》く。他の面々も異論はないようで、その返答を受けたポドソが「そうか」と自分の頭を掻《か》いた。

短く切《き》り揃《そろ》えた緑髪、その頭を掻くポドソの表情は微妙に渋いもので――、

「何か心配事でもあるのかい？」

「……実は、この教会に住んでるはずの司祭が見当たらなくてな。コアトル司祭って立派な方で、かなりご高齢なんだが」

その憂い顔のポドソの話に、オメガは教会の中を見回す。

オメガたちを出迎えた入口と直結する礼拝堂、その奥で七人は暖を取っている。礼拝堂のさらに奥にはここで暮らす司祭の居住スペースがあるが、さほど広い造りではなさそうだ。少なくとも、住み慣れた人間が迷子になったり、行方不明になる場所ではない。

「ポドソくんは、そのコアトル司祭に用事があってここに？」

「うん？　……ああ、そうだよ。その……この豪雪だろう？　司祭は一人暮らしだから、何かあったらマズいと思ってな」

「なるほど。何かあってはマズいと思って、か」

ポドソの言葉を反芻《はんすう》し、オメガはそっと丸い瞳《ひとみ》を細める。その仕草にポドソが訝《いぶか》しむように眉《まゆ》を寄せたが、追及の間は与えられない。

その会話を聞きつけ、「そうよ！」とマクウィナが飛び上がったからだ。

「アタシも、ここのコアトル司祭に用事があったのよ！　この辺りの町を救った英雄、

『雪崩の聖者』ことコアトル司祭の話を聞くためにね！」

「……実は、わたくしもコアトル司祭に用があって訪ねてきたのでございます」

「そう？　気が合うわね、でか乳！　嬉《うれ》しくないけど！」

「そ、その呼ばれ方はやめていただけないでございましょうか……」

共通の相手を訪ねてきたと知り、マクウィナとノエルの間で芽生えかけた絆《きずな》が死んだ。

ともあれ、確かにコアトル司祭とやらは人気者だったらしい。

「アドモンサさんも、司祭さんにお会いしにきたの？」

「んあ、オレは、違う。オレ、一座の、みんなと外で……」

「会う約束してたの？」

「ん……」

短時間ですっかり打ち解けたらしく、アドモンサの言葉足らずをコレットが翻訳してくれる。その様子に横目に、「だけど」とパルミラが首をひねった。

「その司祭さん、教会の中にいないんでしょ？　心配だわ」

「まぁ、司祭はここに住んで長いから、雪の怖さは十分知ってるはずだ。たぶん、入れ違いになっちまってるだけだと思うんだがな」

そう言いながら、ポドソは吹雪の音が聞こえる教会の外に意識を向ける。

時間が経《た》つにつれ、吹雪は勢いを弱めるどころか強くなる一方だ。豪雪は経験者であろうと容易《たやす》く呑《の》み込《こ》む。長生きは、雪中の生存率には結び付かないだろう。

「もしもその法則が成立するなら、ワタシが危うく凍死しかけたことに説明がつかないしね。……いや、享年は十九歳だから間違ってもいないのかな？」

「ち、ちょっと、何をブツブツ言ってるのよ、半魔……怖いんだけど」

「半魔だからね。君たちをどうやって食べるか、品定めしているのさ」

「ぎゃーっ！　アタシより、若いのか柔らかいのの方がおいしいわよぉっ！」

どたどたとひっくり返り、失禁しそうな勢いで驚いてくれるマクウィナ。からかい甲斐《がい》のある反応だが、その悪ふざけは「オメガ様」とノエルに見咎《みとが》められた。

「ダメでございますよ。そう、人を驚かせることを楽しまれては」

「おや、聖職者の前で罰当たりなことをしてしまったね。ここはグステコ聖教の信徒の教会であるのだし、ワタシは罰を受けなくてはならないかな？」

「――。いいえ、この教会の主《あるじ》はわたくしではなく、コアトル司祭なのです。わたくしがここで説法する筋はございません。……ただ、子どもの誤りを正すのは教えに拘《かかわ》らず、周りの人間の良識によって行われるべきこと。そう、思うのでございます」

「……なるほど。君の人間性を見くびっていた。謝罪しよう」

真摯なノエルの主張を受け、オメガはぺこりと頭を下げる。と、そのオメガの謝罪する姿に、コレットやパルミラが目を丸くした。

「知らなかったわ……オメガちゃんって、ちゃんと謝ることもできたのね」

「ふむ。パルミラではなく、コレットに言われると我が身を省みたくなるな」

「誰に言われても省みなさいよ！」

揶揄《やゆ》されたパルミラが吠《ほ》えるのに、オメガは片目をつむって舌を出して謝罪。それから

オメガは「それにしても」と片目をつむり、

「先ほど、マクウィナが興味深いことを言っていたね。確か、『雪崩の聖者』だったか」

「お、お、お？　興味あんのか？　知りたいか？　そしたらアタシの出番ってわけだ！」

オメガの疑問に小鼻を膨らませ、マクウィナが礼拝堂の隅に立てかけられた楽器──吟《ぎん》遊詩人御用達《ゆうしじんごようたし》の弦楽器、リュリーレを掴《つか》んで弦を弾《はじ》く。

その音で皆の注目を集めると、彼女は床をペタペタと踏んでリズムを作り、

「今より語られますのはぁ、この雪の地方を襲った雪崩の災害と、それに毅然《きぜん》と立ち向かいました一人の聖職者の物語ぃ……！　涙々の涙《なだ》そうそう……！」

弾き語りながら始まったのは、この教会の主《あるじ》であるコアトル司祭の物語。いかにして彼が町の人々に慕われ、吟遊詩人に歌い継がれるような英雄となったのか。

それを知らしめるための歌が──、

「──これはひどい」

調子っぱずれの演奏と、音程をわざと無視して、鳥を絞めたのかと思うような壮絶な歌声が礼拝堂に響き渡り、オメガは眉《まゆ》を顰《ひそ》めた。

いっそ、豪風の吹雪の方が歌としてマシだと思える出来栄えだった。

5

——かつて、この一帯を大きな雪崩が襲い、とある町が壊滅状態へ陥った。

その際、コアトル司祭はいち早く被害を受けた町へ駆け付け、人命救助に当たった上、私財を投じて復興に協力し、自身もこの教会に赴任して悲劇の再発防止に努めている。

「——と、マクウィナの歌の内容をまとめると、大雑把《おおざっぱ》にこんなところだね」

「は？　なんでまとめる必要が？　情感たっぷりに歌い上げたんですが？　なんか不平とか不満とかお持ちなんですか、こんこんちきめ！」

自分の歌を大味にまとめられ、マクウィナが袖を噛《か》んで不満を訴える。しかし、その場の誰も、コレットさえ彼女を擁護しなかったことから、歌の出来は想像できるだろう。

そのマクウィナの歌はともかく、コアトル司祭の英雄性は理解できた。

「その雪崩があったのが十二年前……司祭の、我が身を顧みない献身のおかげで町は消えずに済んだ。今じゃすっかり復興が進んで、みんな司祭に感謝してるのさ」

「へえ、すごいわ。とっても立派な方なのね」

「んあ、立派。すごい、思う」

すっかり意気投合したコレットとアドモンサが手を叩《たた》く。和気藹々《わきあいあい》とした二人の感想を聞きつつ、パルミラは「ふーん」と薄い反応だ。

「パルミラはあまりお気に召さなかったのかな？」

「別に、気に入るとか気に入らないとかじゃないけど……歌にするほど魅力的な話って感じじゃなかったとは思ったわね。……そもそも歌だった？　って感じだけど」

「そうそうそれなのよ！　うん？　それか？　歌だった？　ってどういう意味？」

「そこを深掘りして傷付くのはあんたでしょ。それで、何がそれ？」

食いつくマクウィナに、うんざりしながらも付き合うパルミラ。その面倒見の良さが彼女の美徳だが、これは褒めても本人が喜ばないやつなのでオメガは指摘しない。

そんなパルミラに先を促され、マクウィナはリュリーレを掌《てのひら》で叩《たた》きながら、

「実際、今の『雪崩の聖者』ってイマイチウケがよくないのよ。やっぱり、話の盛り上がりに欠けるからってのが一般的な見方ね。だから、ここへきたの！」

「だから、コアトル司祭ご本人を訪ねていらした……どういうことでございますか？」

「そりゃ、当事者ならきっと噂《うわさ》で広まってる以外の面白秘話があると思ってよ！　それを歌に盛り込んで、他の吟遊詩人《ぎんゆうしじん》より一歩秀でる！　それが狙い！」

ぐっと強く拳《こぶし》を握りしめ、自らの野望を打ち明けるマクウィナ。それから、彼女はへなへなと握り拳をほどいて、「だってぇ～」と情けなく唸《うな》ると、

「そうでもしないと、このグステコじゃ何にも見つからないんだもん。最近、ルグニカの方じゃあれこれ面白いことが起きてて歌の題材に事欠かないらしいけどさぁ」

「ああ、あっちだと王選や、三大魔獣の『白鯨《はくげい》』や『大兎《おおうさぎ》』が落ちたという話もあるらしいからね。これは確かに歌にしやすいだろう」

「まさにぐえーって感じ。やるならこっちでやってよねえ、見も知らない英雄さん」

愚痴るマクウィナの嘆きはともかく、彼女の下劣な目的ははっきりした。と、それから

オメガはノエルの方に目をやり、

「ノエル、君は何のために司祭に会いに？」

「……実は、大きな目的はマクウィナ様と同じなのでございます。残念ながら」

「そうか……確かにそれは残念だ」

目を伏せ、深刻な顔をしたノエルに同情しておく。ただ、この場合の目的は歌を作ると

いう意味ではなく、『雪崩の聖者』の一件について聞きたいということだ。

「元々、コアトル司祭も巡回聖教師だった方なのでございます。件《くだん》の雪崩のことがあって

からは教会で暮らしておいでですが、ぜひ先達の心構えをお伺いしたいと」

「なるほど、勉強熱心なのはいいことだね。その調子で励むといい」

「オメガ嬢ちゃんが何目線なのか疑問は尽きないが……まぁ、話はわかった」

そこで大きく手を叩いて、ポドソが話をまとめにかかる。

「全員、目的が空振りしたのは残念だが、また日を改めればいいだろう。……ちなみに、

お嬢ちゃんたちはお嬢ちゃんたちだけで三人旅なんだろ？　なんだってまた」

「全員、故郷を追われていてね。ワタシの理由は見ての通りで、一緒の二人はワタシと仲

良くしたのが原因……おや、全部ワタシのせいだね。ははは、生まれてごめんよ」

「とても笑う気になれん……」

大爆笑の冗談のつもりが、思いがけず、空気が悪くなった。それを遺憾に思うオメガを余所《よそ》に、「ねえねえ」とマクウィナにコレットが声をかける。

彼女はその持ち前の好奇心で瞳《ひとみ》をキラキラさせて、

「その、司祭さん以外のお話はないのかしら？　わたし、とっても気になるわ」

「そうねえ。この辺りにちなんだ話ってなると、これまた難しいけど……ああ、それならちょっと夢のある話をしましょうか。『氷の盗賊団』の話を」

「氷の盗賊団？」

首を傾《かし》げるコレットに、性懲りもなくマクウィナが笑ってリュリーレを構える。またしても、惨憺《さんたん》たる音楽会が始まるとオメガは身構えた。

しかし、そのリュリーレを掴《つか》み、アドモンサが高々とそれを掲げてしまう。

「あ、ちょっ、あんた!?」

「うあ……みんなが嫌がる。ダメ。オレ、許さない」

「嫌がるは言いすぎでしょ!?」

マクウィナが飛び跳ねるが、背丈の違いでアドモンサからリュリーレを取り戻せない。

やがて、力尽きたマクウィナがその場に崩れ落ちると、吟遊《ぎんゆう》できなくなった吟遊詩人に代わって、「こほん」とポドソが咳払《せきばら》いする。

「『氷の盗賊団』ってのは、これまた古い言い伝えだ。昔、ここいらで大暴れした盗賊団がいて、そいつらは盗んだお宝を大事に大事に隠し持ってた。けどある日、宝を隠してた洞窟が雪崩で埋もれちまって、哀れお宝は取り出せなくなったと」

「つまり、宝は使わずに溜《た》め込《こ》んでいても碌《ろく》なことにはならない、という教訓か」

「教訓なんてもんかい。こんなのはただのバカ話ってなもんだろう」

「てか、営業妨害！　吟遊詩人の歌を要約するのはんた～い!!」

あっけらかんとしたポドソの説明に、マクウィナが死活問題と声を上げる。

マクウィナの主張は一見正論だが、彼女の歌と演奏の腕前がお粗末すぎた。いっそ、職を変えた方がマクウィナのためと思えるぐらいに。

「でもでも、宝物って宝石とかキラキラしたものがたくさんってことでしょう？　それが氷の下敷きなんて、なんだかドキドキしちゃうわ！」

「んあ、ドキドキ……」

薄い胸を押さえるコレットと、そのコレットの仕草を真似《まね》するアドモンサ。そんな二人の言葉に、「そうでございますね」とノエルが顎《あご》を引いて、

「ですから、その宝探しに洞窟を追い求める方も少なくないそうでございます。見つけたら、ひと財産でございますから」

「いつの世も、財貨を求める人の価値観というものは度し難《がた》いね。人生を豊かに生きるために必要なモノが何なのか、みんな勘違いしている」

「深い意見でございますね。では、オメガ様は人生には何が必要だと？」

「決まってるさ。――娯楽だよ」

「――――」

そのオメガの即答に、ノエルを含めた全員が味わい深い顔をした。が、ここまでの話の内容と比較しても、今回はオメガにとって心外な流れだ。

「勘違いされては困るが、今のは冗談でも何でもないよ。人が豊かに生きるために必要なのは娯楽さ。心を満たす趣味と言ってもいい。それが人生を決定づける」

「じゃあ、あんたの心を満たす趣味って何なの？」

「未知をねぶること。知らないことを知ることさ。なにせワタシは、知識欲の権化というやつでね。知らないモノ、知らない人、あらゆる未知が恋しいのさ」

微笑《ほほえ》んだオメガに、質問したマクウィナが聞くだけ無駄だったと肩をすくめる。

ポドソとアドモンサも苦笑と不思議がるといった反応だが、コレットとパルミラの二人はオメガを笑わなかった。――否、笑えなかった。

この二人はオメガの正体を知っている。それで笑えるなら、それは大物というよりも、命知らずの愚か者でしかない。

「別にワタシはそのぐらいで怒りはしないが……君も、笑わなかったんだね、ノエル」

「――。不思議と、オメガ様の仰《おつしや》りようは真摯に感じたのでございます」

「そうか。いい子だね」

褒めたつもりなのだが、そのオメガの一言にノエルはきゅっと身を硬くした。

何故《なぜ》か緊張させてしまったなと、そうオメガは自分の言動を再確認しようとして――、

「はーぁ、話してて疲れてきちゃった。……アタシ、ちょっと用事が」

そこで、ふと立ち上がったマクウィナが背伸びをしながらそう言った。そのまま教会の奥へ足を向ける彼女を、「おい」とポドソが呼び止め、

「待った待った、どこいく気だ？　この寒さなんだ。ここにいた方がいいだろう」

「え？　あー、かもね。でもほら、アタシもやらなきゃいけないことあるしさ」

「やらなきゃいけないこと？　コアトル司祭はいないんだ。他に教会で何を……」

「この大馬鹿！　全部言わすな！　トイレよトイレ！」

濁した行き先を暴かれ、マクウィナが手拭いをポドソに投げつける。それを顔面で受け取ったポドソは、顔から落ちる手拭いを受け止めると、

「すまん……」

「はんっ！　わかればいいのよ。それじゃあ、ちょっと……」

「同行しよう。アドモンサ、お嬢ちゃんたちを任せていいか？」

「んなぁ!?　だ、大丈夫だから！　トイレぐらいいけるから！」

アドモンサにこの場を任せ、ついてこようとするポドソにマクウィナが驚く。だが、ポドソは真剣な顔で「いいから」と彼女の肩を叩《たた》いた。

「遠慮すんな。俺がいたら不安はないはずだ」

「その方が不安だけども!?　ちょ、誰か！　誰かアタシの味方を……」

「こうまで言ってくれてるんだ。紳士の申し出を断るのは淑女とは言えないな」

「思ってもないこと言ってやがるぜ、あの半魔！」

オメガの適当な発言にマクウィナが悪罵《あくば》を吐くが、引く姿勢を見せないポドソにやがて根負けし、「わかったわよ！」と地団太《じだんだ》を踏む。

「いいわ、ついてきなさいよ、変態！　アタシは魂までは屈しない！」

「それ、普通は意地を通せたときに言うんじゃないの？」

「うっさい、ジャリ共！　アタシの次はアンタたちも同じ目に遭うんだ！」

パルミラを指差し、とても嫌な捨《す》て台詞《ぜりふ》を残してマクウィナとポドソが教会の奥へ。それを見届けると、途端にその場に弛緩《しかん》した空気が広がる。

それは口の悪いマクウィナが、空気を悪くしていたということではなく――、

「……ポドソさん、ちょっとピリピリしていたかしら？」

そう首を傾《かし》げるコレットの印象は正しい。

マクウィナの態度と無関係に、妙な緊迫感を保っていたのがポドソだ。マクウィナの小用に付き合ったのもそうだが、彼は何かを警戒している。

「アドモンサさんは何か聞いてる？」

「ん、オレ、聞いてない」

首を横に振るアドモンサは、どこか不安げな様子でそう答える。

大柄で、ナイフの使いも達者なアドモンサ。戦いも得意とする多腕族の彼だが、その臆病な性格では荒事には不向きだろう。ポドソの人選は正しいとは言えない。

「ご心配なさらず、何かあればわたくしが対処するのでございます」

「……ノエル、そんな安請け合いして平気なの？」

「わたくしは巡回聖教師でございます。女性の一人旅というものは、それなりの護身ができなくては務まりませんので」

力こぶを作って笑いかけるノエルに、パルミラは疑わしそうな目をした。

しかし、グステコ聖教が正式に巡回聖教師と認めたなら、ノエルが腕に覚えがあるのは本当のはずだ。女性の一人旅に付きまとうリスクは言うまでもない。オメガがコレットとパルミラを連れ歩くのもそれが理由だ。

「まぁ、一人旅だと話し相手がいなくて寂しいというのもそうだが……なんであれ、こうして一所に集まっていれば問題はないさ。いざとなればワタシの真の力をお見せしよう」

「真の力、でございますか。ふふふ、ではそれを当てにさせていただくのでございます」

オメガの発言を聞いて、ノエルが心なしか微笑《ほほえ》ましげにする。

おそらく、幼い少女の強がりだと受け止めた様子だが、オメガの真の力に心当たりのあるコレットたちは苦笑気味だった。

と、そのときだ。――不意に、教会の扉が外から叩《たた》かれたのは。

「――すみませーん！　どなたかいらっしゃいますかー！　助けてくださーい！」

扉の向こうから聞こえたのは、若い男性の声だった。さすがに、この声の若さで件《くだん》のコアトル司祭ということはないだろう。

「どうやら、ワタシたちと同じ遭難者のようだね」

「遭難は言いすぎでございますが……お迎えしましょう。教会はあらゆる方に開かれているもの。ポドソ様やマクウィナ様にはあとでご説明を」

そう言って、ノエルが小走りに教会の入口へ向かう。その背中を追って、大鞄《かばん》から新しい手拭いを出したアドモンサもそちらへ向かった。

オメガたちにも人数分渡してくれたが、ずいぶんと手拭いを持ち歩いている。その大荷物からすると、アドモンサは旅芸人の一座の荷物番か何かだったのかもしれない。そうすると、彼とはぐれた一座の人間はさぞかし苦労しているだろう。

ともあれ、教会の扉が開かれ、ノエルたちが新たな遭難者を招き入れる。

「いやぁ、すみませんすみません、助かりました。雪がちらつきそうな天気とは思いましたが、まさかの豪雪……本当に運がない。困ったものです」

そう言いながら、頭の雪を払い落とすのは年若い青年だ。灰色の髪を長めに伸ばし、頭の後ろで結んだ柔らかい面立ちの優男だった。

暖炉の方に案内された彼は、オメガたちの姿に気付くと「おや」と眉《まゆ》を上げた。

「他の方もいらしたんですね。騒がしくしてすみません。僕はトレロコと言いまして、しがない行商人です。と言っても、今は素寒貧《すかんぴん》ですが」

「素寒貧……何にも持ってないってことかしら。どうしてそうなってしまったの？」

「いやぁ、情けない話なんですけどね。この豪雪でにっちもさっちもいかなくなって、背負ってた荷物を泣く泣く置いてきたんです。大荷物でしたから仕方なくですが……雪がやんだら取りにいきたいですけど、埋まって見えなくなってたら困るなぁ、あはは」

路頭に迷う瀬戸際の行商人――トレロコは自暴自棄になっているのか、語り口には悲壮感がむしろなく、コレットとパルミラがどんな顔をすべきか困った様子だ。

するとトレロコが自分をじっと見ているオメガの視線に首を傾《かし》げ、

「どうされましたか、お嬢さん。僕の顔をそうじっと見つめて」

「いや、大したことではないよ。雪山を一人で旅する命知らずが殊の外多いと、君を見て改めて再確認しただけさ。ワタシたち三人以外は、みんな独り者でね」

「まぁ、あたしたち三人も遭難しかけたから似たようなもんだけど……」

肩をすくめたオメガの発言を引き取り、パルミラが話を続けようとした。おそらく、トレロコのために集った顔ぶれの紹介をしようとしたのだろう。

しかし――、

「――きゃあああああ‼」

それは、教会の奥から聞こえたけたたましい悲鳴に切り裂かれ、遮られる。

悲鳴はマクウィナの声だった。彼女ならば、用を足すときに全力で声を上げるという奇行もありえたが、声には確かな恐怖と混乱が込められていた。

歌と演奏があの出来だ。演技だけが抜群に上手《うま》いとはとても考えにくい。

「――っ、皆様はここに！」

穏やかな顔つきを厳しくしたノエルが、弾《はじ》かれたように教会の奥へ。その鬼気迫るノエルの背中に、オメガもまた小走りに続いた。

「あ！　待てって言われたでしょうに……」

「パルミラ！　アドモンサさん！　わたしたちも！」

走り出したノエルとオメガに、パルミラとアドモンサの腕を引くコレットが続く。取り残されるトレロコが「なんなんです⁉」と困惑するのを背に聞きながら、オメガはコアトル司祭の居住スペースへ入り、それぞれの部屋の配置を確かめた。

手狭な居間と寝室、食料や消耗品の置かれた倉庫が廊下の奥にあり、あとはトイレの洗面台と最低限の間取りだ。だが、いるはずのポドソとマクウィナが見当たらない。

すれ違うほどの空間もない場所で、何故《なにゆえ》と抱いた疑問の答えはすぐに見つかった。

廊下の壁の一部がズレて、そこからうっすらと光が漏れ出ていたからだ。

「これは、隠し通路か。どうやら地下に続いているようだが」

「オメガ様、どうしてついてきて……もう、わたくしが先行するでございますから」

言っても聞かないと諦めたのか、ノエルが壁に手をついてスライドさせ、地下へ続く階段を表出させて下りていく。その背に続いて、オメガたちも地下へ。

そうして、さして長くない階段を下りた先、二つの背中が見えた。

「――――」

背中の片方は立ち尽くすポドソ、もう片方は床にへたり込むマクウィナだ。地下室の手前にいる二人は、オメガたちを振り向かずにじっと正面を見ている。

薄暗い地下室、ぼんやりとした明かりは、衝撃を与えると光を放つラグマイト鉱石を利用した照明だ。その白い光の中、二人が凝視しているものをオメガたちも見る。

――そこにいたのは、一人の老齢の男性だった。

雪焼けした肌と、年齢に不相応なたくましい体つき。元巡回聖教師という、ノエルの話を裏付ける肉体の持ち主は、不便な雪山で暮らしているだけあり、体の衰えとは無縁だったのかもしれない。

ただ、やはり長年雪掻《か》きだけで、実戦から遠ざかっていた影響は大きかったのだろう。

――頭を割られ、血溜《ちだ》まりに足を投げ出した凄惨な死体となっているのだから。

「――ぁ」

か細い息、それは死体を目の当たりにしたコレットとパルミラのものだ。オメガの隣ではノエルも息を呑《の》んでおり、尻餅をついているマクウィナは「な、ひ、なひて……」と半泣きで声にならない声を漏らしていた。

「コアトル、司祭……」

そう、頭を割られた被害者の名前を呼んだのは、青い顔をしたポドソだった。他に該当しそうな者はいなかったが、彼の一言で死体の正体が誰なのかが発覚する。

加えて、彼は死した司祭を見つめながら、さらに続けた。

「やっぱり、この教会まできてやがったのか……っ！」

絞り出すようなポドソの発言に、オメガは片目をつむって訝《いぶか》しむ。しかし、追及よりも早くどたどたと足音がして、アドモンサとトレロコの二人も地下へ下りてきた。

当然、二人も先行組と同じものを目にして、驚きに喉《のど》を詰まらせることになる。

「こ、これ、うう！」

「ええ⁉ これ、人死んでません？ ちょちょちょ、なんなんですこの教会⁉」

アドモンサが震え上がり、トレロコが目を白黒させる。動転して当たり前の光景だが、教会へついてすぐのトレロコの不運ときたら相当なものだ。

もっとも、この場の全員が吹雪による足止めと死体発見の当事者なのだから、不運はお互い様というべき状況かもしれないが。

ともあれ、死体に慌てふためく一同の中、オメガは一歩、前に出た。

「雪の山中、ほとんど初対面の顔ぶれに、凄惨な殺され方をした死体」

「――――」

言いながら、固唾《かたず》を呑《の》む面々を振り向き、オメガは妖しく微笑《ほほえ》んだ。

そして――、

「――これはひょっとすると、彼だか彼女だかわからない殺人鬼は、ここにいるワタシたち全員を殺すつもりなのかもしれないね」

そう言って、皆の不安と混乱を煽《あお》るような『魔女』らしい期待を述べたのだった。

6

雪で冷え切った教会の地下室に、頭を割られた老人の死体が転がっている。

そんな惨状で、悪辣《あくらつ》に嗤《わら》う『魔女』に「ちょっと！」とパルミラが食って掛かった。彼女はコレットを抱きしめながら、震える視線を老人の亡骸《なきがら》に向けて、

「あんたの悪趣味も、この状況じゃ笑えないし……その人、本当に死んでるの？」

「残念ながら、大抵の人間は頭を割られて中身が出ると死んでしまうからね。それで死なない輩《やから》も少なからずいるが、この老人はそういう手合いではないらしい」

パルミラの儚《はかな》い希望を切って捨て、オメガは死体の傍《そば》で棒立ちのポドソを見る。唯一、生前の被害者と面識があった彼は、この死体をコアトル司祭と呼んだ。

「ではやはり、この老人がコアトル司祭で間違いないのかな、ポドソくん」

「……あ、ああ、そうだ。そうだよ。この人が、コアトル司祭だ」

「なるほど。不在と思われた家主は、すでにワタシたちの足下で死んでいたわけだね」

「は、は、半魔！　ななな、なんでそんな冷静でいられんのよ!?　ひひ、人が死んでる……死んでるのひょっ!?」

ポドソの答えに確認が済むと、納得したオメガの肩が背後から掴《つか》まれた。顔を青白くしたマクウィナが、圧《の》し掛《か》かる勢いでオメガに掴みかかったのだ。

そのまま、彼女は蒼白《そうはく》な顔でオメガをガクガクと激しく前後に揺すぶり、

「それに、それにさっきの発言はなに⁉ どういうこと⁉ 殺人鬼？ 皆殺し⁉」

「すまない。さっきのは興が乗ってついつい言ってしまっただけなんだ。だから、そう怯《おび》えないで落ち着いてほしい。ワタシの首がもげてしまう」

「せからしか！ 落ち着けなんてよく言えるわね⁉ こんな状況でぇぇぇ！」

「落ち着いてくださいまし、マクウィナ様。相手は子どもでございますから」

半泣きのマクウィナの手を押さえ、割って入ったノエルがオメガと彼女を引《ひ》き剥《は》がす。

その柔らかな雰囲気と口調と裏腹に、ぐいっと力強い動きだった。

ここで無用な諍《いさか》いを起こしたくないと、そう彼女が強く律しているのを感じる。

「う、あ……人、死んで……子ども、見るの、ダメ」

「あ、アドモンサさん……」

コレットたちの方では、アドモンサがその巨体で二人から死体を隠すように立った。すでに二人も見てしまったので意味のない行いだが、その気遣いそのものに意味がある。

他方、トレロコはアドモンサの後ろから恐る恐る惨状を覗《のぞ》き込み、

「うわぁ、衝撃的……遭難しかけて助かったと思いきや、なんて運がないんだ、僕は」

「……というか、誰なんだ、お前は！ なんで知らない顔が増えてる⁉」

「ちょちょちょちょ、今それ聞きますか⁉」

肩を怒らせるポドソに詰め寄られ、トレロコが両手を上げて降参する。

予想外の人死にに、誰もが混乱して状況は大わらわだ。が、そこでマクウィナを宥《なだ》めた

ノエルが、「ポドソ様」とトレロコに詰め寄る彼を呼び、

「トレロコ様のことは後回しに。今はその前にすべきことがございます」

「その前にすべきこと!? この状況で、怪しい奴《やつ》を取り押さえる以外に……」

「――亡くなられた方を、どうにかいたしませんと」

そのノエルの真っ当な発言に、勢いを挫《くじ》かれたポドソが声を詰まらせる。

地下室の奥で寒々しい床に放置された老人、その亡骸《なきがら》はあまりにも痛々しかった。

「あ、アタシ、布かけちゃう！ とっとと見えなくしちゃった方が気持ちが楽だし！ ほら、どいてどいて、デカブツ！ あんたの後ろの木箱の中よ！」

「うあ、ご、ごめん……」

棒立ちのアドモンサを押しのけ、マクウィナが部屋の隅にある木箱から白い布を引っ張り出した。そのまま、彼女は手早く布を死体にかけると、亡骸の目を閉じてやった。

死体に布をかけたのも、目を閉じさせたのも、実に意外な配慮だ。

「驚いたね。死者の功績や失敗談を脚色して歌にする君たちが、そうして死者に払う敬意を持ち合わせているとは知らなかった」

「あんた、この状況でケンカ売ってんの？ 言っとくけど、売るなら買うわよ！ 後先考えて生きられるような奴は吟遊詩人《ぎんゆうしじん》になんてなんないんだから、キシャーッ！」

「――待って！ お願いよ、ケンカしないで！」

険悪な雰囲気になりかけたオメガとマクウィナ、その二人をコレットの悲鳴のような声

が引き止めた。彼女は涙目で嫌々と首を横に振り、

「死んでしまった人の前で、そんな風に言い合うなんてダメ、ダメなのよ。オメガちゃんはいい子なんだから、わかるでしょう？」

「その言われようには思うところはあるが……残念ながら、コレットを泣かせてまで主張するほどの内容ではないな。今は気になることもあるし、やめておくよ」

「もっと素直に謝ったりできないの、あんた……気になることって？」

コレットの手前、争う気をなくしたオメガの言葉尻をパルミラが拾った。

その指摘に、オメガは「簡単なことだよ」と片目をつむり、振り向いた。そのオメガの視線の先、立っていたのはポドソだ。

わずかにたじろぐ彼に、オメガは友好的に『魔女』らしく微笑《ほほえ》みかけた。

「先ほど、やっぱりと意味深なことを言っていたね、ポドソくん。君は、ワタシたちの知らない情報を持っている。それを聞かせてもらっても？」

「――――」

オメガの要求に、ポドソはしばし黙り込むも、やがて深々とため息をついて、

「いったん、礼拝堂に戻ろう。ここは寒いし、ご遺体の傍《そば》だ。――こんな話、せめて火のあるところでしなきゃ、気分が滅入《めい》る一方だからな」

と、そう苦々しい表情で、大人らしい気遣いを口にしたのだった。

7

「俺が山向こうの町の衛兵って話はしたろう。実は昨日、町の近くの街道で事件があったんだ。俺はそれを伝えに、コアトル司祭を訪ねて教会にやってきた」

ポドソの提案通り、亡骸《なきがら》のある地下室を離れ、一同は礼拝堂へ戻っていた。

そこでポドソが語り始めたのが、彼が教会を訪ねた本当の理由――コアトル司祭への注意喚起であったという事実だ。

その事情と、彼の地下室での呟《つぶや》きを合わせて考えるに――、

「その事件というのは、人が殺された事件でいいのかな？　おっと、どうしてそれがわかったなんて聞かないでおくれよ？」

「まぁ、死体を見て『やっぱり』なんて呟いたんなら、他にないでしょうしねえ」

オメガの確認に、顎《あご》に手をやるトレロコも理解を示す。二人の話にポドソも「そうだ」と頷《うなず》いて、己の角ばった顎を掌《てのひら》で撫《な》でた。

「死体はひどい有様でな。元の顔かたちもわからんような状態だ。かろうじて、旅人だろうってことはわかったが、荷物も何もかも取られたようで……」

「素性のわからない顔なし死体か。……ただ、まだ足りないな」

「――っ」

オメガの呟きを聞きつけ、ポドソの頬《ほお》が強張《こわば》る。しかし、彼に代わって「はぁ？」と首

を傾《かし》げたのは、コレットと寄り添っているパルミラだった。

彼女は沈んだ顔のコレットに腕を抱かせながら、キッとオメガを睨《にら》む。

「オメガ、あんたはいつも回りくどいのよ。わかってることがあるなら話しなさい。そうすれば、あたしもコレットも安心できるの」

「君の主張はわかるよ。ただ、ワタシは君たちの思い悩む顔も……」

「好きだって言うんでしょ。それはわかってるから」

微《かす》かに眉《まゆ》を寄せ、思い悩む顔を見せてくれるパルミラ。

コレットを守るための、彼女なりの折衷案なのだろう。その気丈な姿勢は好ましく、オメガはやれやれと仕方なしに肩をすくめた。

あまり、コレットとパルミラとの関係を悪くしたくもない。オメガがうっかり雪庇《せっぴ》を踏んだり、川に落ちたり、焚火《たきび》で燃えたときに助けてもらえなくなってしまう。

「でも、大した話じゃないよ。ポドソくんがまだワタシたちに隠し事をしているだけだ」

「いやいやいやいや、大したことでしょそれ！　ななな、なんでこの期に及んでアタシたちに隠し事すんのよ……まさか！　アンタか!?　アンタが皆殺し殺人鬼か!?」

「ポドソ様……」

「待て待て待て！　吟遊詩人《ぎんゆうしじん》の嬢ちゃんはともかく、聖教のお嬢ちゃんまで！」

オメガの発言を切っ掛けに、マクウィナとノエルがポドソへ険しい目を向ける。ポドソはそこで必死に両手を振ったが、果たして彼の言い訳は二人に通用するのか。

「オメガ、ニヤニヤしないで続き話しなさい」

「ふう、仕方ない。二人とも、ポドソくんをそう警戒しなくていい。彼がまだ情報を伏せているのは、集団における情報的優位を確保するための自然な考えで……」

「違う！　ここ数週間で、他にも殺人が起きてるなんて話したら、嬢ちゃんたちが余計に怖い思いをすると思ったから……あ！」

慌てて口に手を当ててももう遅い。ポドソが口走った衝撃的な情報に、礼拝堂にいる一同は目を丸くして驚いていた。——オメガ以外は。

「他の殺人事件……まぁ、それが妥当だろうね。たかだか旅人が一人殺されただけの事件で、コアトル司祭の死と事件とは結び付けられないだろう」

「嬢ちゃんの目にはどこまで見えて……ああ、クソ、ここまで話したら仕方ない」

納得するオメガの反応に、ポドソがガリガリと自分の頭を掻《か》いた。それから、彼は観念したように「七人だ」と切り出し、

「この辺りの町やら街道で、二十日ばかりで七人も殺された。……司祭で八人目になる」

「はち……っ」

そのポドソの言葉に、凝然とマクウィナが目を見開いた。当然、同じだけの衝撃はこの場の全員が味わったが、中でも彼女の反応は過敏だった。

マクウィナは暖炉の火掻き棒を掴《つか》むと、それを周りに向けて小動物のように威嚇する。

「誰!?　誰が、あの爺《じい》さんを殺したのよ！」

「お、落ち着け、嬢ちゃん！　コアトル司祭を殺したのは殺人鬼で……」

「その殺人鬼がこの中にいるって話でしょうが！　アンタ、頭沸いてんの!?」

「な……」

宥《なだ》めすかそうとしたポドソを睨《にら》み、マクウィナが声高にそう吠《ほ》えた。その叫びにポドソは絶句したが、「そうですねぇ」とトレロコが呑気《のんき》な声を発し、

「亡くなられた方が流した血ですが、乾いても凍ってもいませんでした。つまり、死んでから時間が経《た》ってないってことです。亡くなったのは雪が降り始めたあとでしょうね」

「……雪はすぐに吹雪になったのでございます。もしも犯人が教会を離れたなら、猛吹雪の中を突っ切る必要がございますね」

「ははぁ、それは自殺行為ですね。僕ならすぐに引き返して、教会で雪がやむのを待ちますよ。——犯人も、そうするんじゃないかなぁ」

マクウィナとトレロコ、そしてノエルの見解にポドソが青い顔で押し黙る。

状況を楽観したがるポドソには悪いが、オメガも三人の見解に異論はない。状況的に見ても、コアトル司祭殺しの犯人は教会に戻るのが得策だ。

「もちろん、考えの足りない犯人が逃げるのを強行して遭難した線もなくはない」

「……でも、オメガちゃんもそうじゃないって考えてるのよね？」

「ああ、そうだとも。この場の誰か……現場となった地下室、あれと似たものが他にもあればそこに犯人が潜んでいる可能性もあるが、まずないだろうね」

不安がるコレットの安心材料にならない返事をして、それからオメガは「そう言えば」とポドソと、火掻《か》き棒で武装するマクウィナを見やり、

「あの地下室だが、見つけた？　それとも知っていたのかな？」

「あ？　ああ、それは吟遊詩人《ぎんゆうしじん》の嬢ちゃんが見つけたんだ。俺が廊下で待ってたとき、用を済ませた嬢ちゃんが壁の継ぎ目から漏れてる光を……痛《いて》えっ！」

「アンタ、犯人じゃなくてもぶっ殺すわよ⁉」

またしても配慮に欠けたポドソの発言に、マクウィナが火掻き棒で彼の膝《ひざ》を殴った。その暴行に関しては、ポドソに非があったので追及しないとして。

「地下の照明にはラグマイト鉱石が使われていたね。鉱石が光るのは衝撃を与えて数時間と考えると、やはり犯行はその前後ということになるな」

「あのー、そもそものお話なんですが、皆さんはどういった集まりなんです？」

「あ、そっか、そうよね。トレロコさんは何にも知らないわよね。ええと、あたしたちは全員、吹雪でたまたまこの教会に集まっただけっていうか……」

今さらと言えば今さらな説明を求めるトレロコに、パルミラが状況説明を始める。とはいえ、パルミラも動揺しているらしく、する必要のないオメガの凍死未遂や焼死未遂の話も事細かに彼に伝わったようだった。

ともあれ――、

「あまり意味はないかもしれないが、教会に到着した順番は？」

「あ、アタシが一番乗りよ！　そしたら、すぐにポドソのオッサンが現れて、そっちのデカブツも遅れてきたわ。それから……」

「わたくしとオメガ様たちが、四人でやってきたという状況でございますね」

「そうだね。ただ、ノエルがワタシたちと接触する前に司祭を殺し、下山途中でこちらと合流しただけかもしれない。君も、容疑者からは外れないよ」

「がっくり、でございます」

肩を落としたノエルの様子に、コレットとパルミラがオメガを非難がましく見る。

しかし、二人がノエルに好感を持っていようと、それは事実を捻《ね》じ曲《ま》げない。この手の状況に付き物のアリバイも、事件の内容的に確かめるだけ無意味だ。

「最後に到着したトレロコくんにも同じことが言える。もっとも、ずっと複数人で行動しているワタシたち三人は別だ。もしも、巷《ちまた》を騒がせている連続殺人鬼とやらの正体《いたい》が、幼気《け》な少女の三人組だというなら話は別だが」

「……いや、それは疑ってない。ハーフエルフの嬢ちゃんはともかく、あっちの二人にそんな真似《まね》はできんだろう。特にコレット嬢ちゃんには」

「──？　何故《なぜ》、ワタシを特別扱いしたのかがわからないんだが」

「それに、俺は街道の死体を見てるんだ。……あの殺し方は、女子供には無理だよ」

首を傾《かし》げるオメガの前で、顔色の悪いポドソが重苦しく呟《つぶや》く。その顔の蒼白《あおじろ》さは、彼が目にした死体がどれほど残酷な惨状だったのかを物語っていた。

「その上で酷な話だが……もう少し詳しく事件について知りたい。特に犯人の手口だ」

「手口って……殺し方の話か？　そんなこと聞いてどうする」

「ただ知りたいだけだよ……と答えると、その顔をされるとわかっているから別の言い訳を用意した。それを知ることで、犯人をあぶり出せるかもしれないとね」

あからさまに嫌な顔をしたポドソに、オメガは建前を前面に押し出す。それでも疑惑の色は晴れなかったが、真相解明の可能性自体は魅力的だったのだろう。

ポドソは嫌な記憶を手探りしながら、事件について話し始める。

「これまでの死人は、みんな旅人やら行商人って余所者《よそもの》だ。顔をぐしゃっと潰されてて、道端に転がしてあるとか……男も女も関係なしでな」

「余所者、顔をぐしゃり……ポドソくん、君がコアトル司祭に警告しようと考えたのは、彼が教会で孤立した生活を送っていたからかな？」

「——？　ああ、そうだ。独り身は危ないと思って、警告しにきたんだ」

「ちなみに、街道で出た七人目の被害者がぐしゃぐしゃにされてたのは顔だけ？」

「いや、全身がひどい有様で……おい、これは何の質問なんだ」

嫌なことを言わされ、気分を害した顔のポドソにオメガは「いや」と肩をすくめる。

「七人目は全身が傷付けられ、コアトル司祭は頭を割られる死に様だった。六人目までの犯行とはずいぶん手口が違っているじゃないか」

「それがなんだ？　殺人鬼なんて頭のおかしい奴《やつ》なんだ。そんなの当たり前だろう？」

「そのものの見方は視野が狭すぎるな。確かに、一般的な尺度で言えば殺人鬼の行動基準は異常に思えるだろう。しかし、それを実行する殺人鬼本人の中では筋が通った行いのはずなんだ。つまり、殺人鬼には殺人鬼の基準があるんだよ。魔女と同じでね」

「なんで今、急に魔女の話したわけ……？　こわ……」

説明の余分なところに引っかかるマクウィナを無視し、オメガはポドソから聞かされた連続殺人鬼の犯行と、直近の二つの被害の相違点に着目する。

吹雪の中、殺人者が下山を強行した可能性は低い。その上で、起こった出来事と並べられた事実から逆算して話を組み立てると——ある可能性が浮上する。

「——アドモンサくん、ちょっと聞きたいことがあるんだが」

ここまで、おろおろと話し合いを見守っていたアドモンサにそう声をかける。彼は目を丸くして、四本の腕全部で自分を指差し、

「う、あ……お、オレに？」

「ああ、君だ。君は思いやり深い若者だ。だから、快く答えてくれると嬉《うれ》しいんだが」

その前置きに、多腕族の青年は目を瞬かせ、恐る恐る頷《うなず》いた。その素直な反応にオメガは微笑《ほほえ》み、立てた指をビシッと彼に突き付けると、

「ポドソくんが目にした七人目の被害者、かの人物を殺害した犯人は君だ。——そうワタシは考えているんだが、答えや如何《いか》に？」

8

——犯人はアドモンサ、そのオメガの指摘に礼拝堂の空気が凍り付いた。

「——————」

だが、指名されたアドモンサの沈黙に、オメガは自分の推測は正しいと確信する。一方で確信のないポドソやマクウィナは、オメガとアドモンサを交互に見やり、

「お、おい、どういうことだ？　アドモンサが犯人だと？」

「そ、そしたら、コアトル爺《じい》さんを殺したのもこのデカブツだっての⁉」

「その結論は飛躍が過ぎるな。言ったはずだよ。——アドモンサくんは、街道で死亡した七人目の被害者を殺した犯人だと。もっとも、ワタシの考えだと、七人目と連続殺人は無関係だから、七人目の被害者って表現も正しくないんだけどね」

慌てふためく周囲が早まる前に、オメガはそう言ってアドモンサの冤罪《えんざい》を防ぐ。その言葉になおもポドソたちは納得いかないと食い下がりかけるも、

「つまり、地下のご老人と、そちらの衛兵さんが話していた連続殺人……それに、お嬢さんが多腕族の彼が犯人と考える事件と、三つの事件が起こっていたと？」

「連続殺人と、街道の殺人と、教会の殺人……それが全部、別ってこと？」

オメガの話を聞いて、正しく意味を理解したのはトレロコとパルミラだった。その二人の確認にオメガが鷹揚《おうよう》に頷《うなず》くのと、コレットがアドモンサを見上げたのは同時だ。

コレットの丸い瞳《ひとみ》が、押し黙っている青黒い肌の巨躯《きよく》をじっと見つめて、

「アドモンサさん……?」

「う、お、オレは……」

そのコレットの眼差《まなざ》しに、アドモンサは痛みを覚えたように顔を背けた。最悪、逆上して暴れ出す危険性もあったが、アドモンサはさらなる流血を望まないようだ。

それでも、その態度は十分にオメガの推測が正しいことを裏付けていた。

「彼の大荷物が気になっていてね。最初は旅芸人の一座の荷物をまとめて持たされているのかと思ったんだが、それだといなくちゃならない存在が見当たらない」

「いなくてはならない存在でございますか？　それは……」

「決まっているだろう。——飼い主だよ。奴隷のね」

奴隷、という単語が聞かれた瞬間、アドモンサが大きな肩を震わせた。それは怒りによるものではなく、痛みや恐怖に対する本能的な防衛反応だ。

「奴隷、と仰《おつしや》いましたね。ですが、それは聖王国では……」

「認められていないというのは建前だね。実際には存在し、アドモンサくんがそうだよ。彼は長衣《ながぎぬ》で全身を隠しているが、それは多腕族の民族衣装というわけじゃない」

「や、やめ……」

指を立てたオメガの講釈、その内容にわなわなとアドモンサが唇《くちびる》を震わせる。だが、言葉足らずな彼の制止には耳を貸さず、オメガは残酷な事実を明かした。

アドモンサが長衣を纏《まと》っている理由、それは単純明快だ。

「虐待の痕跡を隠すためだよ。その長衣の下は傷だらけだろう。首には火傷《やけど》の痕もあるんじゃないかな。『服従の首輪』を無闇に乱用すると、喉《のど》が火傷で爛《ただ》れて喋《しゃべ》れなくなるんだ」

首輪を嵌《は》めた対象に、罰として強烈な電撃を浴びせる『ミーティア』だ。

戦争犯罪人や許し難《がた》い刑罰者、そういった輩《やから》の拘束のために造られた『服従の首輪』だったが、それは他者の尊厳を踏《ふ》み躙《にじ》る形で誤った乱用をされることが多かった。

オメガの生前からあった忌むべき行いは、現代においても続けられていると。

「う、ぁ――ッ!!」

そのオメガの指摘に耐えかね、悲鳴を上げたアドモンサがその場に膝《ひざ》をついた。頭を抱える彼が掻《か》き毟《むし》るようにマントを脱いで、その剝《む》き出《だ》しの肌に全員が言葉を失う。

「ひどい……」

口元を押さえたパルミラが、率直な感想をこぼした。

アドモンサの体には無数の傷跡、裂傷や殴打の痕跡が生々しく刻まれていた。首にも白く歪《いびつ》な火傷の痕があり、治り切っていない生傷もある。――それはオメガの推測した通りの、長年にわたる過酷な暴力の証《あかし》だった。

「……ありましたよ。彼女の話していた首輪って、これのことでしょう?」

と、皆がアドモンサの傷に注目していた中、一人だけ別の動きをしていたトレロコがアドモンサの鞄《かばん》から金属製の首輪――『服従の首輪』を発見した。

長年使い込まれ、滲《にじ》んだ血が取れなくなった首輪を。

「おそらく、街道で見つかった死体はアドモンサくんの飼い主だろう。見ての通り、劣悪な環境にいた彼が反撃し、首輪を外す機会を奪い取ったんだ」

「なら、死体が全身ぐしゃぐしゃになってたのは……」

「それだけ強い憎悪、ということかな」

呆然《ぼうぜん》としたポドソの呟《つぶや》きに、オメガは淡々とそう答える。それを聞いて、縮こまるアドモンサが涙と鼻水で汚れた顔を上げた。

だが――、

「ち、ちが……」

「――違うわ！　ええ、違うのよ！　間違ってるわ、オメガちゃん！」

震え声で叫ぼうとしたアドモンサを遮り、そう声を大にしたのはコレットだ。

彼女は両手を広げてアドモンサを庇《かば》い、真っ向から大人たちの視線に立ち向かう。

「コレット様？　違うと仰《おっしゃ》られても……アドモンサ様の行いは、すでにオメガ様が解き明かされた通りだと思うのでございますが……」

「ええ、そうなのね。きっと、オメガちゃんの言う通り、アドモンサさんは誰かを死なせてしまった……でも、その人が憎かったからじゃないわ！　そうよね？」

「う、ぁ……」

しゃがんで目線の高さが合い、振り返ったコレットの問いにアドモンサが目を見張る。

その彼の、火傷《やけど》の痕が残る首に腕を回し、コレットはアドモンサを抱きしめた。

「辛《つら》くて苦しくて、悲しい気持ちはわたしにもわかるの。わたしも、とっても大変な思いをしたから……でも、悲しいことと、誰かを恨む気持ちは別のものよ！」

「――――」

「だから話して？　大丈夫、ちゃんとみんなで、アドモンサさんの話を聞くから」

真摯に、そう訴えるコレット。彼女の腕に抱かれながら、アドモンサは何度も喉《のど》を鳴らして唾を呑《の》み込《こ》んだ。それから、彼は静かに唇《くちびる》を震わせ、

「……オレ、は、怖く、て……」

「――身を守るために相手を殺したと。まぁ、そうだろうね」

「オメガちゃんっ！」

自分の思いを話し始めようとした途端、アドモンサの告白をオメガが邪魔した。それにはさすがのコレットも怒り、同行者の『魔女』を睨《にら》みつける。

「今、アドモンサさんが一生懸命話そうとしてたでしょう。それなのに……」

「決断は称賛するが、感情論は事実のノイズになりかねないからね。少なくとも、アドモンサくんの犯行が計画的でなかったのは間違いない。犯行に腰のナイフを使わず、素手で相手を殴り殺しているんだ。突発的としか考えられない」

「ナイフ……あ、ナイフ投げの」

奴隷であり、旅芸人の端くれとしても働かされていたアドモンサの得意技だ。

教会でその技が披露されたときは、マクウィナが大荒れしたせいで称賛する暇がなかったが、せっかく見せてもらった瑞々《みずみず》しい感動をオメガが忘れることはない。

投じられたナイフが、血や肉の味と無縁なほど美しく磨き上げられていたことも。

「彼にとって、ナイフは旅芸人としての商売道具なんだ。とっさの状況でも抜く発想が浮かばないぐらいのね。だから、飼い主は殴り殺されていた」

「……嬢ちゃんがさっきから言ってる、とっさのときってのは」

「簡単だよ。――殺されかけて、反撃したときのことさ」

アドモンサの置かれた環境と前後関係からすると、それが一番ありえる可能性だ。

彼の飼い主は普段からアドモンサに辛《つら》く当たり、虐待し続けていた。そして、あるときそれが激しくエスカレートし、アドモンサはついに命の危機を覚えたのだ。

具体的にどんなやり取りがあったのか、興味深いが知る術《すべ》はない。ただ結果的に、アドモンサの飼い主は飼い犬に全身を噛《か》まれ、無惨な屍《しかばね》と成り果てた。

アドモンサは首輪を外し、死体を放置して雪山へ逃げ込み、教会へ辿《たど》り着《つ》いた。

「それが事の真相だろう。アドモンサくんに悪意はない。なにせ、彼は多腕族だ。本気になればワタシたちを皆殺しにできるのに、していないんだから」

「めちゃめちゃ怖いこと言わないでよ!? 暴れ出したらどうする気だったの!?」

「そのときは、アドモンサくんと心を通わせたコレットに何とかしてもらったかな」

「あんな子、矢面に立たすな！ アタシでもやんないわよ、人でなしか!?」

実際、アドモンサが逆上した暴れたケースだと、彼を止められる可能性があったのはオメガも含めて三人。その一人がコレットなのは事実なので、嘘《うそ》でも何でもない。

無論、そんな詳しい話をやかましいマクウィナに聞かせる必要はないが——、

「虐待と、とっさに反撃したってのが本当なら……酌量できる、か」

「衛兵さん？　それってまさか……」

話を聞き終えて、頭を掻《か》きながらこぼしたポドソにトレロコが眉《まゆ》を上げる。そこで視線が自分に集まると、彼は「仕方ねえだろ」と嘆息し、

「状況からして、クソだったのはアドモンサの飼い主……そんな言い方したくねえ。連れ回してた野郎だ。できれば、俺も一発ぶん殴ってやりたかったよ」

「だ、だからって、人殺しなのよ⁉　それなのに……」

「——罪は憎まれるべきでございますが、人を憎むべきではないのでございます」

ポドソに食い下がろうとするマクウィナを、そっとノエルが遮った。彼女はマクウィナの持った火掻き棒を下ろさせると、その顔をアドモンサへ向ける。

コレットに抱かれたアドモンサ、哀れな若者をノエルは真《ま》っ直《す》ぐ見据え、

「あなたは、人を殺《あや》めたのかもしれません。全《すべ》ての行いは白銀の祝福が見ておられるのでございます。罰が下《くだ》るなら、それが下すことでしょう。——わたくしは、あなた様が傷付けられる謂《いわ》れはないと、そう考えるのでございます」

「う、オレ、を……」

「早い話、わたくしはあなた様を赦《ゆる》したいと、そう思うのでございますよ」

「――――」

微笑《ほほえ》み、そう明言したノエルにアドモンサが瞠目《どうもく》する。それから、驚いて固まっている彼の頬《ほお》を、コレットの手がそっと優しく撫《な》でた。

「大丈夫よ、アドモンサさん。誰も、ここの誰もあなたを傷付けたりしないわ。もしそんな人がいたら、わたしが一緒に怒ってあげるから」

「う、あ、ああ、あああ……っ」

そのコレットの一言にほだされたように、アドモンサが嗚咽《おえつ》を上げて号泣する。よしよしと、泣きじゃくる巨躯《きょく》を宥《なだ》める幼い少女の姿は、まるで絵物語の一幕のようだ。

「そして、それを誇らしく思っているね、パルミラ」

「……あんた、ホント反省がない奴《やつ》ね」

「馬鹿な。人の心がわかるようになったわねと、称賛される場面だったはず……」

と、そんなオメガとパルミラの会話がオチとなった。

9

――それで事件は一件落着、となればよかったのだが。

「そちらのアドモンサさんの一件はそれでいいとして……結局、教会のご老人の方はどうします？　まさか、そちらはアドモンサさんがやったんじゃないんでしょう？」

「んあ、オレじゃない……」

首を横に振ったアドモンサに、「でしょうねえ」とトレロコが首をひねる。

アドモンサの罪に関しては、下山してからポドソが一緒に出頭することでまとまった。

酌量の余地もあるため、悪いようにはされないだろうという見込みだ。

ただし、それで解決したのは街道で見つかった便宜上七人目の被害者の事件だけ。

この教会の事件と、巷《ちまた》を騒がす連続殺人の方は未解決だ。

「いっそ、司祭殺しと連続殺人の方も、ポドソくんの権限で罪に問わないと約束したら、アドモンサくんのように犯人が名乗り出たりしないかな」

「俺にそこまでの権限があってたまるか！」

「あってもダメでしょ……オメガの話だと、連続殺人と司祭の殺人は別件なのよね？　だったら、解決しないといけないのは司祭殺しだけ？」

「まぁ、そもそも司祭殺しもワタシたちが解決する必要なんてないけどね。このまま相互に見張り続けて、一緒に下山してから取り調べを受けてもいいわけだから」

ただし、吹雪がやみ、一斉に取り調べるとなれば都合が悪いのは犯人だ。そうなる前に犯人が口封じの手を打つ可能性は十分あり、最も懸念すべきはその事態と言える。

それを警戒していると気付かれたくないので、わざわざ口には出さないが。

「時に、この教会には貴重品なんかはあったりするのかな？」

「またずいぶんといきなりね……それはどんな意図があるのよ」

「うん、一人暮らしの老人が襲われる一番単純な動機は物取りだろう？　聞いた話だと、司祭は雪崩に見舞われた町の復興に私財を投じたそうじゃないか」

「……さすがに、コアトル司祭の懐具合までは俺もわからないな」

物知りポドソも、他人の貯蓄金額までは把握していないらしい。物知りの座はあえなく返上してもらうとして、オメガは改めて教会の内装を見回した。

どんな聖人であろうと、自分の生活が苦しくなるほど施すことはまずしない。コアトル司祭には、町の復興に金を出しても大丈夫という当てがあったはず。それなりの財産というべきものだ。さすがに、どこにあるかはわからないが。

「まぁ、隠されていたぐらいだし、地下室にあると考えるのが妥当だろう」

「まさか、金庫や隠し財産があったと⁉　それは夢のある話ですけどねぇ」

「――存外、それが笑い話でもないかもしれないけどね」

頭の回転がそれなりに速いトレロコが、「へ？」とオメガの言葉に眉《まゆ》を上げる。

そんな彼を煙《けむ》に巻くつもりはないが、オメガはちらと視線を廊下の方へ――否、その先にある、地下室の方へと向けた。

「確かめたいことがあるんだが、地下室の死体を検《あらた》めてみても？」

「確かめたいことって……まさか、死んだ人が何も言えないからって、どんなひどいことをする気なの、あんた……！」

「パルミラ、君は普段からワタシをどんな風に見ているんだい？」

心外の極みな評価を受けつつ、オメガは「好奇心が理由ではないよ」と断りを入れて地下へ。オメガを一人にはできないと、結局、全員がついてくる形になったが。

「そそ、それで？　こんな辛気臭い場所で何を確かめたいのよ」

「怯《おび》えるぐらいなら、君は上に残っていてもよかったのでは？」

「みんながあんたについてくせいで、かえって一人取り残されて心侘《こころわび》しい思いをするところだったんじゃい！　アタシだって死体のとこなんてきとうなかった！」

嘆くマクウィナに邪魔されないよう、オメガはとっとと確認を済ませることにする。

壁に埋め込まれたラグマイト鉱石は、叩《たた》くと白く発光する性質の石だ。時間と共に光の薄れていくそれを再発光させ、白い布のかかった死体の様子を確かめる。

「何かわかることがおありなのでございますか？」

「死者は口で語らない代わりに、生前以上に雄弁になったりするものさ。例えばこの死体だが、拷問されているね」

「拷問!?　コアトル司祭が!?」

「割られた頭に注意がいくが、手の指や口の中がひどい有様だよ。犯人はよほど、聞き出したいことがあったらしい。それと……ふむ、ないな」

ごそごそと、躊躇《ちゅうちょ》なく死体を検めるオメガに周りの面子《メンツ》がドン引きする。そんな周囲の視線を余所《よそ》に、コアトル司祭の懐を探ったオメガは眉を顰《ひそ》めた。

そのオメガの呟《つぶや》きを聞きつけ、「オメガちゃん?」とコレットが呼びかける。

「何か探し物? あんまり、人の体をごそごそするのはよくないわ」

「そうだね、よくない。そして、たぶん、そのよくないことをやったのが犯人だ」

手についた血を布で拭い、オメガはその場に立ち上がる。そして、説明を求める周囲の視線に気付いて、「ああ」と吐息をこぼすと、

「おそらくだが、コアトル司祭は身につけていたはずの……鍵か何かが適切かな? それを奪われてしまったようだ。犯人はそれを狙っていたのかもしれない」

「か、鍵? なんで、そんな具体的なこと言い切れんのよ?」

「司祭の首だよ。雪焼けした肌に、首から何か下げていた痕跡が残っている。教会の地下には隠し部屋があって、司祭は何らかの形で財産を所有していたと推測すると、拷問された死体から肌身離さず持ち歩いていたモノが消えているんだ」

「なるほど。それが司祭の財産、その金庫なりの鍵じゃないかって話なんですね」

パチンと指を鳴らし、トレロコがオメガと同じ結論に辿《たど》り着いた。遅れて他の面々の理解も同じところへ及ぶ。

「では、オメガ様はこうお考えなのでございますか。——コアトル司祭を死に至らしめた罪人は、司祭のお持ちだった鍵を所持していると」

「どれも憶測だけどね。ただ、闇雲にお互いを疑い合うより建設的じゃないかな。他人を疑うなら根拠があるべきだ。それが魔女狩りの流儀だろう?」

「なんでいちいち魔女を引き合いに出すのよ、あんたは……」

肩をすくめるオメガの揶揄《やゆ》に、パルミラがげんなりした顔をする。

とはいえ、彼女もオメガの意見の説得力に反論はないらしく、それに反対はしない。

実際、試さない理由のない提案だ。仮に犯人が逆上して暴れ出そうと、こちらにはアドモンサというフィジカルモンスターがいるのだから――、

「――？」

そこまで考えたところで、オメガは不意に頭を重く感じた。

あまり意識していなかったが、ここへきて雪道の疲労が噴き出した――のではない。これは、意図的に引き起こされた異変だった。

「う、ぁ……？」

小さく呻《うめ》いて、オメガの前でパルミラが床に膝《ひざ》をつく。その倒れる体にとっさにオメガは手を伸ばしたが、膝に力が入らなくて彼女を支えられなかった。

少女たちがもつれ合い、床に倒れるのを誰も助けない。薄情者揃《ぞろ》いなのではなく、誰にもその余裕がないのだ。他のものも、一様に崩れ落ちていた。

――微《かす》かな、鼻腔《びこう》をくすぐる甘い香り、それが脱力の原因で。

「アンタが、アンタが悪いのよ、半魔……！　余計なことに気付くから……！」

パルミラの下敷きになったオメガに、そんな恨み節が降ってくる。誰の声かわかりやすい怨嗟《えんさ》だが、反論する舌も動かず、オメガはゆっくり目を閉じた。

ひどく体が重たくて重たくて、何もかも億劫《おっくう》なまま、意識は白い世界へ落ちた。

10

地下室に充満させたムスクリム――通称『眠り花』の花粉が舞い散る中、口元を布で覆ったマクウィナは全員が昏倒《こんとう》するのを見届けた。

ムスクリムの花粉はいざというときの備えだった。吸い込めばものの数秒で眠りに落ちる花粉はマクウィナの切り札であり、この状況でも彼女の命と目的を救った。花粉の眠りは長くは続かないが、ほんの数分でも値千金の時間と言える。

「その間にアタシは……ここよ」

床に倒れているオメガを足でどけて、マクウィナは跪《ひざまず》く。そして、微《かす》かに色の違う床板を剥《は》がすと、そこに隠されていた金庫との対面を果たした。

小さく息を呑《の》み、マクウィナは懐をまさぐると一本の鍵を取り出す。その鍵で金庫を開け放つと、中にはいくつかの小袋――中身は、純度の高い上質の魔石だ。

片っ端から小袋を回収すれば、収穫としては十分に過ぎる。

「とにかく、こいつらを持って逃げなくちゃ……！」

小袋をまとめて回収し、地下室を離れて荷袋に詰め込む。それから、マクウィナは教会の外の様子、吹雪の勢いを確かめてから建物の外へ逃れた。風は冷たく、雪は肌を突き刺すようだが、一番吹雪《ふぶ》いていた時間と比べれば、風雪の勢いは弱まってはいた。

「これなら、何とか麓《ふもと》までは……ここに残ってて、殺されるよりいい……！」

夜の雪山を下りるのも一《いち》か八《ばち》かの賭けだが、教会に残っていれば絶対に殺される。生き残る可能性が少しでも高い方を望み、マクウィナは必死に雪を蹴った。

幸い、雪の夜逃げは初めてではない。もっと過酷な状況で逃げ延びたこともある。『眠り花』を持ち歩いているのだって、こういう事態のための備えだったのだ。

それでも、使わずに済むならそれが一番だった。

「それもこれも全部、コアトル爺《じい》さんが馬鹿な真似《まね》するから……っ」

「――そのお話、とても興味深いでございますね」

白い息と共に漏れた悪罵《あくば》が、不意の穏やかな声に塗り潰される。

驚愕《きょうがく》に息を呑み、振り向こうとしたマクウィナが、その胴体を衝撃に打ち抜かれた。

「か、ふ」と苦鳴が漏れ、横腹を殴られたマクウィナが雪上を転がった。痛みと驚きが視界を明滅させ、やけにうるさく聞こえる血流が混乱を助長させる。

いったい、何が、あった、何が何が、何が、あったというのか。

「アンタ、は、寝てたはず……」

「生憎《あいにく》と、『祝福』こそ授かっておりませんが、それ以外は神殿騎士と同等の能力を認められて初めて巡回聖教師を名乗れるのでございます。薬や毒は通用いたしません」

雪を踏み、平然とそう応じる声に、マクウィナは息も絶え絶えの状態で歯を食い縛り、

「でか乳……！　アンタが、アンタがコアトル爺《じい》さんを……？」

「……その呼び方は、改めてほしいとお願いしたはずでございますが」

目尻を下げ、聞き分けのない子どもを見るような目をした法衣《ほうえ》の女、ノエル。

彼女は両手に嵌《は》めた黒い革の手袋を引っ張り、胸の前で拳《こぶし》を合わせる。それは革製にしか見えないのに、何故《なぜ》か硬く尖《とが》った音をそこで奏でた。

「聖具の一種でございます。マナを通し、硬質化する。これで――」

「――っ」

言いながら、拳の一振りでノエルが足下の雪を吹き飛ばし、大穴を開けた。

その威力に革手袋は破れも汚れもしていない。――それを見れば、コアトル司祭の頭部が何で砕かれたのか、マクウィナも本能的に理解できた。

「ま、待って待って待って！　お、お金？　お金が目的なの？　だったらほら！　全部あげるから！　爺さんの魔石！　これで大金持ちになれる！　だから……」

「不要でございます。わたくしの目的は、司祭やマクウィナ様のお命でございますから」

「ど、どうしてアタシを!?」

「――レイアノット、でございます」

声を裏返らせ、命乞いをしようとしたマクウィナの動きが止まった。そのマクウィナの様子を、ノエルの氷点下の青い瞳《ひとみ》がじっと見つめている。

――レイアノット、それは聖王国にかつて存在し、もう存在しない村の名前だ。

「その昔、『氷の盗賊団』に滅ぼされた村でございます。氷の中に埋もれてしまった財宝を掘り出す、そのために起こされた雪崩によって」

「どうして、それを……まさか、アンタはレイアノットの」

「生き残りでございます。家族も隣人も友人も亡くして、グステコ聖教の門を潜《くぐ》ったのでございます。――そのわたくしの、祈りが通じたのかもしれません」

そう言って、ノエルが自分の法衣の内に手を入れ、一枚の手紙を取り出した。彼女はそれをそっと自分の唇《くちびる》に当てて、

「教会を通じ、わたくしへ届いた手紙でございます。送り主はコアトル司祭――『氷の盗賊団』の一員として、犯した罪の告白がしたいと」

「あ、あの爺さん本当に……それで、それで殺されてちゃ世話ないでしょ……ひっ」

一歩一歩と、距離を詰めるノエルにマクウィナが悲鳴を上げる。何とか逃げ出したくても、殴られた体は力が入らない。手は、空《むな》しく雪を掻《か》くだけで。

「司祭はわたくしを教会に迎え、罪を告白しました。その上で、応報は自分の命だけに留《とど》めてほしいと。そのような都合のいいお話、わたくしは認めません」

「ま、待って……待って、アタシは、アタシは、ちが……っ」

「謝罪や釈明なら、わたくしの家族や隣人になさってください。――白銀の祝福を」

とっさに叫ぼうとした喉《のど》が引きつり、意味のある言葉を発せないマクウィナに鉄拳が振りかぶられる。――直後、光が走った。

「―――」

掲げた拳《こぶし》が光に弾《はじ》かれ、その衝撃にノエルが振り向く。呆然《ぼうぜん》と、マクウィナも彼女と同じ方を見て、吹雪の中に小さな影が立っているのが見えた。

それは――、

「――悪いんだが、二人目の死者を出すのは待ってもらおうか、ノエル」

そう言って、『魔女』は復讐《ふくしゅう》の聖女に指を突き付け、最後の場面に立ち会った。

11

雪の中、へたり込むマクウィナと、その処刑目前だったノエル。

二人の姿を正面に捉え、オメガは「やれやれ」と肩をすくめた。

「挑発して、鍵を盗んだ相手を誘《おび》き出《だ》すまでは考えていたが、まさか眠り花とはね」

「……オメガ様も、眠ったふりを？」

「いいや、気付くのが遅れて普通にちょっと眠ってしまった。危うく、クライマックスを寝過ごすところだったけど……ワタシの夢には同居人がいてね」

そう答え、オメガは自分が首から下げている青い結晶に指で触れた。淡く鈍い輝きが、迂闊《うかつ》に眠ったオメガを叱咤激励《しったげきれい》しているように思えて、唇《くちびる》を緩める。

実際、あと一分起きるのが遅かったら、マクウィナは撲殺死体になるところだった。別にマクウィナに思い入れはないが、彼女が殺されるのは避けたい。

それは殺されるマクウィナはもちろん、殺すノエルにとっても悲劇だから。

「ノエル、君がコアトル司祭を殺し、彼女をも殺そうとする理由はわかるよ。大方、君は十二年前の被災者だろう。『氷の盗賊団』の一員でありながら、『雪崩の聖者』と呼ばれたコアトル司祭。彼の悪行と、それを悔いた善行の犠牲者だ」

「マクウィナ様との話を聞いていたのでございますか」

「前後関係を結べば、聞かなくてもわかる話だよ。そのついでにわかった話を言わせてもらうと、マクウィナを殺すのはおススメしない。彼女は君の復讐の対象じゃないから」

「何を……彼女は司祭の鍵と、金庫の在処《ありか》を知っていたのでございますよ」

「だから、彼女も『氷の盗賊団』の一員と考えた。でも、冷静さを欠いているよ。十二年前だと、いくら何でも彼女じゃ若すぎる」

マクウィナの年齢が一桁の頃から盗賊団の一員ならギリギリ成立するが、それよりももっと説得力のある推論は立てられる。例えば――、

「彼女が以前から教会に出入りしていたのは確かだろう。偶然、あの地下室を発見するのは出来すぎだし、死体にかけた布の場所にも心当たりがあった。まぁ、布をかけたときに司祭の首から鍵を盗んだから、こうして疑われてるわけだけど」

「で、出来心だったのよぉ……！　それが半魔！　アンタのせいで！」

「そうだね。ワタシが、鍵の持ち主が犯人なんて適当なことを言ったせいで、君は犯人扱

いされて袋叩《ふくろだた》きにされる前に逃げる羽目になった。ただ、出来心というのは嘘《うそ》だろう？　君は最初から、司祭の財産を盗み出すつもりで教会に出向いたんだ」

醜い言い逃れをしたマクウィナが、オメガの指摘に「うぐ」と図星を突かれる。吹雪の中、脂汗を掻《か》いたマクウィナを尻目に、オメガは「ノエル」と彼女を呼び、

「マクウィナは強請屋《ゆすりや》だ。吟遊詩人《ぎんゆうしじん》は偽の身分だよ。あの演奏技術と歌声を聞けば明白だろう。彼女は『雪崩の聖者』が『氷の盗賊団』の関係者と知り、司祭を強請《ゆす》ろうと考えた。たぶん、何度も通っていて、鍵と金庫もそれで知ったんだろう」

「そ、そう、全部そう……！　黙っててほしければばって爺《じい》さんを……でも、爺さん、急に心変わりして、生き残りに全部告白して、財産も処分するとか、言い出すから……」

それが理由で、マクウィナは教会へ向かい、盗みを働こうと考えたのだ。

しかし、タイミング悪く、すでに教会では罪の告白のためにコアトル司祭がノエルを呼び出しており、他ならぬ彼女の手で頭を砕かれていた。

「ノエル、君の復讐《ふくしゅう》はコアトル司祭を殺した時点で幕引きだろう？　拷問したところで、司祭は仲間の名前も居所も吐かなかった。喋《しゃべ》らない人間は、何をされても喋らない」

「わたくし、は……」

ぎゅっと拳《こぶし》を握りしめ、俯《うつむ》いたノエルはオメガの言葉を否定しない。

厳しい拷問の末に撲殺されたコアトル司祭は、自らの贖罪《しょくざい》に同胞を売らなかった。手掛かりの途絶えた焦りが、ノエルを安易にマクウィナを仇《かたき》だと見誤らせたのだ。

だが、それでノエルの気が晴れるなら、それもまた彼女の選択だ。

「一応、ワタシの推理は以上だ。正直、マクウィナが品性下劣な人物であるのは事実だと思うから、どうしても彼女を殺したいというならワタシは止めないよ」

「えっ⁉」

まさか、と絶望的な顔になり、マクウィナが凝然とオメガの方を見る。

言葉に嘘はなく、オメガは彼女の命はどうでもいい。ノエルの方も冷静さを取り戻し、マクウィナに対する疑惑が誤りだったと認めつつあるようだ。

それでも、応報の望みを捨て切れないノエルの瞳《ひとみ》に、オメガは「ただし」と告げて、

「友人たちに言われていてね。旅の道連れの若い子たちのために、あまり人死には出さない方針を取っているんだ。そして、君には一度、命を救われた恩がある。だから、コアトル司祭を殺したことには目をつぶろう。だが――」

「――ッ」

そこで言葉を切ったオメガに、ノエルが頬《ほお》を硬くし、目を見開いた。

彼女の目の前で、オメガの姿が変わる。――雪の中の幻のように、桃色の髪をしたハーフエルフの少女から、似ても似つかない白髪の『魔女』へと。

「君が二人目の死者を出すなら見逃さない。マクウィナの頭を潰し、君が空虚な復讐心を満たすなら、三人目の犠牲者は君になる。――君の選択を、尊重する」

「――ぁ」

「さあ、君はどうする？　どちらを選ぼうと、ワタシの好奇は満たされるんだ」

そう言って、雪の中で『強欲の魔女』は酷薄に嗤《わら》った。

12

――人の気配が減った教会の地下室で、ゆっくりと男は体を起こした。

「――――」

部屋の中、いなくなっていたのはいずれも女性――吟遊詩人《ぎんゆうしじん》と聖職者、それから妙な雰囲気を纏《まと》った幼い少女の三人だ。手前の二人はともかく、最後の少女は惜しかった。

「不思議と、惹《ひ》かれるモノのある子でしたからね」

じんわりと手足の先が重いが、眠り花の花粉の影響は抜けつつある。眠る直前に折った左手の小指のおかげだ。そうして寝入ったふりをして、状況を見ていた。

いったい、誰が自分の名を騙《かた》っていたのか、それを知りたくて。

「まさか、僕と無関係の殺しが二件も……そのどっちも僕のせいにされかけるなんて、衆愚はいつの世も身勝手な先入観で生きてるものですよねえ」

理解できないものを、自分の理解力に落とし込もうとする発想が浅ましい。

その点も、あの少女の考えは好ましかった。――殺人鬼にも自分の基準がある。まさしくその通りだ。自分だって、獲物は大事に大事に選んでいる。

顔を剥《は》ぐのは、心から尊敬できる相手が理想だ。剥いだ相手の顔を被《かぶ》ると、自分もまた相手の尊敬できる部分を受け継いで、立派になれた気がするから。

もっとも、今被っている顔は偽物で、剥ぎたいと思って剥げなかった相手に似せただけの間に合わせだ。旅の最中に行き違った人当たりのいい、しかし警戒心の強い行商人は、惜しくも取り逃がしてしまった垂涎《すいぜん》の獲物だった。

「だから、早く次の顔を見つけないと……」

しかし、『雪崩の聖者』の顔を剥ぎ損ねた地下室には碌《ろく》な顔が残っていない。唯一、心優しく純朴な少女が、この中だと一番尊敬できる心の持ち主だろうか。

その顔を剥いで、それから外へ出た少女を追いかければいい。あの少女の、底知れない知性を秘めた顔を被れば、どんな尊敬できる自分になれるだろうか。

「ですから、お嬢さん、ちょっとの間、繋《つな》ぎにあなたの顔をいただきますよ」

折れた小指を無理やり戻し、特別製の手袋を装着。指の内側に剃刀《かみそり》のような刃《やいば》が付いた手袋で、これで相手の顔を掴《つか》むと、果物の皮を剥《む》くように顔が剥がせるのだ。

目的の少女の下へ向かうと、強気な少女が彼女を庇《かば》うように抱いていて、美しい関係だと胸が震えた。もし、守りたい相手が腕の中で顔を剥がされていたら、この少女はどんな顔をするだろうかと――そのときだ。

「――え」

少女の顔を剥がそうとした男の右腕が、手首が、肘が、肩が爆《は》ぜ、破壊される。

強い、途轍《とてつ》もなく強い衝撃だった。痛みより驚きが先行し、身動きが取れなくなった男の前で、答えがゆっくりと起き上がる。

ゆっくりと、虫も殺せぬように思えた優しい少女が男に振り向き——、

「——るるるるるる」

そう、まるで『獣』のように獰猛《どうもう》に唸《うな》った。

13

「装着者の身の危険を察知し、理性を奪う代わりに絶大な戦闘力を与える。……うん、『獣護輪《じゅうごりん》』の本来の性能そのものだ。実に喜ばしいものだね」

「……あんた、それしか言うことないわけ？」

「やれやれ、寝ている間に全《すべ》てが片付いてしまったから不機嫌だね、パルミラ」

朝日の差し込む礼拝堂、眉間に皺《しわ》を寄せたパルミラが悔しげにそっぽを向いた。

吹雪の夜が終わり、朝がやってきた。教会で一夜を過ごしたものたちは、その過酷な状況を何とか生き延びる幸運に恵まれることができた。

ただし——、

「起きたら教会はめちゃくちゃで、いたはずの人間が二人行方不明……挙句に強請屋《ゆすりや》が自分から出頭してきて、俺はどうしたらいいんだよ……」

荒れに荒らされた教会を眺めながら、白い息を吐いたポドソが嘆く。

彼の口にした行方不明者とは、ノエルとトレロコの二人だ。幸い、二人の蒸発と昨夜の事件を絡めて、成立するカバーストーリーは作成可能だった。

「あのやせっぽっちの兄ちゃんが連続殺人鬼で、巡回聖教師の嬢ちゃんが叩《たた》きのめしてふん捕《づか》まえた……そういうことでいいんだな？」

「ああ。正義は果たされたと、堂々と雪山を下りていったよ。愉快な軽犯罪者はポドソくんへの置き土産だそうだ。それと、アドモンサくんはどうなる？」

「……八人殺した殺人鬼が聖意で罰されたんだ。アドモンサに何があるよ？」

収まりのいい結論を用意し、頭を掻《か》くポドソにオメガは少し驚いた。

それはオメガの方から提案しようと思っていて、しかもポドソは難色を示すだろうと考えていた案だったのだから。

「では、アドモンサくんは放免かな？」

「とはいえ、放り出すのは無責任だ。行く当てもないって話だし、うちの町に住まわせるとするさ。ちょうど助手も欲しかったところだしな」

物分かりの良すぎるポドソの答えに、オメガはただただ感心させられた。

まさしく理想の落とし所で、彼の判断にはコレットも大いに喜ぶことだろう。

「見直したよ、ポドソくん。あとは女性に配慮できれば、結婚も夢じゃないだろう」

「やかましい！　せいぜい気を付けて旅しろ、小娘共！」

唾を飛ばした怒声に見送られ、オメガたちは山向こうへ向かう彼らと別の道をゆく。別れ際、コレットは短い時間を親しく過ごしたアドモンサとの別れを大いに惜しんだ。

「さようなら、アドモンサさん。きっと……ええ、またきっと、どこかで会いましょう。そのときはまた、あのとってもすごいナイフ投げを見せてちょうだいね」

「んあ、コレットも、気を付けて……オレ、もらった機会、大事にする」

「ええ！　それが一番だわ！」

大きく手を振り、別れを経験するコレットは満面の笑みだった。

そうして、ポドソとアドモンサ、そして縛られたマクウィナとはここでお別れだ。

「言っておくけれど、昨夜見たもののことは……」

「い、言わない！　絶対言わないから！　ホントもう、アタシは小市民としてやってく！　う、歌とリュリーレも、真面目に練習する……！」

「それがいい。――初めて、正しい選択をしたね」

青白い顔をしたマクウィナ、彼女は確かに昨夜も今も、命を拾ったのだ。

彼女の口の軽さは一種の病気だが、命懸けでその難病と闘うことだ。オメガも、完治することを願っている。――しなかった場合、面倒なことになるから。

「――それで結局、何がどうしてどうなったわけ？」

雪夜の教会で共に過ごした三人と別れ、再び三人旅に戻ったオメガ一行――ポドソたちとは反対の雪道を歩きながら、パルミラがオメガにそう尋ねる。

同じ疑問はコレットもあるようで、くりくりと無邪気な瞳《ひとみ》にオメガは片目をつむった。

「そうだね。まとめるなら……過去に罪を犯した哀れな聖者が、その罪によって生まれた復讐《ふくしゅう》者に殺された。そこに衛兵と奴隷、強請屋《ゆすりや》に『魔女』たちが居合わせてしまったと。

……ああ、トレロコくんだけは完全なイレギュラーだ。彼も運がない」

『獣護輪《じゅうごりん》』の力で獣と化したコレットを怒らせ、返り討ちに遭ったらしいトレロコ。

どうやら六人殺しの連続殺人鬼だったようだが、その死体は見つかっていない。地下室や教会の惨状と出血を見る限り、雪山に逃げ込んだなら助からないだろう。

本来、オメガが対処すべき相手だったが、コレットが手間を省いてくれて助かった。おそらく、発覚していないだけで、彼が殺した相手はもっとずっと多い。

それを究明する機会が失われたことは、密《ひそ》やかに惜しいと言えたかもしれないが。

「でもでも、ノエルさんとちゃんとお別れができなかったのはとっても残念だわ。ノエルさんのおかげでみんなが無事だったのに……」

なお、トレロコ撃退の功労者であるコレットは、オメガの作り話をすっかり信じて、命の恩人であるノエルにお礼が言えなかったのをずっと悔やんでいる。

『獣護輪』の仕様については、コレットに詳しく話さないのがパルミラとの約束だ。

これを破ると、コレットの両親の死の真相や、『獣護輪』発動中の説明が発生し、コレットが精神的に大きく傷付く恐れがある。そうなると、コレットが『獣護輪』を外してしまうかもしれない。オメガ的にはそれは避けたい。

長く、『獣護輪』を装着し続けたものの変化、それも知りたい未知の果実だから。

「しかし、面白いものだね。連続殺人鬼の存在が、犯すべきでない罪を犯したものたちに生き直す機会をもたらしたんだ。何とも不思議な巡り合わせだろう？」

「そこに『魔女』までいるんだから、不思議どころか不気味な巡り合わせよ」

げんなり、とした顔をしたパルミラ。よく見る顔だが、それが彼女の苦労性の象徴のようなものなので、絶対に変わらない性分というものだ。

生まれ持った性《さが》は変えようがない。魔女として、それは肯定しよう。

「――あ」

ふと、そんな感慨を抱くオメガの隣で、コレットが何かに気付いて目を丸くした。その彼女の視線を辿り、オメガも雪道にぽつんと佇《たたず》む人影を見つける。

その人影の正体に気付いて、コレットがパッと明るい顔で走り出した。

「ノエルさん！　ああ、よかったわ、また会えて！　ちゃんとお礼が言いたかったの！」

まさしく、飛ぶようなコレットの走りを止められない。一瞬、事情の半分ほどを知るパルミラがこちらを見たが、オメガは首を横に振った。

ノエルが何かを企《たくら》んでいるなら、こんな風に姿を見せる必要はないはずだ。実際、彼女は飛びついてくるコレットをその豊満な胸で受け止め、微笑を浮かべる。

それから、ノエルはコレットの頭を撫《な》でながら、

「わたくしが皆様を殺人鬼からお救いした……そういうことでございますね？」

「――？　ええ、そうよ。危ないところを助けてくれて、ありがとう、ノエルさん」

教会の決着を言い当てたノエルに、コレットが不思議がったあとでお礼を言う。その感謝に目尻を下げると、ノエルはやってくるオメガとパルミラの方を見た。

パルミラはしばらく、「あー」「うー」と発する言葉に悩んだが、

「それで、どうしたの。急いで山を下りる理由ができたって聞いてたけど」

「はい、そうなのでございます。……ですが、ちょうどその理由が消えてしまって。これからどうしたものかと途方に暮れていたのでございます」

「理由が？　お仕事がなくなってしまったの？」

「……ええ、そうなのでございます。生きる、目的が」

消えてしまった、とノエルはぽつりと呟《つぶや》く。

彼女が巡回聖教師を目指した原動力、それは復讐心《ふくしゅうしん》だった。だがしかし、それはコアトル司祭を殺し、彼の口から他の仇《かたき》の名前を聞き出せなかった時点で潰《つい》えた。

あとに残されたのは、抜け殻となったノエル・トゥエリコという女性だけ。

そんな彼女に、コレットが「そうだわ！」と胸の前で手を打って、

「それなら、ノエルさんもわたしたちと一緒にくるのはどうかしら？　ノエルさんは旅に慣れてるみたいだし、きっとわたしたちも助かるわ」

「……わたくしも、一緒に？」

「ちょっ、コレット！　そんな勝手な……」

「いいじゃない、パルミラ。ノエルさんがいてくれたら、わたしたちがうっかりしていても、オメガちゃんがお怪我《けが》しないで済むかもしれないのよ」

「それは……いいかも」

コレットの提案を聞いて、パルミラが一理ありと思案する。

何故《なぜ》か、説得材料に自分が使われていて思うところのあるオメガだが、思うところは唖《あ》然《ぜん》としているノエルの方がずっと多そうだ。

「ねえ、オメガちゃんはどう思うかしら？　きっと楽しいと思わない？」

「──君たちの好きにするといい。決めかねるなら、今すぐでなくてもいいさ。この寒くて歩きづらい雪山を下ってから、温かい場所で決めてもいいんだ」

邪気のないコレットの言葉に、オメガはそう肩をすくめる。その仕草も、冷たい空気や足下からくる冷えにやられてぎこちなく、人形みたいにコチコチだった。

それを見て、コレットが声を弾ませて笑い、パルミラが苦笑する。

そして、少女たちを眺めるノエルの口元にも、雪解けのような微笑が浮かんで。

──どうやら、旅の道連れが増えそうだと、オメガはやけに晴れ晴れとした青い空へと向かって、白い白い息を大きく吐いたのだった。

《了》

あとがき

短編集10巻、お付き合いありがとうございます！　長月達平《ながつきたつぺい》です！　鼠色猫《ねずみいろねこ》です！

前回、短編集9が出たときに「リゼロ関連書籍が50冊突破！」みたいな正気の沙汰ではない報告をしたのですが、短編集の10巻という数字もなかなかのインパクト。これだけの巻数出せるぐらい、リゼロ世界の横も広げていただけて嬉《うれ》しい悲鳴！　まぁ、嬉しくても悲鳴なので大変ではあるんですが！

ともあれ、短編集の内容は月刊コミックアライブ様の方で連載している小説をまとめた内容なのですが、今回は自分的にも『書いたのがかなり前&諸々《もろもろ》の設定見直し』の余波をもろに喰《く》らい、全編にわたってかなりの加筆・修正がされています。もしも、連載当時のテキストをお持ちの方がいれば、見比べてみるのも面白いですね。昔の文章としげしげと比べるのはやめてほしい！　年単位でズレると文章ももはや別人だから！

さて、今巻の収録作品はざっくりと『フェルト陣営』と『オメガ一行』のお話に分けられますが、どちらも本編主人公の『エミリア陣営』とは違ったストーリーを展開している子たちなので、非常に新鮮な感覚でお話書かせてもらっています。

新鮮な気持ちで書いた結果が、黒社会のいざこざに巻き込まれる仁義なき戦いと、雪の山荘に殺人鬼と閉じ込められるクローズドミステリーなのがあれではありますが、どちらのお話もラインハルトとエキドナというワイルドカードがいるので一筋縄ではいかない。とはいえ、そのワイルドカードだけで回るほど世の中簡単ではないし、他のカードも大人しくはしていない……という気持ちが伝わってくれれば嬉しいです！

こう言ってはなんですが、本編のスバルの異世界生活は物語としてはやや邪道な感があるので、個人的にはフェルト&ラインハルトの方が王道感がありますね。赤ん坊の頃に行方知れずになった王族の疑惑がかかったスラムの少女と、彼女の存在を見出した王国最強の騎士――って書くと、実にそれっぽい！　実情はトメトであたふたしてますが。

オメガ一行も、オメガ＝蘇ったエキドナですから、まぁ悪さを働くのかと思いきや、好奇心の赴くままに好き放題に動いています。めまぐるしい時代の変化であっちにふらふらこっちにふらふら……この魔女、小学校一年生か？　もちろん、小学生は仮の姿で、何か遠大な目的や狙いを腹に抱えている――かどうかは、ちょっと作者もわからない。魔女の考えって全然読めない。次は温泉にでもいかせようかと思っている。

それにしても、調子に乗っていっぱいキャラを出してしまったのに、福《ふく》きつね先生がたくさん描いてくれてめちゃめちゃ盛り上がってしまいました。イラストがあると、また出したくなるんだけど雪山組とかどうすればいいかなぁと悩みつつ、また次の短編集11巻を出せるように、こうした横道のお話も楽しんでいただけるよう頑張ります！

さて、本編よりもはるかに健全なあとがきで紙幅を埋めまして、恒例の謝辞へ！

担当のI様、「短編集は連載をまとめて手直しするスタイル」という省エネ仕様で始まったものでしたが、10冊目までできて思います。「一回でも省エネできただろうか？」と。今回も、多大なる苦労をおかけしてすみません。ありがとうございました！

イラストの福《ふく》きつね先生、今回もカバーイラストに口絵に挿絵と、登場キャラクター山盛りで楽しい絵面をありがとうございました！「雪の山荘とか全員いた方がいいんだよなぁ」と思ってたのが叶《かな》って感激しました！　またよろしくお願いいたします！

デザインの草野《くさの》先生、このたびも本編と短編集の同時進行、ありがとうございました！

月刊コミックアライブで四章コミカライズ連載中、花鶏《あとり》先生&相川《あいかわ》先生。そこにさらにアライブ+で五章コミカライズも高瀬若弥《たかせわかや》先生の手で始まりました！　両作品、絵のパワーがすごいので本編が負けないよう、作者も頑張ります！　ありがとうございます！

それから、MF文庫J編集部の皆様、校閲様に各書店の担当様、営業様と大勢の方のお力添えいただき、このたびも誠にありがとうございます！

そして、ついに10巻の大台に乗った短編集も楽しんでくれる読者の皆様に、感謝を！

今後とも、『Re：ゼロから始める異世界生活』の世界をよろしくお願いいたします！

ではまた！　次の一冊でお会いできますよう！

２０２４年２月《最近ハマったサバの唐揚げを食べながら》

あとがき
たくさんキャラデザできて
楽しかったですど〜ン
エッゾくんかわいい！
福きつね
エッゾ
ノエル
トト
カリファ・イリア
ヘレイン
マクウェナ
ポドソ
トレロコ
アドモンサ

「おほん。――次巻予告の役目を仰せつかった、『灰色』のエッゾ・カドナーだ」

「まあ、『灰色』でございますか？　それはどういった意味なのでございましょう？」

「む、そうだな、教えよう。ルグニカ王国には優れた魔法使いに対し、そのものが得意とする属性に対応した『色』を称号として与える。『色』の称号はその属性の使い手の頂点を意味し、非常に名誉なことなんだ」

「そうなのでございますね。では、エッゾ様は『灰色』の属性……灰色の属性？　わたくしの勉強不足でございましょうか。灰色を思わせる属性はなかったような……」

「ぐううっ！」

「エッゾ様!?　わたくしが何か粗相を？」

「い、いや、君が謝ることはない。……そうだ。『灰色』という属性も称号もない。私のこれは自称、戒めに過ぎない。だが！　私は必ず、いつか必ず、『色』の称号を獲得する！　そして目に物見せてやる、あの道化の格好をしたふざけた男に！」

「まあ、目標に燃えるお姿は素晴らしいと思うのでございます。わたくし、巡回聖教師としての役割も、復讐者としての志も燃え尽きて……ノエル・トゥエリコでございます」

「急に名乗ったな!?」

「いえ、先行き不安な身ではありますが、ご一緒させていただくエッゾ様や、今後旅をご一緒させていただくオメガ様たちにご迷惑をかけてはいけませんので」

「殊勝な心掛けだ。私も見習って……よし、次巻予告とい

こう！」

「はいでございます。まずは本編の38巻が六月の発売予定でございますね」

「この短編集と同時発売の37巻では、帝国の戦いがずいぶんと加熱しているようだ。どうも、あの男も魔法の力でやりたい放題だったそうだな……！」

「そのお話の続き、ということでございます。オメガ様が注目していらっしゃる方々のお話とのことで、わたくしも目を離さないようにしなくては」

「それと、めでたく『アライブ＋』にて五章のコミカライズが始まったぞ。副題は『水の都と英雄の詩』……なかなか情感的でいい。私好みだ」

「水の都……水門都市プリステラでございますね。風光明媚な地と聞いてございますが、その地を舞台に、これまでの章以上の波乱が巻き起こる……そうでございます」

「波乱、波乱か……。この短編集で私もノエル嬢も大変な目に遭ったが、互いに身を寄せる場所を得たんだ。できれば、そうしたことは今回限りにしたいものだな！」

「そうでございますね。わたくしも、しばらくはオメガ様たちとゆっくりと、自分が何をすべきか見つめ直す時間を欲しく思うでございます」

「それがいい。では、互いの前途に穏やかな幸いがあるように祈ろう！」

「……ただ、オメガ様もフェルト様も、大人しくしている方ではございませんよね」

「それは考えないようにしていたんだが!?」

MF文庫J

Re:ゼロから始める異世界生活 短編集10

2024年 3月 25日 初版発行

著者 長月達平

発行者 山下直久

発行 株式会社 KADOKAWA
〒102-8177 東京都千代田区富士見 2-13-3
0570-002-301（ナビダイヤル）

印刷 株式会社広済堂ネクスト

製本 株式会社広済堂ネクスト

Printed in Japan ISBN 978-4-04-683471-3 C0193

【 ファンレター、作品のご感想をお待ちしています 】
〒102-0071 東京都千代田区富士見2-13-12
株式会社KADOKAWA MF文庫J編集部気付「長月達平先生」係 「大塚真一郎先生」係 「福きつね先生」係